不可思议 遇见你

雪丁香

张之路 左泓／著

作家出版社

不可思议
遇见你

目 录 ——

Contents

不可思议遇见你

雪 丁 香

第一章

祸起照相机

。

一

陆见川不知道他是不是从那一天开始倒霉的，他只记得那一天阳光灿烂，满眼都是乳白色的丁香花……

那是个星期天的上午，在天河区的艺术学校里，满院的丁香花盛开着，那花朵虽小却多、却密，一丛丛一团团地簇拥到敞开的窗前。

在艺校表演班的教室里，正在排练着莎士比亚著名话剧《哈姆雷特》的片段。陆见川演哈姆雷特，宋姗姗演俄菲利亚。

辅导话剧的陈老师和十几个同学都站在"台下"，他的好朋友罗丹也在其中。陆见川是天河一中高中二年级的学生，他和罗丹不但是艺校的同学，也是现在高中的同班同学。他们都长得秀美俊朗，要说有区别的话，陆见川"柔"一些，罗丹"硬"一些。扮演俄菲利亚的宋姗姗是他和罗丹的小学同学，现在上的是另一所高中，如今是整个艺校的"当家花旦"。

陆见川清楚地记得那天的台词，朗读这些台词虽说要拿腔作调，但却非常过瘾。

　　俄菲利亚：我的好殿下，您这许多天来贵体安好吗？

　　哈姆雷特：谢谢你，很好，很好，很好。

　　俄菲利亚：殿下，我有几件您送给我的纪念品，我早就想把它们还给您；请您现在收回去吧。

　　哈姆雷特：不，我不要；我从来没有给过你什么东西。

俄菲利亚：殿下，我记得很清楚，您把它们送给了我，那时候您还向我说了许多甜言蜜语，使这些东西显得格外贵重；现在它们的芳香已经消散，请您拿回去吧，因为在有骨气的人看来，送礼的人要是变了心，礼物虽贵，也会失去了价值。拿去吧，殿下。

哈姆雷特：哈哈！你贞洁吗？

俄菲利亚：殿下！

哈姆雷特：你美丽吗？

俄菲利亚：殿下是什么意思？

哈姆雷特：要是你既贞洁又美丽，那么你的贞洁应该断绝与你的美丽来往……

就在这时，有手机响了，那是罗丹的。陈老师用白眼瞥了一眼罗丹，向"台上"做了个暂停的手势。

罗丹快步走到窗前，对着手机说了几句，表情忽然变得严肃。他走到陈老师面前语气沉重地说："老师，我有急事，请个假！"

看他这样的表情，老师也就不好说什么了。

陆见川走过来关心地问："罗丹，出什么事了？要不要帮忙？"

罗丹迟疑了一下："先不说吧，解决了以后告诉你！"说着就匆匆离开了教室。

当时罗丹要是把电话的内容告诉他就好了，可能后来的一切都不会发生了……当时陆见川只记住了罗丹一个愤怒的眼神，事后他才知道那眼神意味着什么……

那一天，罗丹走出艺校的大门，他的"秘书"梁铮走上前来。

梁铮也是罗丹的同班同学，但关系不对称，有些跟班的味道。

他说话经常用些不伦不类的语言，比如说：有个事情向您请示，有个事情请您过问……虽然是笑着说，还是有些谄媚的味道。班上的同学戏称梁铮是罗丹的秘书，罗丹和梁铮也不见怪。

"怎么样？是不是我的相机？"罗丹急切地问。

"是不是你的我不敢肯定，不过相机上的产品编号和你的保修单上的一模一样。"梁铮说话喜欢用手势，两手围出了个框框，表示保修单。

"看来我的判断没错……你说，这小子，胆子也够大的，偷了我的相机还敢到学校来显摆。"

梁铮晃动着一个指头："你丢了有一年了吧？他没准儿以为你忘了呢！再说这种型号的数码相机太多了，谁会注意产品编号啊……"

"别人不注意，我就注意。"罗丹得意地说。

一年前，刚上高一的时候，罗丹带了一个数码相机到学校来，当时这种相机的市价是三千多块。没有想到才过了两天，相机不翼而飞。怎么找也找不到，他当时就向学校报了案。罗丹只剩下了说明书和保修单，还有一个充电器，一起放在包装盒子里。

一个星期前，班上的同学康志远带一个相机到学校来玩，那个相机和罗丹丢的相机很像，可惜装相机的盒子颜色不一样。话说回来了，就是颜色一样又怎么样？现在相同的相机太多了，一模一样也不一定是你的，罗丹心想。

那天罗丹回家又看见了自己相机的说明书和保修单，看见了保修单上的编号。他心中忽然一动，相机也算是高级耐用品，是不是和汽车一样，每个相机也都有个独立的编号？于是罗丹给保修相机的厂家打了电话，人家说那是当然，一机一号！

一个侦破计划在罗丹脑子里出现了。他让梁铮想办法看看康志远手里那个相机的编号，是不是和自己丢的那个一样。

功夫不负有心人，梁铮终于看到了那个相机的编号。大星期天的，他急匆匆地赶到艺校，就是向罗丹报告"侦查结果"的。

罗丹的猜测得到了证实！他开始了破案计划的第二步。

在梁铮的再三"恳求"下，康志远又一次把相机带到了学校。他忘记了"偷来的铃铛敲不得"。课间操的时候，他被教导主任叫到了办公室。

办公桌前坐着教导主任，他的对面坐着康志远，桌上摆着那台数码相机。

教导主任显得有些不耐烦："康志远，我再问你一次，这台数码相机是哪儿来的？"

康志远镇静地说："我说过了，是我买的……"

"相机都有产品编号，每台和每台都不一样，你说是吧？"

"是啊，这有什么可奇怪的？"康志远说这话的时候有些心虚。

教导主任从抽屉里拿出一份说明书和保修单放到桌上："你自己看看，这上面的产品编号和你的相机有什么关系？"

康志远接过保修单比照着相机仔细看。教导主任提醒他："看看相机下面的那行编号。"

康志远看见了，很无辜地说："老师，我也不知道这是怎么回事了，这相机真是我买的啊。是我妈和我一块去的。"

教导主任摆摆手："那这样吧，相机先放在我这里，明天请你家长来一趟。把你的保修单、购物发票都拿来。"

康志远垂下头。"你听到了吗？"教导主任提高了嗓门。康志远小声说："听到了。"

可惜这一切，陆见川都不知道。因为"案件"还没有水落石出，罗丹觉得没有到召开"新闻发布会"的时候。要是罗丹和陆见川通报一下"破案"的进度就好了。

二

那天晚上大约十点钟的光景。

陆见川在家里做功课。母亲隔一会儿就提醒他："川儿，早点睡吧……"

"妈，您先睡吧，您吃药了吗？"陆见川的关心让母亲觉得温暖，她听别人家说起自己的孩子，总说现在家家都这一个，指望他们关心父母，甭想！每次听到这些议论，母亲就觉得非常知足。

"妈，要喝水吗？我给您倒水……"

"我不刚喝完吗？你别管我了，安心做功课吧。"

陆见川还是端着水走到妈妈跟前："妈，我看您这病不能再拖了，咱住院吧。"

门外传来敲门声。陆见川打开门，看见康志远站在门口。陆见川感到很奇怪，康志远从来没有来过他家，就是在学校也不是太哥们儿的朋友。

说起和康志远的关系，陆见川总觉得有点尴尬和错位，总而言之就是不舒服。要说爱好，要说人品，他不喜欢康志远。这家伙太自我，喜欢吹牛，在班上谁也看不上眼。按常理，陆见川和他不会有多少话。可是，他欠康志远的人情。

母亲虽然才四十多岁，但身体不好，去医院看病是常有的事情。可是看病挂号就是个难事，尤其是找好的医生。有一次闲聊的时候，康志远说他的舅舅在医院当主任。陆见川当时就问，帮助挂号行不行。康志远说：给我舅舅打电话，一句话的事儿！陆见川试了一次，人家二话不说，专家号就给挂上了……就这样就有了第二次、第三次，陆见川真不知道应该怎么谢谢人家……因此当罗丹他们说起康志远的是非的时候，陆见川经常不说话。

陆见川问："康志远，你怎么来了？"

"有急事找你。"

"什么事儿？"

"咱们到楼下去说好不好？"

康志远和陆见川一起下楼。康志远一面下楼一面唉声叹气："哥们儿碰上难题了，非你陆见川帮我不可……"

走出单元的门，陆见川看见门口的甬道上停着一辆小汽车，透过前窗可以看到司机的位子上坐着一个女人，没准是康志远的妈妈。康志远掏出一盒香烟，陆见川说："啊，你还抽烟？"康志远叹了口气："从来不抽，就这两天烦呀！"

"小小年纪，烦什么呀！你说，什么事情找我？"陆见川笑起来。

"你是罗丹的好哥们儿，什么事情你可能也知道，他说我拿了他的照相机。你说我冤不冤呀！"

陆见川一愣："是一年前丢的那个吗？"他知道罗丹丢相机的事情。

"谁说不是呢！"

"这么说，罗丹的相机是你拿的。"

康志远摇摇头："我真是跳到黄河也洗不清呀！我不是故意的，这完全是个误会……你听我说，我有一个和罗丹的一模一样的相机。那天开完联欢会，我看见桌上的相机，以为是我带来的那个，就稀里糊涂地装到书包里带回家了……前两天才发现这个相机是罗丹的。"

"你把事情说清楚，还给罗丹不就成了吗？"

"我说这话你理解我，可罗丹不理解我呀！你也知道罗丹一直和我不和。"

"你还给他，他总不能不要吧。"

"我也这么想呀，可我还没有来得及还他，他就跟老师报告了，这我不就被动了吗？他要揪住我不放怎么办？"

两个人不说话了。汽车里的女人走下车来："志远，你和同学到车里说。我在外面透透气。"康志远对陆见川介绍说："这是我妈，她比我还着急。我说你肯定帮忙，没问题！"

康志远的妈妈微笑着朝陆见川点点头。

康志远和陆见川坐在小汽车的后座上。康志远显得特别可怜："陆见川，你和罗丹是哥们儿，对于我这就是大事，对于你就是小事一桩。"

"你什么意思？"

"这事情要是出在你身上，你把相机还给罗丹，就什么事情也没有。"

陆见川想了想问："相机呢？"

"在老师那儿。我交给老师了。"

"那不挺好的嘛。"

"是老师跟我要的。"

"那怎么办呀？"

"我就跟老师说，相机是我从你手里借的，这不就解决了吗？"康志远的眼睛紧紧盯着陆见川。

陆见川想了一下说："那可不成，那相机不就成了我拿的啦？

不行。你还是实话实说吧！"

泪花在康志远的眼睛里闪烁："见川，全班同学中你为人是最仗义的，当时你妈看病要我帮忙我二话不说，就是因为我觉得你人好，值得帮。要是平时我也不会让你为难。我现在是非常时期——我正在办出国留学的手续，公安局要有证明，学校要有证明，要是因为这点屁事学校不给我开证明，我不就死定了吗？你，没事啊！——你和罗丹是哥儿们！你帮我这个忙，我一辈子都忘不了你，求你了。如果你和罗丹关系也不好，我绝不求你，关键罗丹和你是好朋友啊！怎么样，你倒是给句话啊……"

那天晚上，康志远如果不来找陆见川就好了，即便找到他，陆见川断然拒绝也就好了。陆见川那天说的是："你让我想想……"他当时的思路是，他去和罗丹说说，罗丹要是答应了，一切顺利。罗丹要是不答应，他再想办法。

第二天中午，陆见川在篮球场找到罗丹。"罗丹，你过来一下。"

罗丹抱着篮球走到场边："刚才我还找你打球呢，什么事儿？"

"你那个相机的事儿不要再追究了好吗？"

罗丹愣住了，他把球扔到了球场里面，看着陆见川的眼睛："这事和你有什么关系？"

"康志远帮过我，你给我一个面子，别再追究了。"

罗丹早就对康志远不满意，整天看他那趾高气扬的样子。如今他偷了相机，罗丹精心破案，严格保密，正要给康志远一个好看。陆见川突然站出来，在中间插一杠子……罗丹感到非常不快。

罗丹绷起了脸："我告诉你，这事和你一点关系也没有，你不要管！没有什么面子不面子的！"陆见川没有想到罗丹这样对他说话，于是又说："你那个丢了的相机是我拿的，不要再追究行吗？

就算是你借给我的怎么样？"

罗丹吃了一惊，不解地问："什么意思？不是康志远吗？怎么是你拿的？"

陆见川迟疑地说："是我拿的。后来忘了还给你……他又从我这里借走的……"

罗丹奇怪地看着陆见川，好像是第一次认识这个人。他脑子里甚至出现了"贿赂"这两个字。于是又追问了一句："你不是开玩笑吧？"

陆见川点点头，不知道是承认还是否认。他以为，凭他和罗丹的关系，这苦肉计总会起些作用的，但没有想到，罗丹歪着头，朝球场走去："反正我都跟老师报告了，你跟老师去解释吧！"

陆见川怔怔地看着罗丹。

如果当时陆见川到此为止，不再参与这件事，以后可能什么也不会发生。要命的是陆见川的性格决定了他的命运。他不满意罗丹的态度，这么多年的好哥们儿，怎么会这样无情？都说到这个份上，他居然翻脸不认人。再说，康志远也有难处呀。

陆见川回到教室门口的时候，康志远正在那里可怜巴巴地等着他。

"没问题吧？"康志远问。陆见川摇摇头。

"那怎么办呢？"

陆见川脑子一热，他跟着康志远来到教导处。

陆见川永远记得教导主任那天穿了一件西装，还打了领带，好像要去参加什么重要的会议。教导主任问："照你们这么说，康志远手里的相机是跟陆见川借的，而这台照相机又是陆见川从罗丹那里'拿'来的。"

康志远连连点头："是这样，是这样。"

"陆见川，是这样吗?"教导主任的口气有些意味深长，可陆见川却体会不到。

陆见川犹豫了一下，微微点点头。

教导主任递过纸笔说："好的，关键是说清楚，说清楚就好，来，你们把事情经过写下来。每个人写一份。"

陆见川犹豫了一下，但觉得答应了人家，中途也就不好反悔。

两天以后，陆见川又被叫到办公室。刘副校长严肃地坐在办公桌的后面。教导主任坐在一旁。陆见川站在前面。

"陆见川同学，你知道吗? 事情比较严重!"主任说。

"什么比较严重?"

"你偷拿罗丹同学相机的事情，性质比较严重。"主任加重了语气。

"我不是偷的，我就是拿来用用，我和罗丹是好朋友。"

"我们问过罗丹，他说他并没有借给你相机!"

陆见川觉得头涨了一下，忽然意识到事情真的比较严重。本来他想说"他不可能这么说"，但是发现自己没有这个底气。

"那怎么办?"陆见川问。刘副校长摇摇头："按学校的规定，凡犯盗窃错误，物品价值超过六百元的，一律劝退处理。"

陆见川抬了一下头，一时没有明白校长的意思。

"我们有规定，凡犯盗窃错误，物品价值超过六百元的，一律劝退处理。"

陆见川听明白了，他呆呆地看着校长，有些蒙了。副校长平静地说："你马上请你的家长到学校来。"

陆见川现在如梦方醒，他急了，他万万没有想到会有这么严重的结果。"哪个学校这么严呀!"陆见川叫起来。

"你觉得严吗?我们在学生入学的时候已经和学生清清楚楚地讲明,学生和家长也都在保证书上签过字的。"副校长说。

"校长,这个相机不是我拿的……"

"不是你拿的,这白纸黑字,你写得清清楚楚,怎么又不承认了?"

陆见川性格里有个倔强的小妖怪,这个小妖怪有个性格,宁输一亩地,不输一口气,现在这个小妖怪又出现了。

爱怎么着就怎么着吧!陆见川不再说话。但是有一件事情让他为难,让家长到学校来,这不是要妈妈的命吗?这样一想,陆见川心中又多了几分慌乱。

陆见川生长在一个单亲家庭,他和妈妈一起生活。妈妈告诉他,还没有生下他的时候爸爸就去世了。十六年来,他和妈妈相濡以沫,虽说生活有些清苦,但是他没有觉得有什么过不去的,也从来没有因为家里的情况在同学们的面前感到自卑。陆见川是个自尊心很强的孩子,也是一个非常孝顺的孩子。

妈妈原来在一个工厂做文书,最近因为有病在家里休息,厂里几次动员妈妈提前退休,妈妈都没有答应。她有些怕,怕退休了,万一厂里不管了,见川怎么办?孩子虽说没有父亲,但是各个方面都很优秀,一点不让自己操心。

三

陆见川回到教室,他要马上找到康志远。没有想到,别的座位上都有人，唯独康志远的座位是空的。陆见川脑子"嗡"的一下，没有再继续上课，他骑着自行车急急忙忙赶路。他想方设法打听到了康志远的家庭地址。那是地处近郊的一座联体别墅。

陆见川上前敲门，里面没有声音。陆见川又敲门。门开了，康志远的母亲站在门口。

"阿姨，康志远呢？"陆见川急切地问。康志远的妈妈微笑着说："志远昨天下午已经出国了。我们还要谢谢你呀！"

陆见川大吃一惊："啊——都走了！什么时候回来？"

"他去上学呀，回来怎么也得两三年吧？"

"您能够让他给校长打个电话，或者写封信吗？"陆见川觉得自己的嗓音是嘶哑的。

康志远妈妈有些奇怪："写什么信？慢慢说。"

陆见川急促地说："您是知道的，他拿了罗丹的相机，我帮他扛了这件事。可是今天校长要让我离开学校。您知道相机不是我拿的，我为了康志远出国才那么说的，可是我没有想到后果这么严重。我想让康志远跟校长说一下，证明相机不是我拿的！"

志远妈妈明白了陆见川的来意，她叹了口气说："我们现在也不好联系他呀……"

陆见川沮丧地说："阿姨，那您帮我说句话也好呀！那天晚上康志远找我，不是您开车带他来的吗？"

志远妈妈脸上已经变得有些不自然："我只是把他送到你们家，至于你们之间说了什么事情我一点也不知道呀……"

陆见川愣住了："您能把康志远的联系方式告诉我吗？"

"我们现在还没有呢。他还没有安顿下来呀！"

陆见川呆呆地站在那里，心里有些绝望。

回到学校，陆见川在校门口遇上了罗丹。

"听说事情有些严重？"罗丹的神情有些尴尬。

"爱怎么着怎么着吧！不过我告诉你，你的相机不是我拿的……我一辈子也不会干那样的事情。"

"陆见川，按你说的意思，你是代人受过？"罗丹说。

"就算是吧。"

罗丹叹口气："陆见川，咱们一直是哥们儿，我下了个夹子本来是抓狐狸的，和你一点关系也没有，我也从米没有想伤着朋友，可是你偏偏一脚踩进去了……"

"说这些没有用，到现在我谁也不怪，就怪我自己。我太傻了。"

"陆见川，我实话跟你说，我不太相信你会这么傻，怎么会傻到把这件事情揽到自己身上……"

陆见川拍了一下脑门："我没有想到有这么严重的后果。"

"就是没有这样的结果，一个正常的人也不会做这样的事情。"

"你不会做，我会做！现在后悔也没有用了，事情就摆在这儿了。"

罗丹摇摇头："陆见川，你实话告诉我，康志远是不是给了你钱，你才答应给他扛这件事情？"

陆见川激动地举起双臂："你把我当成什么人了？"

"那我就更不能理解了。这不符合正常的逻辑呀！就是脑子进水的人也不会干这样的傻事儿啊！"罗丹频频地摇着头。

"唉——你爱信不信吧，我就是一个傻蛋——"

"可是我能帮你做什么呢？我总不能和校长说我的相机根本没有丢吧？"罗丹犹犹豫豫地问。

陆见川眼睛里燃起一丝光亮："你能不能去跟校长说，我借了你的相机，后来我给忘了呢?"

罗丹不说话。

沉默良久。

又等了一会儿，罗丹还是没有说话，陆见川猛地转身朝校门外走去。

陆见川是个义气至上的性格，他热心，他愿意帮助别人。当别人说他外柔内刚，是个热血汉子，是个性情中人的时候，他觉得非常受用。因此一旦义气的热血冲上头顶，他可以原谅，他可以理解，甚至可以把许多是非都排在义气之后。最要命的是，他以为他这样讲义气，别人也像他一样讲义气。帮助那个并非好朋友的康志远，是因为他相信义气。在罗丹那里，他毫不犹豫地说相机是自己拿的也是因为他相信义气，他以为他一说相机是自己拿的，罗丹就会说：既然这样，那我就看你的面子……现在别人都闪了，他寒心了。

陆见川不知道往什么地方走，他只知道现在不要回家。他不知道他怎么和妈妈说这件事情。他的脑海里总是回荡着在校长室的最后两句对话。

"请你家长来。"

"我妈有病。"

"让你爸爸来。"

"我爸爸死了……"

陆见川从来没有觉得这么无助，康志远这么卑鄙，罗丹这么无情，学校这么冷漠。他唯一可以诉说委屈的妈妈现在又无法面对。他还有一个好朋友，小学的同学，艺校的搭档宋姗姗，可是这样的事情她又能有什么办法呢?

下雨了，泪水和雨水从他的面颊上流了下来。

罗丹还没有陆见川想的那么"冷血"，看着陆见川远去的身影，他的心里也感到不安。但是他和陆见川不一样。他没有陆见川那样热心，甚至有些小小的自私，一事当前他先看看会不会伤到自己的利益，他不会为了帮助别人像陆见川那样对自己不管不顾。他冷静，凡事他既不往好处想，也不往坏处想。分析判断一个人做事动机的时候，他往坏处想得多一些，因此他显得多疑，即便对好朋友也是如此。因此当陆见川说出事情原委的时候，他接受起来有些困难。他不完全相信陆见川说的话。

他骑上车去找宋姗姗。在楼下叫了半天，直到他说是为了陆见川的时候，宋姗姗才下楼。罗丹心中有些不爽，他知道宋姗姗对陆见川比对他好。

他把事情的经过和宋姗姗说了一遍。宋姗姗始终专注地听着。说完了，宋姗姗急切地问："陆见川的事情就不能挽回了吗？"看得出来，她挺动心。

罗丹不说话。

宋姗姗说："你们学校也真够严的。怎么会处理得这么严重？"

"我也没有想到处理这么严重。"

"你想办法呀！他是你好朋友呀！"

"别说了，我心里也特烦……"

"你干吗要把相机的事情告诉老师呀？你多大了？"

"我当时哪儿知道后来的结果呀，我又没有告陆见川，我告的是另一个叫康志远的小子，可是不知道陆见川为什么会半道切进来，非说相机是我借给他的，还非叫我也这么说，这叫什么事呀，我都晕了！"

"学校可以调查清楚呀。"

罗丹摆摆手:"调查了,可架不住陆见川先是承认,还写了材料,后来又反悔,说是代人受过。"

宋姗姗急得直跺脚:"陆见川怎么这么傻呀?"

"谁说不是呢。"

"你可以到学校去说呀,没准有用!"

"你真的认为陆见川没有拿相机?"

"当然了——"

"你怎么就这么肯定呀?"

"我觉得陆见川跟你说的是实话,他是冤枉的……"

"唉,有时候人穷志短……"

宋姗姗火了:"哦,你以为穷人就都是贼呀!"

"你怎么总是向着他啊?"

"向着他有错吗?陆见川也是你的好朋友!"

罗丹心里本来就烦,现在听宋姗姗这么一说,他的话就横着出来了:"你什么意思?这不等于说我栽赃陷害吗?你就是真喜欢陆见川,也不能这样说话啊!"

宋姗姗愣住了,这一刻她有些看不起罗丹,她觉得罗丹太狭隘了。一个男同学怎么能这样呀?她大声说:"罗丹,你太让我失望了!只想着自己,见死不救,纯粹是一个冷血动物。"

"你总不能是非不分吧。"

"他要是被冤枉的呢?"

"谁让他搅和进来,我就不相信!说不通啊!所以我还真有点怀疑是陆见川偷的,现在事情暴露了,他不得不承认。反正康志远出国了,没办法查清楚……我倒不在乎那点钱……"

"好了，我不跟你讨论了！你告诉我陆见川的手机号！"

罗丹摇摇头："你不是不知道，陆见川没有手机……"

四

陆见川不想回家，可又不敢不回家。万一妈妈着急怎么办？万一妈妈犯病怎么办？

那一天他回家很晚，和妈妈说他有点不舒服，早早睡了。这一夜，自然是辗转反侧，不能成眠。第二天他起了床，慢慢地穿衣，慢慢地洗漱。他把一杯热好的中药从桌上端起来，走进厨房，却不知道要干什么，又把中药杯子端了回来。

"见川，你怎么了？"妈妈突然问。

"没怎么。"

妈妈皱皱眉头："你一定有事瞒着我！"

"真的没有……"

"你别让妈着急了，昨天晚上我就觉得你有点不对劲儿！"

陆见川一愣。现在，他真的是走投无路了，只好和妈妈说了实话。但是学校的处理意见他没敢对妈妈实说，他只说了可能学校要给处分……果然，妈妈刚一听完，就剧烈地咳嗽。陆见川心中一紧。

"见川啊，你怎么能干出这种事啊，你这不是仗义，你这是糊涂呀！但凡有点脑子的人都不会干你这样的傻事呀……一会儿我跟你一块去学校。"

陆见川咬着嘴唇说："妈，您别操心了行不行，这事我能处理好。"

"你能处理好什么？"

"我想好了，没什么大不了的，顶多就是不上学了。我可以去打工，养活咱俩，也有钱给您治病啊。"

"你说什么？"妈妈忽然瞪圆了眼睛，"我这么困难地把你养大，就是盼着你能上个大学有个出息，我不去看病我为什么？我不办退休我为什么？你还有脸说不上学！"妈妈气愤地一挥手，盛中药的杯子"哗"的一下摔在地上。陆见川从来没看见妈妈发过这么大的脾气，他连忙握着妈妈的双手说："妈，您看您，这值得您生气吗？我也没说我真的不上学啦。"

陆见川哄了妈妈半天，然后背着书包走出家门。刚一走出单元门，陆见川就有些走投无路的感觉。他不想去学校。不知道为什么，他还莫名其妙地有种羞耻感，尽管他没有偷。但相机的事情估计已经在班上传开了。他心中一点鬼都没有，可是连好朋友罗丹都不相信他，他还能跟谁申诉？谁相信他是替康志远扛事儿？教导主任都下"劝退"令了，人有脸树有皮，他还怎么坐在教室里？

十六岁，说大不大，说小不小！十六岁，以为什么都懂！

陆见川毫无目的地走着，去哪里都行，就是不能回家，也不能去学校。

那一天，陆见川要是不跟妈妈说就好了。自己要真是个男人，谁也不说，自己挺到底，打碎了牙往肚子里咽。即便说了，那一天要是待在家里就好了。他不知道那天上午，宋姗姗曾经来过他家，妈妈说他去上学了……

他也不知道，前一天晚上，当罗丹的妈妈听说了这件事以后对罗丹说："早知道是这样的结果，咱还不如不要相机了。一个相机怎么就把人开除了呢？最多给个处分什么的。再说你们不是好朋友吗？"要是听见这些话，陆见川心里也不会觉得这么寒冷！

中午时分，陆见川在一个报刊亭给宋姗姗的手机打了个电话，那边正在通话。他就又给宋姗姗家里打电话。宋姗姗的妈妈说，宋姗姗和罗丹出去了，你们没有在一起吗？他又问，宋姗姗明天在不在家？宋姗姗妈妈说，有个拍《人鱼公主》的剧组看上了宋姗姗，这两天就要试镜……

陆见川看看马路上来来往往的车流，心中一片茫然。

他去了体育场，去了公园，还在一家幼儿园的铁栅栏旁边看看家长接孩子。马路上停满了小汽车。为了安全，家长一个也不许进出。每一个孩子出来都仿佛是如临大敌，左边是保安，右边是阿姨，手把手地交到家长手里……道路完全堵塞了。不知道的人以为是高级领导来这里视察工作。

大约晚上九点钟的时候，陆见川才回了家。他走到家门前，发现门半开着。

"妈，怎么开着门啊？你也不怕进蚊子。"陆见川说。

房子里没有回音，他奇怪地进门，发现妈妈不在屋里。就在这时，有人在门外招呼他。陆见川回过头，看见几个邻居站在他面前。为首的郭阿姨有些嗔怪地说："孩子，你怎么才回来呀？我们到处找你。"郭阿姨是妈妈的好朋友，还是小区的居委会主任。

陆见川感觉有什么严重的事情发生了。"我妈怎么了？"

"你妈心脏病犯了，送医院了。你张叔叔在那儿。"

陆见川转身就往楼下跑。郭阿姨拦住他说："你等一下，有东西给你。"陆见川等了一下郭阿姨，不一会儿的工夫，郭阿姨手里拿着一个褪了色的军挎书包递给陆见川："你妈上医院以前嘱咐我一定要把这个书包交给你。"

陆见川接过书包朝楼下跑去。

陆见川来到医院急诊室。门口站着张叔叔，看样子正在等他。

"张叔叔，我妈怎么样了？"

张叔叔告诉他妈妈正在手术室里抢救。听到这个消息，陆见川傻了，妈妈的病怎么一下子变得这么严重？张叔叔拉住他的手，朝手术室走去。到了手术室，张叔叔朝里面指了指，又摆摆手。

陆见川只好站在门口，他的手剧烈地抖动着。张叔叔凑上前，右手拉住陆见川，用力攥了攥，左手搭在他的肩上。陆见川心里觉得有些着落，不像刚进门时那样慌了。

大约过了半个小时，手术室的门开了，医生走了出来。陆见川急忙迎上去。他不知道该问什么，也不敢问什么，只是紧紧盯着医生的脸，似乎想从脸上的表情看出吉凶。张叔叔开口问道："医生，怎么样？"

医生摇摇头。张叔叔一句话都没说，扭头一把将陆见川揽在怀里。

那一刻，陆见川只觉得脑袋"轰"的一下，灵魂出窍一般，飞到屋顶。他看见自己在张叔叔的怀里，双肩抽搐着。自己为什么会这样？发生了什么事情？好像在梦中，那事情是喜是悲都没有关系，因为一会儿就会醒过来……

他醒过来了，那不是梦，那是现实！

凌晨时分，张叔叔陪着陆见川回到自己的家。看着空荡荡的房间，陆见川没有锁门，还特意把大门敞开着。他觉得妈妈没有走远，过一会儿就会回来。他坐在妈妈睡的床上打开了那个褪色的军挎包。里面有一个大钱夹，钱夹里面有一个存折。陆见川眼泪止不住流淌下来。书包里还有一个日记本，里面夹着一封鼓鼓的信。陆见川打开信封，一个玉佩掉了出来。他用手紧紧握住玉佩，展开那封信。

那是熟悉的妈妈的字体——

亲爱的川儿：

　　妈妈这些天感觉身体越来越不好，于是决心给你写这封信，以防万一。

　　川儿，妈妈这里要说声谢谢你，我没能给你一个完整的童年，但是你却给了我一个完整的人生。川儿，我要告诉你，你的父亲没有死，他叫林伟群。

　　十六年前我认识并爱上了他。当时他已经有了家，因为夫妻感情不好，正在准备离婚。就是在那一年我怀上了你。

　　可能是天意吧，有一天我偶然看见了他的女儿，一个非常可爱的一年级小学生。就在那一刻，我忽然改变了念头，决定离开他，也没有把怀孕的事情告诉他。你的父亲是个好人，但是我不能和他结婚。后来我离开原来的单位，生下了你……

　　知道了这件事，你可能会恨妈妈，也可能恨你的爸爸……等你长大了我想你会理解我们的。

　　川儿，妈妈对不起你。没有让你得到父亲的关爱。本来我准备永远埋藏着这个秘密，可是最近我感到身体越来越不好，我想如果哪一天我真的不在了，你一定要找到他，这样你就会有人照顾了，我也就放心了。妈妈一直戴着的玉佩，留给你了，你戴在身上会保你一生平安……

　　信在陆见川的手里，他不知道看了几遍。他也不知道什么时候坐在了地上，更不知道台灯什么时候放在了他的身边，更奇怪的是那台灯歪倒在地上，光线是对着天花板的，而不是对着信纸的……那光线也真是神奇，天花板上人影憧憧，变化万千。妈妈信中的每一句话仿佛都被幻化成一个个电影画面，真真切切、残酷无情……

不可思议遇见你

雪 丁 香

第二章

陌生的亲人

一

第二天早晨，张叔叔很早就来到陆见川的家里。

"怎么没关门呀？"张叔叔走到陆见川的床前，看见被子掉在地上。他一面把被子拾起来抖了抖，一面对陆见川说："你妈妈单位的人一会儿就来家里。你别担心，他们该管的事就让他们管，他们不管的事情有张叔叔管。"

陆见川没有说话，眼泪扑簌簌地落在地上。

张叔叔又说："孩子，洗把脸，到张叔叔家里去吃饭。"

"我会做……"陆见川说。

"一会儿给你们学校打个电话说一声……要不我来打，告诉我你们老师电话。"

"叔叔，我不想上学了！"

张叔叔一愣："怎么能说这样的话，学怎么能不上呢？请几天假就是了！"

陆见川真的想哭，想号啕大哭。可是他忽然感觉到，他不能哭了。他使劲地咬住嘴唇、咬住牙。可是喉咙没能忍住，发出"呜呜呜"的哽咽，陆见川好像听见别人的声音。

张叔叔双手搭在陆见川的双肩上。

在妈妈的追思会上，陆见川看见了一个陌生人。听张叔叔招呼他的时候，他说他是陆见川妈妈的中学同学。

隔了一天，黄昏时分，陆见川骑车回到家。在楼门口他又见到了那个陌生人。陆见川愣了一下。陌生人走上前说："陆见川，我能跟你聊聊吗?"

"哦——我昨天见过您,怎么称呼?"陆见川很有礼貌地说。

"我叫林伟群,特意来看看你!"陌生人的眼睛紧紧盯着陆见川,可是当陆见川注视他的时候,对方的眼睛又有些躲闪。

"林伟群!"这个名字好像在哪里听到过,虽说生疏,可的的确确听说过,只是一时想不起来。名叫林伟群的中年人跟着陆见川走上楼梯,走进房间。

墙上挂着陆见川母亲的遗像,前面摆着鲜花。那张照片是妈妈四十岁生日的时候照的,依然是那么年轻美丽。林伟群走到遗像面前,深深地鞠了三个躬。陆见川心中一动。他猛地想起来了——林伟群!那不是妈妈给他的信中提到的吗?如果不是重名重姓的话,眼前这个林伟群就是自己的生身父亲!陆见川只觉得嗓子一热,心跳不由得加快起来。

这一瞬间,陆见川的脑海里就像忽然涌进了千军万马,左奔右突,号叫厮杀。但忽然间他的脑海里又沉寂下来,一片空白。

林伟群坐在一个圆凳上。陆见川指指屋里唯一的一张沙发。本来他应该说"您坐在那儿吧",可不知道为什么,他没有说话。林伟群摇摇头:"这儿就挺好,你坐吧!"

陆见川没有吱声,自己也搬了一个圆凳,在林伟群的侧面坐下来。他不知道下面要发生什么事情。沙发空着,倒好像是给妈妈保留的座位。

房间里一片沉寂。陆见川有种喘不过气来的感觉。过了好一会儿,林伟群慢慢开口了:"你妈妈跟你提起过我吗?"

"提什么?"

"提起……我这个人……我的名字?"

"没有——"陆见川撒了个谎，其实也不算撒谎，这个名字他的确是几天前才知道的，十六年的时间里妈妈都没有提，几天前才在信里说到。和十六年的时间相比，几天算什么？说没有也不是什么错。但是陆见川的表情和态度却无声地告诉林伟群，眼前这个孩子知道对面坐的人是谁。

又是一阵沉寂。"你这里有水吗？"林伟群说。

陆见川从墙角的盒子里拿过一瓶矿泉水递给他，心想，对面坐的人是不是他的父亲这还只是个猜想，尽管这猜想已经八九不离十，但需要证实呀！没有那关键的一步，谁也不能肯定。对面的人接下来会说什么呢？他肯定会说——孩子，我就是你的亲生父亲呀！

想到这里，陆见川心中一阵惶恐。

"我能抽支烟吗？"林伟群说。

陆见川点点头，把一个空可乐罐放到林伟群眼前的地上。林伟群点燃了一支烟。房间里顿时充满了烟草的味道。陆见川知道林伟群要说那句关键的话了。

不料，林伟群一开口就有些前言不搭后语的："见川，我不知道怎么说好……我想你是知道的，没有想到你还不知道……"

陆见川特别想插一句问话："知道什么？"可他没有开口。只听林伟群自说自话："你可能不理解我对你妈妈的感情……你一定觉得我是个坏人，我当时真的想和你妈妈永远生活在一起的，可是你妈妈坚决不同意。我这不是开脱我的错误，你妈怀孕的事情我实在不知道……我对不起你们母子俩……"

陆见川全明白了，坐在面前的这个人就是妈妈遗书里提到的林伟群，就是自己的亲生父亲。如果说，刚才陆见川很惧怕那句话，那现在他倒觉得没有那句话做开头，林伟群有点不够诚实！缺乏诚意！关键的话，关键的词都不提，谁知道你在说什么？就好像讲故事，不说开头就说中段，人家怎么听得懂？

陆见川莫名其妙地气愤起来，他冷笑一声："现在说这个干什么啊……"

林伟群打了个磕巴儿，又继续说："十年前，我知道了事情的真相……我曾经来找过你妈妈，我要每月给你们母子出抚养费，可是被她拒绝了。现在事情发生了变化，我愿意尽我最大的能力帮助你。"

"你到底是谁呀？"陆见川终于忍不住了。

"我是你的亲生父亲啊！"

从上楼梯到现在，或者说在十六岁的生命里，陆见川最需要最渴望听到的就是这句话，然而不知道为什么，现在他最害怕的也是这句话！现在这句话终于出现了，与其说是林伟群自己说出来的，还不如说是陆见川给逼出来的。

一股无名之火在陆见川心中燃起。"用不着！"他冷冷地说。

"你一个人生活怎么办？"林伟群好像是做了充分的思想准备，并不惊讶。

陆见川不说话。林伟群拿出一张银行卡放在桌上："这张卡你先收着，这里面有五千元，以后我每个月再给你往卡里打两千元钱作为你生活的费用。"

"我不要——"

林伟群有些恳求地说道："见川，你看要不这样，等你什么时候自己能养活自己了，你再把卡还给我。"

"我现在就能养活自己。"

"你能养活自己?"林伟群惊讶地看着陆见川,见对方不说话,他好像是下了很大的决心说,"如果你愿意的话,我想把你带回我的家……你还有一个比你大七岁的姐姐……你可以和我们生活在一起……"

陆见川一愣,揶揄地说:"把我带回你的家,我在你们家算什么人啊?我不愿意别人可怜我,我能自己活下去!"

沉默了一会儿,林伟群说:"见川,我们一起去吃个晚饭吧?慢慢说。"

长期失散的亲人,无论是父子还是母子,甚至兄弟姐妹的相认似乎是需要一个过程、需要一个仪式的。不但需要,而且应该庄重。他们需要被预先告知,需要有中间人,首先说出他们之间的关系,失散的缘由……一切明白以后,将他们带到一起,关键的场合说出关键的话,或者是尽在不言之中。可是今天,既没有中间人的引领,也没有思想准备,更没有仪式感,因此显得那样不正规,那样的随便。其实旁观的人很清楚,在这次相见中最要命的障碍就是那十六年的陌生。不论是什么原因,那十六年,作为一个父亲,没有尽到父亲的责任,儿子的拒绝都是情有可原的……

"我不去,这张卡你也拿走……"说着,陆见川站起身来。

林伟群也站起来,他把一张纸放在桌上:"见川,你就算是不能理解我,也总要听你妈妈的话吧。她在遗嘱里委托我做你的监护人,我总要实现你妈妈这最后的一个愿望吧……"

陆见川看看桌上那张纸,他猜想,妈妈在给他写信的同时,也给林伟群写了一封信。

"见川,我实话跟你说,你虽然是第一次见到我,但是我偷偷见过你好几次,我爱你的妈妈,我也时刻惦记着你……现在你就给我一个机会吧!"

看着林伟群恳切的目光,陆见川说:"好吧。这张卡你放这儿吧。你听清楚,这是因为我妈的遗愿,至于你打不打钱,打多少钱,那是你的事。就算饿死我也绝不动上面一分钱。到我十八岁的那天,你把卡拿走。为了我妈,我给你点心理安慰!"

林伟群愣愣地看着陆见川,最后无可奈何地点点头,又把一个手机放在桌上:"这是我特意给你买的手机,里面只储存了一个号码,有事就给我打电话好吗?"

陆见川紧紧地咬住自己的嘴唇,他不知道该说什么。

"我听说你还在艺校的影视表演班学习,我愿意用我最大的力量帮你实现你的梦想。"

"我不想再做梦了。你也别得寸进尺,手机拿走!"陆见川冷冷地说。

明天又是艺校表演班活动的日子了,陆见川写了两封信放在艺校的传达室。一封是给陈老师的,另一封是给宋姗姗的。他不愿意再见到艺校的老师和同学。

不到一个星期的时间里,他的生命中居然遭到了三次重大的"打击"。

他被人利用,"偷"了相机,惨遭学校劝退的处分。

母亲在他毫无准备的情况下离他而去,而且还和他犯的错误有关。想到此处,陆见川心中就隐隐作痛。

还有,本来他以为自己的父亲早早去世了,万万没有想到,一个父亲——据说还是亲的,又活生生地出现在他的生活里。

这些接踵而来的突然的变故,让这个十六岁的少年有些晕头转向。

　　他想把这一页彻底翻过……又觉得有些割舍不下，对老师的感谢和礼貌是不能缺少的。给陈老师的信里，一是告别，二是感谢。他没有说任何原因，只写了"因故"二字。给姗姗的信里他有些犹豫，有些事情还是想对她诉说。

　　他不知道，第二天活动的时候，他没有去，姗姗也没有去，她到一个摄制组去见导演了。

　　当事人都不在，旁观者罗丹在传达室看见了这封信，他代收了，想顺便把姗姗的信带给她。罗丹骑车到了姗姗家，不料姗姗家里没有人。他给姗姗打电话也没有人接听。坐在小区中间的喷水池边上，他好奇地把那封信对着阳光照了照。他发现信封的封口开了，不知道是写信人马虎，还是胶水有问题……

　　罗丹忍不住将信封打开了。这是陆见川给宋姗姗的信。

　　罗丹犹豫了一下，还是看了。

宋姗姗你好：

　　今天是表演班活动的日子，我不想再来了。这些天我遇到了我从来没有想象过的打击和痛苦，可是我到现在也没有明白这些事情对我来说意味着什么。有时候甚至在想：是不是在做梦？……我很想和你见一面。我只是希望把我的委屈告诉一个人，她只要知道了，我的心情可能会好一些！

陆见川

二

林伟群有个比较富裕的家。

从陆见川那里回来，他没有吃晚饭，一个人坐在那里郁闷地抽烟。门外传来开门锁的声音。女儿林雨卉走了进来。林雨卉二十三四岁的样子，看起来美丽而聪慧。看见父亲的神态，林雨卉吃了一惊："爸，您怎么又抽烟啊？不是戒了吗？"说着话，林雨卉打开房间里的窗户："您没事吧？"

"没事。"

"我妈呢？"

"不知道去什么地方了，是不是又去逛商店了？"林伟群有一搭无一搭地说。

林雨卉一面去给爸爸倒烟缸一面说："爸，明天是我的硕士论文答辩，心里还挺紧张的呢。"林伟群有些心不在焉的："嗯，好。"

"咦，您怎么啦？您好像不是特别高兴？"林雨卉觉得爸爸今天有些奇怪。林伟群连忙说："高兴，当然高兴，当导演的好像没有几个研究生。"

林雨卉笑笑："可不是嘛！都忙着拍片，我要是有拍片的机会可能也没有时间读研了。"林雨卉又说："爸，你们上学的时候也像我这样紧张吗？"

林伟群心里有事，没有听见女儿的话。林雨卉拍拍爸爸肩膀："爸，您想什么呢？我跟您说话呢！"

"你弟弟……"林伟群忽然说。林雨卉吃了一惊："您说什么我弟弟?"

林伟群自觉失言,急忙掩盖:"哦,我是说你要是再有一个弟弟就好了。"

"那当时你跟我妈干吗不生俩,现在后悔了吧?不对呀!爸爸今天您是怎么啦?没见过您这个样子呀!"

林伟群欲言又止,好一会儿他才回过神来说:"雨卉……爸今天有点不舒服,想出去走走。"

"不舒服还出去!躺一会儿吧!"

"不,出去透透气就好,我没什么事儿,你明天答辩还要准备吧?"

林雨卉看着爸爸的背影,好生奇怪。

那天晚上,林伟群又来到陆见川的家。走上楼梯,这次他敲的是对面张叔叔家的门。张叔叔走了出来。林伟群的心情是犹豫的,敲门之前,他想把与陆见川的关系告诉张叔叔,然后请张叔叔帮助他照顾陆见川。可是见到张叔叔的一瞬间,他忽然想到,张叔叔再好,人家毕竟只是个邻居呀!把自己和陆见川的关系告诉人家,不是很可笑吗?最要命的是,陆见川是不是能够接受,是不是愿意被人知道?他要是不愿意,事情就更麻烦了!想到这里,他出了一身冷汗。

"您找我有事吗?"

"对面陆见川在家吗?"

"您敲门了吗?"

"我敲了,没有人!"林伟群撒了个谎。

陆见川现在没在家,他独自一人坐在街头公园的一个长椅上。长椅旁边有棵很大的银杏树,秋天的时候周围落满金黄金黄小扇子一样的树叶。妈妈活着的时候，他经常陪着妈妈坐在这张椅子上。

陆见川曾经问妈妈："我们吃的白果就是银杏树结的吧？"妈妈点点头。

"这棵银杏树这么大，这么多年了怎么没见它结果呀？"陆见川问。妈妈说，银杏树分公母，母的结果，公的光有叶子……

天已经黑了，有点小风。陆见川侧了一下身，双手枕在头下，仰望着夜空，天上繁星点点。周围一片寂静，偶尔有汽车的声音划过。

有脚步渐渐临近的声音，一个人走到陆见川的身边，陆见川没有察觉。

"见川——见川——"有人在招呼他。陆见川猛地从长椅上坐起来。只见张叔叔站在他的眼前。张叔叔坐在他旁边问："你怎么到这儿来了，我找了你好长时间。孩子，不能这样呀，你还得往前走呢！"

陆见川说："我没事儿——"

"生活的路在你面前太长了，以后你得到的东西会更多，要走得轻松，你总得放下一些东西，要不然，到我这个年纪就会走不动了。你妈妈的在天之灵肯定希望你幸福快乐，可要是看见你这个样子她能放心吗？"张叔叔像是在那儿喃喃自语。

张叔叔是一家汽车修理厂的师傅，听说还在交通台做过节目解答修车的问题。现在听他说些文绉绉的像语文老师一样的话，陆见川很感动，也有点奇怪。张叔叔又说："孩子，人的一生和走路差不多，有时候走的是大路，有时候走的是小路，甚至是坎坎坷坷的小路，小路当然没有大路好走，但你要记住，小路的作用是大路永远不能替代的。"

　　陆见川心中一动，很想跟张叔叔说说学校让他退学的事，还想说说那个"亲生父亲"的事，张张嘴，但又给咽回去了。张叔叔又说："见川，我把你当自家人，有些话想问问你，愿意的话你就跟叔叔说说，不想说也不勉强……"

　　"您说。"

　　"你还有什么亲戚吗？你才十六岁，往后你打算靠什么生活？"

　　陆见川说："我有姥爷姥姥，在外地，他们也都退休了。我妈妈给我留了点钱。您放心，我能自己生活！"张叔叔摇摇头："可不这么简单，你妈妈不是什么大款，也不会给你留多少钱。城市里花费可不少，你不当家不知道过日子的艰难。我的意思是要不要去民政局看他们有什么政策。"

　　陆见川一愣，他从来也没有想过什么民政局的事情，张叔叔现在一说，他忽然感到了生活的严峻。但他还是习惯地摇摇头说："谢谢张叔叔，有事儿我再找您！"张叔叔点点头："刚才有个叔叔找你，就是那天说是你妈妈同学的那个，也不知道什么事情。你认识他吗？"

　　陆见川摇摇头。就在那一刻，陆见川突然下了决心，作出了一个重大的决定。

　　张叔叔拉着陆见川的手说："走吧，回家！好好睡觉。明天好好上学！"陆见川忽然说："张叔叔，求您一个事儿，您的厂里需不需要工人，我不想上学了！"

　　张叔叔大吃一惊："这可不行，你才十六岁，工厂里不能要你呀！再说，我们这里的工人都是从汽车修理学校毕业的学生里找的呀！"

　　"那我就上汽车修理学校，您看成不成？"这是陆见川有生以来作出的最重大的决定。出于无奈也出于义气，出于莽撞也出于幼稚。在作出这个决定之前，如果他知道许多人并不像他想象的那样无情无义就好了。可惜陆见川不知道。

两天以后的中午，罗丹正在操场上打篮球。梁铮跑过来对罗丹说："你知道吗？陆见川的妈妈去世了。"罗丹吃惊地说："是吗？什么病呀？"

"他两天没来上课，你好像一点也不为他着急。"梁铮有些责怪地说。

罗丹气急败坏地说："你少废话，我急不急，你知道吗？他家里出了事，我也不知道呀！"

梁铮说："我们都是好朋友，不能眼看他就这样……我们得帮帮他啊。"

"我怎么帮呀？相机的事情不论是不是他偷的，他都没道理！他自找的吧？现在可好，他比我还牛！我欠他的呀？"

"他要是真被劝退了，以后怎么办啊？"

"我也没想到结果会是这样……一想这事儿，我心里就堵得慌。"

……

陆见川不知道，罗丹的妈妈来学校找过校长，希望学校能够给陆见川一个机会，校长有点心动。

……

陆见川不知道，张叔叔也来过学校，他是向学校通知陆见川妈妈去世的消息的，因为张叔叔在陆见川妈妈的追思会上不但没有看见陆见川的学校有一个老师来，也没有看见一个同学来。当然来不来也正常，但张叔叔怀疑，陆见川家里出事，没有告诉学校的任何人。家里出了这么大的事儿，就剩下陆见川孤单单的一个人，学校和老师怎么也应该知道呀。

果然，当校长知道陆见川家里的事情以后，心里就有些不忍，当时就打定了主意——如果陆见川再请求的话，就给他一个机会把他留在学校！

三

陆见川后来的举动让校长和教导主任大吃一惊。

那一天，陆见川让张叔叔陪着他来学校办手续。陆见川属于未成年人，办退学手续需要家长签字。张叔叔现在就是他的"家长"。

教导主任看见陆见川走进办公室，微笑了一下。他也知道了陆见川家里的事情，校长也和他交换过意见，想再给孩子继续在这里上学的机会。只要他再次要求，那时候，教导主任就可以让他写一份深刻的检查，然后再告诉他这个好消息。

"怎么样？"教导主任问。

"我来办退学手续！这是我的家长张叔叔。"陆见川说。

教导主任一愣，他本以为家长和学生本人都会再请求一下的，于是他就可以说："陆见川同学，经过我们再三研究，也考虑到你最近的实际情况，我们想给你一个机会。"

他没有想到今天他们居然这样"义无反顾"。教导主任忍不住了，他说："如果你对这件事情能有个深刻的认识……"

"怎么认识？"陆见川问。

"在学校或者班上做一个深刻的检查。"

陆见川摇摇头："我不想上了，我要退学！"

"退学？你怎么想的？"

"没怎么想，就是不想在这个学校上了。"

张叔叔说："见川，要不你再考虑考虑。"

"我想好了。"

教导主任有点反感陆见川的态度。本校是重点中学，多少人拿着钱拿着条子想上这个学校都没有结果。眼前的陆见川你犯了错误，学校挽留你也不买账，我们还要求着你，你可真是太牛了！但是根据多年管理学校的经验，他知道这个年龄的孩子就是爱冲动。冲动的时候，眼前明明是个火坑，他也得跳。于是他说："你等等，我去找一下校长。"

过了一会儿，校长来了。按说校长那么忙，能亲自来关心一个同学也很不容易，可陆见川却是一点面子也不给，还是一个劲儿地要退学。

"从咱们这儿退了，你打算到哪个学校去呀？"校长问。

"我不上学了，挣钱养活自己！"陆见川平静地说。"我们打算去上一个技校，上学期间学校还有生活补助。"张叔叔补充道。

校长看了一眼教导主任，点点头说："好吧，陆见川同学，既然你这样坚持，我们也就不勉强了。我不给你办退学手续，我们给你办一个转学手续，你看怎么样？"

陆见川还没有说话，张叔叔急忙说："那好，那好。"

校长把主任叫到门口小声说了几句。

教导主任郑重地给陆见川开转学证明，转学证明上写着：

　　　兹有我校高一学生陆见川，因为家庭生活困难，经本人和家长要求转入你校继续学习。该生在校期间表现良好，望今后在新的学校取得更好的成绩！

离开教导主任办公室的时候，主任把另外一张纸递给陆见川，陆见川接过一看，正是那张自己承认拿了罗丹相机的说明。主任小声地说："这是你写的，不管是不是真的，都要吸取教训，你自己把它毁了吧！"

此刻，刚才一直"强硬"的陆见川心中有些感动。他理解教导主任的好心，轻轻点点头，从心里说了声谢谢。

罗丹和梁铮站在教导处门口的一棵枝叶茂盛的梧桐树下，看见陆见川从里面走出来，罗丹上前两步，和陆见川打招呼："见川……怎么样？"

陆见川就像没看见一样，继续和张叔叔走到一辆破旧的捷达车前面，打开车门往里放东西。

罗丹跟过来："见川，我听说你的事儿能缓和，你不走了？"

"走不走的和你也没有什么关系！"陆见川哼了一声。罗丹连忙说："怎么没关系，我们特意在这儿等你！"梁铮也急忙说："就是就是。"

"见川，我没有想到会是这么个结果，我妈妈为你的事还求了校长，还跑了教育局……她说校长口气有点变。"罗丹不无诚恳地说。陆见川生气了："你少跟我这儿假惺惺的！"

罗丹愣住了，他没有想到陆见川是这么个态度，但还按捺着："对了，艺校的陈老师让我告诉你，希望你坚持到艺校上课！"

"艺校，我连正经的学校都没了，还什么艺校！你别猫哭耗子假慈悲，你最自我，最自私，最虚伪！"

罗丹长长地叹了口气，摇摇头："你要是这么说我也就没什么话了，随你怎么想！你也别给脸不要脸！"陆见川关车门的时候狠狠地说："罗丹，我永远忘不了你！"

"彼此彼此！对了，陆见川，宋姗姗让我转告你，你的信她收到了，她要拍戏去了，没有时间和你见面了。"陆见川抬起头："是吗？好啊，我也省了浪费时间。"

汽车开走了，罗丹看着远去的汽车，脸上一片茫然。

"估计是给劝退了，他气不顺！"梁铮说。

"他怎么这样呀？"罗丹一副要哭出来的样子。

第三章

尴尬的重逢

一

一年的时间匆匆过去了。陆见川没有想到，他再一次见到宋姗姗居然是在汽车修理厂的车间里。

这一天上午，七八个技校的同学围着张师傅看他指挥一台吊在半空的轿车。陆见川坐在半空中的轿车驾驶室里，就像在驾驶一架直升机。张师傅就是陆见川的邻居张叔叔。学生现在都不习惯喊师傅了，都喊老师，唯独张叔叔坚持让大家叫他师傅。于是在车间里他成了唯一的师傅。张师傅大声喊道："见川，打火！"

汽车隆隆地响起来。"挂二挡。"车轮飞快地转动起来。"点一脚刹车。"车轮转速明显地减慢。"踩到底。"车轮刹住了。

张师傅一边用遥控器将车降到地面，一边对大家说："修汽车的刹车必须有这样一个程序，大家听明白了吗？"大家胡乱答应着："明白——""早明白了。"

陆见川从车里走下来，他穿一身砖红的工作服，与一年前相比，身高长了大约十厘米，脸上的稚气没有了，棱角更分明了，成了一个大小伙子了。

张师傅让陆见川把车开到停车场，把修理单交给会计。陆见川接过单子，把车开出修理间。一年的学习和实际操作，陆见川不但学会了开车，还会修理许多汽车的常见毛病。

有一天休息的时候，张师傅问大家："你们毕了业，都准备去哪儿呀？"大家都不说话，张师傅说："如果修理厂把你们都留下就好了。"

一个学生说："不好——""怎么不好？我还担心这儿要不了这么多人呢！"陆见川说："师傅，您不要误人子弟呀！"

"咦！我怎么误人子弟啦？"

"你耽误他们发财了！"

张师傅这才知道，这些小子都准备自己开修理厂！"哎，天大地大不如你们的野心大，你呢？"张师傅笑着问陆见川。

"师傅到哪儿，我到哪儿。"陆见川笑着说。

"陆见川就会拍师傅马屁，他才不会一辈子修车呢。"

"不修车我干什么？"

"谁不知道呀，你想当影星！"

陆见川交了车又回到修理车间的时候，看见新来了一辆宝马车。那车也刚刚停下，车门开了，一个中年妇女走出来，陆见川看着眼熟。就在这时，右边的车门也开了，走下一个女孩，陆见川一眼认出了，那是宋姗姗。一年不见，宋姗姗更漂亮了，可能是瘦的原因，也可能是鞋跟高了一点，怎么看都觉得身材高了。旁边那位肯定是她妈妈。

啊！发财了，也买宝马了！

陆见川有点想躲，但是他又不是那种鬼鬼祟祟的性格，于是站在不远的地方，心想，听天由命吧！没有想到，他刚做好准备，就听见有人喊他。抬头一看，就是宋姗姗。宋姗姗快步走到陆见川的跟前大惊小怪地说："真的是你吗？陆见川，你怎么在这儿呀？"

"你怎么在这儿？"陆见川笑了一下。

"我陪我妈修车。告诉我，你……你怎么在这儿啊？"

"哎，我说你别这么一惊一乍的好不好？我那些同学都给你吓着了！"

"你怎么一下从我们的视野里蒸发了？"宋姗姗说。

"蒸发？我这是有自知之明。"

"你工作了？"

"在技校上学，这是实习……"

"你可真够狠心的，一走了之，连招呼也不打。"宋姗姗嗔怪地说。

"打什么招呼啊，我就希望你们把我忘了。"

"你怎么这么说话呀？我又没得罪你，为相机的事情我还去过你们家呢，你妈没有告诉你？"

陆见川愣了一下，本来他想问问宋姗姗收到他的信没有，可又一想这样问有点无聊，于是说："哎，师傅叫我呢，咱们过一会儿再聊。"陆见川说着就朝前走。

走到宝马车跟前的时候，陆见川忽然觉得眼前一亮，他看见在汽车的后座上放着一大束丁香花，心中不由得一动。在这个城市里他很少看到这种花，似乎只有在艺校的院子里才有。

宋姗姗跟了上来说："今天早晨我到艺校，看见艺校要建新房子，砍了几株丁香花，咱们窗外的也砍了，我们都哭了。大家纷纷把花枝剪下来，捆成一束，留做纪念……"

听到这里，陆见川有点难受，许多在艺校的往事不禁涌上心头。宋姗姗把那束丁香花取出一半递给陆见川说："你也留几枝做纪念吧！"一瞬间，陆见川觉得有点错怪了宋姗姗。他于是说："你最近怎么样，成明星了吧？"

"这一年你过得好吗？"宋姗姗反问道。

"还行。"

"你怎么到技校来啦？"

"这里学费便宜，还管饭。"

"你的表演还学吗？是不是去别的表演班了？"

"什么表演啊，我现在爱上汽车了。各种各样的汽车……从几百万的宾利到几万块的QQ。你要是买车，一定找我啊，我可以……"

宋姗姗有些生气了："陆见川，我不希望你这样跟我谈话，你别把对罗丹的气往我身上撒啊。再说罗丹为这事一直特后悔……我们一块去找过你，可惜你不在。"

"找我干吗？是不是找到证据，说不是我偷的相机了？"

"那倒没有。就是后来他越想越不值，觉得为一个破相机伤害了一个最好的朋友……"

"那他就没有后悔的理由，如果是我偷的相机，他这样做一点也不过分。"

"我找个机会，我们聚一聚。哎，陆见川，我小声告诉你，我现在有钱了。你说去哪儿吧，我请你们。"

"我不想参加。"

"就算我求你行不行？罗丹马上就走了，一去不知多少年呢，难道你们为这事要结一辈子疙瘩吗？"

"他去哪儿？"

"出国——去英国！"

陆见川沉默了。宋姗姗的妈妈走过来说："师傅说咱们的车放在这儿，剧组的车在厂门口等咱们，走吧！"

宋姗姗拿出手机："陆见川，把你的手机号给我。"

"我没有手机。"

"那你的电话。"

陆见川从上衣口袋掏出一张汽车修理厂的联系卡说："你就打

我们修理厂的电话吧。"

宋姗姗瞪了一眼陆见川说："你又不是牛仔，干吗总这么装酷呀？原来你不是这样的呀！"说着她拿出笔，在联系卡上写上了自己的号码递给陆见川："给我打电话，我等着！"

宋姗姗走了，陆见川的同学们忽地一下围上来。

"那女孩你认识？"

"认识，小学同学！"

"啊！你可以呀，认识明星呀！"

"明星？我怎么不知道？"

"那个女孩是人鱼公主呀。"

"什么人鱼公主？"

"一个古装电视剧叫……我一下想不起来了……叫《落花如梦》，她是女一号，演人鱼公主。"大家七嘴八舌地议论起来。直到张师傅大吼一声，大家才又重新围在张师傅面前。陆见川静静一想：可不是吗，从去年算，宋姗姗要是拍了电视剧，也该上演了。想想自己，心里不由得有点郁闷。

晚上，陆见川回到家里，把那束丁香花放在妈妈像前。

在过去的一年里，陆见川知道林伟群始终关注着他。有一次陆见川去交物业费，人家说，已经有人给交了两年的了。陆见川心里明白这是谁交的。幸亏房子是妈妈留下的，要不一年的房租可不是小数目。半年头上，陆见川去查林伟群留下的那张卡，看见每个月都有两千元进账，虽说陆见川一分钱也没有动，但是他心里觉得还是有些暖意。这一年里林伟群约过他八九次，中秋节、端午节、元宵节……他都没有去。春节的时候，林伟群在大年初五约他吃了顿饭，这是他和父亲吃的仅有的一次饭。那一次，林伟群说："我们办个正式的手续好不好？"

"什么手续？"

"我们相认，不管你是不是和我住在一起，让我的家里人知道。"

"你们家的人还不把你吃了！"陆见川冷冷地说。

林伟群表情有些尴尬。

陆见川回想起来，觉得自己的话有些生硬了。

除了陆见川知道的这些，还有他不知道的。自从陆见川妈妈去世以后，林伟群每天就是想着怎么用实际行动帮助陆见川，能帮一点他心里就感到幸福一点。女儿林雨卉大了，研究生也毕业了，今年好不容易得到一个独立拍电影的机会，他真是替女儿高兴。高兴是高兴，但是女儿拍什么他不关心。现在是娱乐至死的时代，都是嘻嘻哈哈打打闹闹的东西。直到有一天，他听女儿说起找演员的事情，女儿要拍的是个青少年题材的电影。他忽然动了心。

二

这个年头，每家人生活的目的好像都很明确，孩子是希望，孩子是未来，孩子是家里的唯一，家里的一切政策都从孩子的利益出发，一切为了孩子！这些关照到底是物质上的，还是精神上的，把握什么分寸，是不是有些盲目，家长也说不清。这些日子罗丹的家长为了他去英国的事情操碎了心。今天签证拿到了，家里可是松了口气。

罗丹的爸爸让罗丹坐在沙发上，拍拍他的肩膀说："罗丹，签证也拿到了，出国的手续就算齐全了。出去以后一定要安心学习啊，别做什么明星梦了……听见了没有？"

罗丹懒洋洋地答应了一句。

"情绪不高啊。"爸爸有些不满意。

妈妈说："现在的孩子，过着天上掉馅饼的日子，走路捡个金娃娃，也不一定高兴。"

"我不是不高兴，我也不是不求上进，我在国内一样可以上进呀，干吗非去外国上进呢？"罗丹说。

爸爸摇摇头："这个道理跟你说了多少遍了，你怎么就是不明白呢？就你现在的成绩，清华北大肯定没戏吧……"

"我是不明白，我就是不明白，合着中国就俩大学呀！其他大学就不是大学吗？"

"我说清华北大那是鼓励你，其他的大学当然是大学，你说你考上哪个大学有把握？你有多大本事你自己不知道吗？即便是你考上了那些三四流的大学，还不如上个外国的大学！起码是留过学的呀！大学毕业后，你的英语不成问题，又有外国的大学文凭，在国外国内都容易找工作呀！"

罗丹叹了口气："你说这都是多远的事情啊！起码六七年啊！"

"六七年怎么了？六七年对于你，才二十出头啊。"

"我不感兴趣！"罗丹站起身来，朝洗手间走去。

爸爸生气地叫道："你给我回来！感兴趣？天天吃喝玩乐你感兴趣！你连学都不用上了。"

"罗丹，你爸爸说得有道理，我们这全是为你好啊！"妈妈说。

"为我好？反正怎么说你们都有道理。当初让我上艺校，我爱上表演了，你们又让我出国留学。"

"当演员的事情，那是可遇不可求呀。现在演艺界竞争多激烈，多少理科大学都办什么艺术系，每个孩子都做明星梦，可是能发光的有几个？你进了剧组还不就是一个跑龙套的。"

"那你们说，哪个大腕明星不是跑龙套的出身？"

"算了，用你的话说，我们没有共同语言。出发前把你的东西收拾好，飞机可不等人。机票你放好……别，还是我拿着吧，到机场我再给你。"

"我看你们跟我一块，把我送到英国得了，一块吃一块住。"罗丹说。

爸爸笑了："我跟你妈妈要不是有事儿，还真的跟你一块去！"

那天离开修理厂以后，宋姗姗要去个剧组。那剧组设在一个旅馆的房间里。妈妈嘱咐宋姗姗："演艺圈的人都很势利，你别谦虚，也别太端着，要见机行事，一会儿你不用多说话，就听我的。"宋姗姗点点头。

副导演是个女的，叫戚园园，在楼梯口迎住了宋姗姗母女俩。"哟——咱们的公主来了，哟——皇后也来了！"戚园园个子中等，有点胖，风风火火、快人快语。

戚园园领着母女二人到了房间见导演。导演正是林伟群的女儿林雨卉。

"哟——这么年轻呀！"宋姗姗的妈妈情不自禁地说。林雨卉笑笑，没接茬。年轻好是好，但是没有经验也是另一个意思。

"请坐请坐，欢迎姗姗加盟我们的电影啊。"林雨卉说。

"林导，我们姗姗为了上你的这个电影，把一部三十集的电视剧都推掉了。"姗姗的妈妈说。

"是吗？谢谢，谢谢小姗姗！"

"这两年她拍了不少电视剧，一心想拍一部电影。她非说电影才是艺术。"

林雨卉点点头："副导演都跟我说过，姗姗现在也算是小明星啦。"

宋姗姗急忙说："导演，可别这么说……"话说到这儿，林雨卉本以为宋姗姗接下来会说"我哪算什么明星啊"，不料，宋姗姗却说："我不小了，都十七了，别老小、小的，小明星大了都没出息。"

大家客气了一会儿，林雨卉告诉宋姗姗她是这个剧组定下来的第一个演员。离开机可能还要等一段时间，因为其他演员还都没有着落。宋姗姗的妈妈委婉地提出来她是不是可以跟着摄制组，实在不行她可以客串一个角色，主要是为了照顾女儿。林雨卉抱歉地说："一个小成本的艺术电影，市场不会太好，所以投资人就特别谨慎，经费有限，难啊。所以，家长都不能跟着……李老师，对不住您了。"

"不跟着就不跟着，其实我的意思是我能给你们出点主意什么的，我和别的家长不一样，剧组的事情我都了解。你不是第一次拍戏吗？"

"是。"林雨卉老老实实地承认。

宋姗姗忍不住插嘴说："妈，您就别老说跟着跟着的，我都这么大了。导演，除了我，还有哪些演员定下来了？"

林雨卉想想说："江河可能来，还没最后签合同。"

姗姗妈妈一拍巴掌："呀！能请到江河不错呀！那可是一线演员呀！"

"和我年龄差不多的有谁呀？"宋姗姗又问。

林雨卉说："刚才不是说了吗，除了你，别人都没定，这个年纪说大不大，说小不小，比较难找合适的演员。我们正准备海选一下呢。"

"导演，我可以给你推荐几个吗？"

"好啊，有男生吗？"

回家以后，宋姗姗想了个主意，她想把罗丹、陆见川，包括梁铮撮合到一起吃顿饭，一个是让他们重归于好，另一个就是告诉他们剧组正在找演员，这是个不错的机会。

妈妈告诉她，演员的事情有导演张罗，用不着她操心。"你不用管，我心里有数。"宋姗姗说。

那一天她在一个西餐厅订了个桌子，分头打了电话，早早地就站在餐厅的门口等候她的"客人"。在这些艺校的同学里，只有她一个人拍了电视剧，上了荧屏。还不是一般的角色，是主角啊！走在大街上，已经有人留心她了，往往是看了一眼就紧紧地盯着她看，不光是因为她长得漂亮，肯定是因为认出了她是电视剧中的女主角。以前要是让她花几百块钱请人吃饭她连想也不敢想，现在她拍电视剧，一集的酬劳就是一万，这还是初学乍练，往后还不知道会是什么景象呢！有一天她再上街的时候是不是要戴口罩和墨镜什么的……想到这里，宋姗姗有种说不出的成就感。

罗丹戴着墨镜从一辆出租车里走下来。他后边跟着梁铮。罗丹悄悄走到宋姗姗的身后，用低沉的声音问："请问，是宋姗姗小姐吗？"宋姗姗猛地回头："啊——吓我一跳。"罗丹得意地笑起来。

宋姗姗看见后面的梁铮笑着说："罗丹的秘书，你好啊。"

"我现在不当罗丹的秘书了。"

"那当什么了？"

"助理，我现在的称呼叫梁助。"刚一说完，梁铮自己先笑起来。宋姗姗说："梁祝，这个名字多好啊，我发现你其实也是个好演员呀！"梁铮一本正经地说道："承蒙夸奖，向您学习，不瞒您说，这一年，我看过您出演的两部电视剧。您在《落花如梦》里那个人鱼公主演得真好。"

罗丹扒拉了一下梁铮："你怎么那么贫呀，主角还没开口，助理怎么那么多话呀！"大家又笑起来。"罗丹，你自己不说话，还说别人贫嘴，人家梁铮比你热情，你这身打扮是要去参加'快男'比赛的呀？"

罗丹摘下太阳镜，定定地看着宋姗姗。

"怎么了？不认识我了？"宋姗姗说。

"不是——"

"我变丑了？"

"你要真话还是假话？"

"当然是真话。"

罗丹忽然一本正经地用舞台腔说道："且慢！美丽的俄菲利亚！——女神，在你的祈祷之中，不要忘记替我赞美你的美丽！说真话还是说假话，这是个问题！说真话有吹捧之嫌，说假话又于心不忍。"

三个人大笑起来，一边说，一边走进西餐厅。他们在一张桌子边坐下，罗丹看看座位问："今天还有谁？"宋姗姗笑笑："你想不到的神秘客人。"

"不会是陆见川吧？"罗丹说。宋姗姗一愣说："你想不想见他？"

"你叫陆见川来，应该事先告诉我。"

"我告诉你，你能来吗？"

"这要看陆见川的态度。"

宋姗姗"哎哟"了一声说："罗丹，我最看不起你这种小肚鸡肠，你那个破相机把一个人的前程都葬送了，你还不能原谅人家？"

罗丹脖子一梗说："姗姗，你怎么这么说啊，我现在是怕陆见川不能原谅我。我早知道是那个结果，当初我买了那个相机，一出商场就给它砸了，你信不信？"梁铮急忙说："就是就是。"

"你这是抬杠。"宋姗姗说。罗丹口气缓和了一下说："我这也是一个态度啊。"

宋姗姗说："这我就放心了，我们毕竟在一个表演班待了三年……我看着你们兄弟一样的感情被一个破相机弄成这样……"

"陆见川来了。"梁铮小声说。

大门口，陆见川正在朝这里张望。宋姗姗急忙迎了过去，罗丹和梁铮也站了起来。

陆见川看见了罗丹，愣住了。他看了一眼宋姗姗，也露出了"你怎么不跟我说一声"的神色。但是他没有说话，就坐下了。那一刻，宋姗姗忽然感到，陆见川有点变了，比以前成熟多了。一个老导演说过，这个年龄的人，装酷很容易，遇事镇定就难了。于是她心中平添了几分钦佩。

宋姗姗满脸堆笑说："我很抱歉，我同时约了你们，但是又都没有告诉你们，就是要给你们一个惊喜……来，咱们举杯为重逢庆贺。"除了宋姗姗和梁铮，另两位都没有举杯，罗丹试探了一下，看看陆见川根本就没有那个意思，想伸出的手也停住了。

场面有些尴尬，宋姗姗大声说："服务员，再加两杯酸梅汤。"

梁铮不愧是当秘书的材料，他不但有察言观色的本事，他还有化解难题的能耐。

"宋姗姗，你叫我们来不是有重要的事情告诉我们吗？说完了大家再举杯!"梁铮说。

"对对对,我怎么把最重要的事情给忘了呢。我首先告诉你们,我现在准备拍电影,一部青春戏,我是女一号,这已经是铁板钉钉了。现在这个剧组还在找演员,就是咱们这个年龄段的,尤其是男的,听明白啊!现在男演员很缺,优秀的更缺。我告诉你们就是希望你们去试试!"

"你真是让人羡慕啊!我们什么时候能像你这样就好了。要风得风要雨得雨。"罗丹说。

"其实没有你们想的那么简单……影视圈里竞争也是很激烈……我妈妈说了,我拍完这部电影后,就再也不接戏了,踏踏实实地学习,做考中戏或电影学院的准备。演员拼到最后,还得看整个素质和文化底蕴。"

梁铮呼应说:"罗丹、陆见川,你们还不试试,要我说,像你们这样的打着灯笼都难找啊!长得又帅,又学过表演!"

"你说中选率到底能有多高?"罗丹很感兴趣。

"你不是要出国吗?"宋姗姗说。

罗丹一拍脑门说:"哎哟,别再刺激我了行不行?我是不得已才想出国的啊。我要是有你这样的机会,我还出什么国啊?"

"陆见川,你呢?"

"谢谢你想着我们,我没有兴趣。"

……

按照宋姗姗的愿望,这顿饭没有成功,但也没有失败。虽说罗丹和陆见川到底也没有举杯和解,但是也没有再继续吵架,平平安安地把饭吃完了。尤其是大家再没有别的话的时候,都对她称赞有加、羡慕有加,这让宋姗姗感到很快活。

三

　　林雨卉和几个主创商量了一下，决定公开招聘演员。林雨卉找熟人在电影厂主楼的门厅布置了招考演员现场，然后在网上和电台发布了消息，一是为了找到需要的演员，二是进行宣传扩大影响。

　　这一招果然不错，当天摄制组就接到许多报名和咨询的电话。林雨卉很高兴。

　　这些天，林伟群也很忙活，像个孩子似的向女儿问长问短、打探消息。

　　"爸爸，您是不是也想当演员呀？要不我给您安排个角色！"

　　"我是替朋友的孩子问，到时候请你帮忙可别跟我打官腔啊！"林伟群虚晃一枪。

　　当天下午，林伟群找到了陆见川。他首先告诉陆见川有个剧组要公开招演员，希望他去报名应试。

　　"我听说了，我不成！"陆见川说。

　　"你放心，这个导演是……是我一个好朋友的女儿，你只要有八成，考得不是太差，总能有个角色演！"

　　沉默了一会儿，陆见川说："现在谁都想当演员，可是千军万马过独木桥，当演员成功的概率太小了。我将来当个汽车修理工也挺好的，总能挣口饭吃。"

　　那天与宋姗姗聚会的时候，陆见川知道有电影剧组招考演员的事情，他就心有所动。但是他实在是不愿意在那几个"朋友"面前表露出来，尤其是在罗丹面前。现在从林伟群这里又听到这件事，陆见川心里又有点逆反。说实在的，他不愿意靠林伟群的力量当上演员。不为别的，他的自尊心受不了，况且他认为自己有这个能力。在艺校学表演的时候，在男学员里，他各方面的条件都是数一数二的。

林伟群不知道陆见川的心思，着急地说："别啊，既然你有当演员的梦想，就应该去试试。努力了，不成功，咱不后悔，要是不努力就放弃了，会后悔一辈子。"

"好吧，我看情况吧！"

林伟群高兴地说："这就对了，什么事情一定要有试一试的勇气。不过你得抓紧，就两天的时间，就在北影院里。"

当天晚上，林伟群约林雨卉去茶馆喝茶。

"爸，您有病呀？有事咱们家里谈不就成了，喝什么茶？"

"你还说我一点情调都没有，我们怎么就不能喝茶了？那里气氛好，爸爸要跟你谈点重要的事情。"

林雨卉跟着爸爸进了茶馆。"您不就是要塞个演员进组吗？"林雨卉说。

林伟群摇摇头，叹了口气。

"怎么了？您叹什么气呀？"林雨卉觉得爸爸今天实在有些奇怪。

"有件事情，爸爸心里压了很久很久，如果不说出来，心里总是不踏实。"林伟群说。

"您说吧！"

"我说了，你不要看不起爸爸，也请你原谅爸爸。"

林雨卉觉得事情有些严重，爸爸怎么了，是"腐败"了还是得病了？林雨卉的心跳得有点快。她说："爸，什么事呀？您别吓我呀！"林伟群点上了第二根烟，深深吸了一口说："十六年前，不，十七年前……"

林伟群把有关陆见川母亲的事情完完全全地告诉了林雨卉。

林雨卉傻了，她没有觉得爸爸在开玩笑，她的直觉告诉她，爸爸说的都是真的。

林雨卉想起了一个著名的外国话剧叫作《篱笆》，说的是有一天，父亲领了一个十一岁的陌生小男孩回了家，对妻子说：这是我的儿子。全剧从此开始……林雨卉万万没有想到，那出名剧会在她的家里上演。

"这就是您要往剧组塞的那个孩子啊？"

"是……就是他。"

"真让我不可思议——我妈妈知道这事吗？"

"不知道……我还不知道怎么跟你妈妈说呢。"

林雨卉激动起来："这事和我没关系，和我妈也没有关系！"

茶馆的老板朝这里看看。

"他的妈妈去世了。"林伟群说。

"他妈妈去世了，他妈妈去世了，你总跟我说他的妈妈去世了干吗……"

"我对不起他们母子啊，我在他们面前是罪人……"

林雨卉大声喊起来："那您跟我说干吗？我告诉您我不想听这样的事。"接下来，突然没有了声音，只听见林雨卉啜泣的声音。

"雨卉，对不起，我也对不起你和妈妈。"

"你既然爱她，当时为什么不和妈妈离婚？"林雨卉知道爸爸和妈妈当时的关系有些紧张。

"我当时正在和你妈协议离婚，有一天她在你们学校门口看见了你，就突然告诉我她不想和我在一起了。"

"她不知道您有孩子?"

"知道——"

"知道为什么还改主意?"

"可能以前她没有见过你……她说她不愿意让这个小女孩离开自己的母亲。"林伟群的声音有些哽咽。林雨卉不说话。林伟群接着说:"当时她已经怀了孕,可我不知道,她也没有告诉我。就这么把孩子养到十六岁,她去世了,给我写了信把孩子托付给我……这个孩子很可怜,除了我,他一个亲人也没有。"

林雨卉咳嗽了一声说:"他十几年可以离开您生活,现在也没有必要非得和您在一起,即便是和您在一起,也没有必要把我和我妈妈扯进去。"

"我没有想牵扯你们母女,我就想告诉你。"

"您早不说晚不说,就等我最忙的时候跟我说这么大的事情。"

"对于他,这不是一个机会吗?不管怎么说,他是你亲弟弟啊!"

"他知道有我这么个姐姐吗?"

林伟群点点头:"知道有个姐姐,但不知道是谁。"

"您想让我接受他,让他进咱们的家,让他管我妈叫妈,管我叫姐姐……您觉得现实吗?"

"我从来没有想过让他进咱们的家,他自己也没有想来……"林伟群捏了一下烟盒,烟盒瘪了。林雨卉打断父亲的话:"那您跟我说这些干什么?就是为了让我难受吗?"

林伟群不说话。过了好一会儿,林雨卉说:"爸,您先回去吧。这事让我想想吧……我不能马上答应您。我好不容易得到的第一次拍电影的机会。没有想到是这么开始的。您现在跟我说这些干什么?爸,您太让我伤心了。"林伟群默默地站起来,低声说:"雨

卉，爸爸以前做的事是错的，现在我接受你这个弟弟，我承担起抚养他的责任，我对我的女儿承认这件事，我觉得我没有错！"

"那我和妈妈有错吗？"

"当然没有，我说我这件事情没错也不是说你们就得有错啊……我给你弟弟钱他不要，我也没有机会帮助他，事情就这样僵着，可是我想帮他！——我心里难受啊。这孩子上过艺校，人也长得精神，我就想帮他圆一下这个梦……"

"您为了圆他的梦，让我为难和痛苦。"

"你把他当从不认识的孩子对待不就成了吗？"

"您说可能吗？"

"这不是和你商量吗？"

林雨卉冷笑了一声："爸，不是我说您，也就是我这个女儿，这件事情要是换成别人，您说您在外面有这样一个孩子，他们得疯了。"

林伟群失望地站起来，一言不发朝门口走去。

林雨卉看着爸爸有些佝偻的背影，顿时心乱如麻。

不可思议遇见你

雪丁香

第四章
争做电影梦

一

中午时分，陆见川到食堂吃饭。找了个靠门口的地方坐下，他心里想着，今天下午到林伟群说的那个摄制组看看。一会儿吃完饭就去，这件事和谁也不能说，就是跟张叔叔也不能说。

刚一坐下，就看见一个胖乎乎的女生走进食堂的门。在修理厂的食堂里，大多数人都穿着工作服，没穿工作服的进来都挺显眼。

本来进来就进来了，陆见川也没有在意，却看见那个女生手里拿着一张照片，一边比对一边四处寻摸。走过陆见川的身边，又走了回来，看看陆见川。

陆见川有些奇怪。那女生还在毫无礼貌地盯着他。

"你看什么呢？"陆见川粗声大气地说。那女生也不生气，居然微笑着坐在陆见川对面的座位上。

陆见川端起餐盘站起来。

"小伙子，你等一下！"

"什么事儿？"

女生递上一张名片："我是电影制片厂的。"陆见川看看名片，心中不由得一动，不由得说道："戚园园，导演。"

"想不想拍电影？"

陆见川没有说话，只是呆呆地看着戚园园。"你听清我说的话了吗？""听清了，你是说当演员？"戚园园点点头。

"想当怎么样，不想当又怎么样？"陆见川说。戚园园笑着说："如果想当，你现在去给我买一份饭，我刚才看你们这里有宫保鸡丁。"

"蹭饭也不用绕这么大弯子呀。"

"你们这破饭有什么好蹭的，你买来以后该多少钱我给你多少钱。就是你花钱给我买你也不吃亏！"戚园园摇摇头。

"你白吃我也不在乎，关键你不能骗我。"

"我骗你干吗？今天下午我带你去摄制组见导演。我是这个剧组的副导演，专门找演员的。"

陆见川心中欢喜，想起了林伟群和宋姗姗，会不会是他们举荐的？就是他们举荐的，也不对呀，自己又不是什么明星，人家副导演怎么就能找上门来呢？这规格也太高了，应该是自己找上门去才对呀！于是问："你今天到厂里来，就是特意来找我的？"

"就算是吧！"

"什么叫就算是吧？"

"你不是在艺校学习过吗？有老师向我们举荐你。"

"哪位老师？"

"好多老师呢。"戚园园含糊地说。

戚园园是林雨卉派到修理厂来找陆见川的，林雨卉当然没有说陆见川和她的关系，也没有说是父亲的托付。她只对戚园园说这个孩子是一个"头儿"托付的，让戚园园看看是不是那块料。

招考演员从今天上午开始，既没有他们期盼的那样多，也没有太冷落。几十个孩子来应聘，不多不少，人气还可以，只可惜能入选的还不多。大家把希望都寄托在下午和明天。

那天爸爸跟她说了有个"弟弟"这个事以后，她有种很奇怪的感觉——没有预想的那么气愤。可是怎么想又怎么觉得不是回事，当然更不是什么好事。如果跟妈妈一说，没准还会闹出乱子。她开始从各个人的角度和立场上去分析这件事的性质和发展方向。多个非婚生弟弟，从书上说，从道理上说，这么说吧，如果是别人家的事，大家都容易宽容，没准还特高兴呢。可是放到自己身上就有点难受了。关键在接受这个弟弟的时候还要面对一段不正常的关系，面对那个陌生的女人，虽然说她去世了，可这段关系既伤母亲的心也伤自己的心。

如果这是一个剧本，读者和观众都会渴望把那个小男孩收下来。那是站着说话不腰疼。如果是当事人，绝对会十分痛苦。自己现在为什么没有非常气愤和痛苦可能是因为那个弟弟的妈妈去世了，气愤被可怜和同情消减了。这个弟弟已经长成大人了，还有，可能是爸爸说那个弟弟很懂事没有来找麻烦……

不论怎么想，这两天，那个陌生的弟弟在林雨卉的头脑里挥之不去。她怕看见但又非常想见到这个弟弟……她甚至这样想，如果是个懂事的好弟弟就认，否则就不认。

不知道为什么，她把戚园园派出去"寻找"之后，她就有点后悔了——怎么这么积极呢？

二

下午的考场让林雨卉出乎意料。

剧组的老师张嘉兴告诉她，楼外的院里都站满了人。

林雨卉非常兴奋，作为剧组的主考她坐在长桌的中间。左右坐着张嘉兴、摄影师陈宇星、副导演戚园园。这阵势不像剧组选演员，倒像是电影学院的招生面试。

如今的孩子看选秀的电视看多了，没有一个怯场的。老话说，没吃过猪肉还没有见过猪跑吗？当今的时代这话应该改一下，叫作，没见过猪跑还没有吃过猪肉吗？孩子在城里长大，没有见过活猪的孩子不少，但都吃过猪肉。说到当演员，人人看到明星一夜成名，但大部分人不知道明星是怎么出名的。

因为人多，考试也变得十分简单。林雨卉手里已经有剧本，她按照剧本中的角色选人。每进来一个孩子，看看个头和长相，首先就和剧本中的人物对号。对上了就进行下一步，没有对上就敷衍一下。反正也没有收一分钱的报名费，选不上谁也不会有什么牢骚。

每次进来五个同学，每个人念一两句台词，然后跳上一段舞蹈或者唱一两句歌。除了长相和个头，林雨卉主要的还是看他们有没有个机灵劲儿。

戚园园把五张A4打印纸分给五个考生。

林雨卉看看大家说："你们现在手中都有一张纸，你可以把它想象为任何道具，比如考卷啊，一本书啊！大家想一下然后给我们表演一个情景小品。"

沉默片刻。

"好，想好了就可以做了。"林雨卉说。

"对，一号开始。"戚园园说。

一号同学是个女孩，她把这张纸当成考砸了的考试卷，一脸沉痛，还拿笔想在上面做修改分数状。第二个同学把纸当作录取通知书，高兴得直跳脚……第三个同学把纸卷成个卷儿当成笛子吹。一个胖胖的男生拿着纸站在一边愣愣地看着别人。

"四号——"戚园园大声说。

没有人搭茬儿。戚园园喊起来："任强同学，你怎么着呀？"

那个叫作任强的男生忽然把纸捧在手里做烫手状。然后他又是吹又是来回折腾，还装模作样地咬了一口，嘴巴边嚼边吸着气……

林雨卉在这个叫任强的男孩名字下做了个记号。

陆见川是两点钟来到考场的，戚园园给了他一张表格让他填写好，告诉他等着叫号就是了。陆见川看看自己的号码是五十号，这才发现自己也不是受到什么特别的照顾。就在他走到一棵大树下想坐一会儿的时候，他远远地看见了罗丹，心中不由得一愣。

楼门口的台阶上坐着罗丹和梁铮。看样子梁铮是陪着罗丹来报考的。陆见川故意站在大树的另一侧，这样就谁也看不见谁了。

半个小时过去了，一个小姑娘出来叫号："三十一到三十五号！"

罗丹把手里的表格递给梁铮："你替我进去吧，我得去一趟厕所。"

"啊，你有病呀，这个时候上厕所？不中用的家伙，刚要进入阵地，就吓出尿来了。"梁铮生气地说。

"你怎么和我这么说话？首长上厕所要你同意吗？快进去，我马上就回来。"罗丹说。

"我这不是替你着急吗？好好好，你可快点啊。"梁铮拿着表格朝考试的房间走去。梁铮跟着其他几个学生走进考场的时候，林雨卉正在和戚园园说话，抬头看见梁铮，关注地盯了一会儿。五个中学生在戚园园的示意下坐在椅子上。

"三十五号同学，你来做一段无实物表演：挤公共汽车上学。"林雨卉说。

梁铮站起身指着门外说："导演……我不是三十五号，他刚才还在，马上就来。"林雨卉皱了一下眉头："他干什么去了？你是几号？""他上厕所去了，我没有号……"

门突然被撞开了，罗丹神色慌张地闯了进来，上衣的扣子被扯坏了，他大声喊道："保安——保安在哪儿呢？"

屋里的人大吃一惊。林雨卉急忙问："什么事？"

罗丹上气不接下气地说："女厕所，一个女孩被人打了，头破血流！我抓住了那个打人的小子，你们看他把我的衣服都撕破了。"

坐着的人都站起来。只有林雨卉没有动身，只是专注地看着罗丹。戚园园焦急地问："那个女孩在哪儿？"

"就在厕所门口——"罗丹声音都有些嘶哑。张嘉兴上前一步说："赶快带我去——"

罗丹不再说话。

"走啊——"

罗丹得意地微笑着。大家都看着罗丹发愣。林雨卉说："好——大家都原位坐好。"又指指罗丹："你也坐下吧。"大家很奇怪。戚园园恍然大悟，明白了罗丹刚才在演戏。

罗丹笑着问："导演，您看我演得怎么样？"听罗丹这么说，屋里的人这才恍然大悟。梁铮现在明白了罗丹上厕所是什么意思。不得不佩服罗丹鬼点子多而且敢于实践。

林雨卉平静地说："还行，就是戏有点过。"罗丹不服气地问："怎么过了？"

林雨卉缓缓地说："因为你的眼睛始终在盯着我，你的眼神里没有急迫，只有表现。不过说实话，你演得还行……"

罗丹得意地朝梁铮举举胜利的拳头。

"好，就到这儿，留下电话，你先回去吧。"林雨卉说。

罗丹愣了一下，站在原地没动。梁铮拍拍罗丹的后背："罗丹，走啊——表演结束了。"罗丹上前一步又问："导演，通过了吗？选不选我啊？"林雨卉愣了一下，看着罗丹满脸企盼的样子，笑了，再看看左右，大家都不约而同地点点头。林雨卉看看罗丹的表格说："学校能请假吗？"

罗丹点头。

"你还真够性急的。好吧，明天让你家长来签个协议吧。"

"家长一定要来吗？"罗丹低声问。

"一定要来，你们是未成年人，合同也要你们家长签，还有保证你们安全的协议。"

"我爸妈出差了，下个月才回来呢！"

林雨卉皱皱眉。梁铮也瞪大了眼睛，看着信口开河的朋友。不料，罗丹指着身后的他说："我们家的情况他都知道，没问题的！"

"那你还有没有其他的亲戚代你爸妈签一下啊？一定要有大人来才行。"戚园园说。

"不用，我跟我爸妈说一下就行了——他们巴不得我选上呢！"罗丹很轻松地回答。

梁铮实在忍不住了："导演，他爸爸妈妈都在家。"罗丹大吃一惊，回过头。

"怎么回事，你父母不愿意你演戏？"林雨卉发现眼前这个罗丹胆子有点大。

罗丹翻了脸："梁铮，我的事情不用你管！"

梁铮也不再像罗丹的跟班了，他忽然变得义正词严："你做什么事都得有个底线……我这是为你好！"

"梁铮！你有病啊？平常你不这样呀！"

"你才有病，你不说我替你说，反正你迟早也得说！导演，下周他就飞英国了，他就是来试试离演员还差多远。"

"你要试了又不参加，可就影响我们的工作了。"林雨卉有些不快。罗丹还在狡辩："乱说什么啊你？导演你别听他的，我爸妈真的出差了，他不了解情况，他们是昨天才走的，都在外地呢！"梁铮在那里无奈地摇摇头。

罗丹却还不依不饶地说："梁铮，我觉得你这个人特虚伪，你既然不同意我这样，为什么跟我来考演员？"梁铮反驳道："我陪你来，可没有同意瞒着你爹妈！"

林雨卉一直默默地注视着罗丹和梁铮争吵。看见他们不说了，这才发问："罗丹，他说的事儿是真的吗？"

"没他说得那么严重……"他又回头对梁铮说，"等出了这个门，我一天都不想见你。"

"等出了这个门，我都听你的，你撒什么谎我都支持。"

林雨卉笑着拍拍手："够了够了。小品表演结束了。"两个人都愣住了。

林雨卉问梁铮叫什么名字，然后又问刚才他们的对话是不是又是小品。梁铮说刚才他说的都是真的。林雨卉点点头问："你愿意跟你的好朋友一起进剧组演戏吗？"

两个人瞪大了眼睛。"我不想……他也不可能。"梁铮说。

罗丹插嘴说："你怎么知道不可能？"

林雨卉说："你们俩都不要着急，慢慢想想……"

陆见川进考场的时候已经是下午四点了。

戚园园把陆见川的登记表推到林雨卉的眼前小声说："就是这个，我看不错，我的任务完成了。"

就是这个！林雨卉心中一惊。她抬起头，看见眼前站着一个小伙子。中午当她把戚园园派出去寻找的时候，她有些犹豫，现在明白了自己为什么犹豫，她的心里有很大的压力，让她不敢面对。因为她知道对方是谁，那是她同父异母的弟弟，而对方却不知道她是谁，不知道眼前坐着的是他同父异母的姐姐，只知道她是个导演……有点不公平是吧？你凭什么，就是因为自己有这点权力吗？林雨卉一瞬间有点不光彩的感觉。

她第一个反应不是这个小伙子好不好看，适不适合担任剧中的角色，而是在他脸上想看出有没有父亲的样子。一时间，林雨卉愣在那里说不出话。

"给我们朗诵一段吧。"戚园园说。

林雨卉猛地意识到这个问题本应该她提出来的，戚园园是不是看她在发愣，给她救场？

陆见川没有什么准备，现在被这么一问，他脑海里第一个反应出来的还是《哈姆雷特》的片段。只不过不是和俄菲利亚的对白，而是那段著名的"活着还是死去"的独白。

陆见川第一眼看到林雨卉，只觉得这个导演在哪里见过。转念一想，可能因为林伟群诉过他这位导演是熟人的亲戚吧。他不愿意让别人觉得他是因为关系被选上的，他要凭自己的实力、凭自己的真本事吃饭，因此当戚园园告诉他是艺校老师推荐的时候，他心里很踏实。

听完陆见川的朗诵，林雨卉心中一块石头落了地。眼前这个弟弟进摄制组没有问题，甚至可以承担一个重要角色。林雨卉朝戚园园点点头。戚园园对陆见川说："好，你把手机号码给我们留下，我们最后研究一下再通知你。"林雨卉说："你回去以后准备一下，如果跟摄制组拍戏，一两个月不能回家。"

听见这话，陆见川心中一阵高兴。

陆见川走出楼门的时候，一步蹿下了四个台阶，落脚的时候与一个背朝他坐着的女孩相差也就是十几厘米，把人家吓了一跳。陆见川感到自己有些忘乎所以，急忙道歉说："对不起，对不起！"

女孩回过头来，陆见川只觉得眼前一亮。这个女孩他在哪里见过，他就这样默默地看了几秒钟。他猛地想了起来，一年前，就是那个让他悲痛的下雨天，他在雨中行走的时候，那个女孩递给了他一把伞……

女孩身边还坐着一位胖乎乎的中年男人。看样子那是一对父女。那个女孩有着象牙白的肤色，人显得很安静。虽不是那种耀眼的女孩，但是能给人留下十分深刻的印象。陆见川觉得那女孩有一双很忧郁的眼睛。

他们没有在意陆见川的道歉，那位父亲只是抬头问："你是刚出来的吗？"

陆见川点点头。

"戚导演在考场吗？"中年男人又问。

"就是那个胖胖的女生？"

"是，是——"

"咱们赶快去。"中年男人拉着女孩急忙朝门厅走去。

"谢谢你呀！"女孩回过头对陆见川说。陆见川上前一步说："对不起，我问你个事情。"

女孩停住脚步。陆见川说："你记不记得，一年前一个下雨天，你给了我一把伞？"

女孩想了想，微笑起来，点点头："好像有这个事情，你要不提，早就忘了……"

"谢谢你呀！我就是那个男生，我叫陆见川，你叫什么？"陆见川感激地说。女孩告诉陆见川，她叫李小贤。

三

走出电影厂的大门，陆见川听见有人在叫自己的名字，回头一看，原来是林伟群站在一辆汽车旁边招呼他。

"怎么样？"

"有点希望。"

"我们一起去吃个饭。"

人逢喜事精神爽。今天陆见川没有拒绝林伟群的邀请，跟着他进了一家饭馆。他还想表示有许多人尤其是艺校老师也推荐了他。当然林伟群的帮助说不定也起了作用。

"我怕耽误你的时间，就先点了菜，也不知道你爱吃不爱吃。"林伟群说。

陆见川看着一桌丰盛的菜："干吗点这么多的菜啊？"

"庆祝你当上了演员啊！"

陆见川点点头，想说艺校老师推荐他的话却不知为什么怎么也说不出口。现在说这个是不是有点不懂事呀，陆见川心想。

"来吧，今天你多吃点儿。"

陆见川一面点头一面从兜里掏出钱包，抽出那张银行卡递给林伟群。

"这是干什么？"

"这张卡还给你，我进了剧组就能挣钱了。"

林伟群尴尬地笑了一下："你又不是明星，能挣多少钱？还是拿着用吧，你带着它，我心里也会踏实些。"

"谢谢，不过……我不需要你的接济。这卡上的钱，我一分没动。"

林伟群有些激动地说："见川，我希望你能理解一个当父亲的心情，我以前没有能照顾你，那时我真的不知道……现在我是真心真意希望能为你做点事儿，你给我一个机会，好吗？"

陆见川依然举着那张卡说："我和妈妈最困难的时候，你为什么没有送一张卡来呢？我们……你放心，我会有能力养活自己的。"

林伟群叹了口气，低下头，用一只手捂住自己的眼睛。沉默了一会儿，林伟群说："好吧，卡我暂时拿回去，但是你能不能答应我一个条件？"说着，林伟群从提包里拿出一个装手机的盒子，林伟群指着盒子："这还是上次我送你的那个手机，你带着用吧。里面还有几张充值卡。"

陆见川愣了一下说："我有了。"

"我知道。但是……"林伟群有点手足无措，陆见川看见他的眼睛里泪花在闪烁，心中有些犹豫。

"你有时间的时候，就用这个手机给我发个短信……我只要知道你平安就成了，这不光是发给我的，也是发给你妈妈的，因为你妈妈让我照顾你……"

陆见川心中一酸，不再推辞。

"好吧，发不发短信随你。你带着它我心里就踏实。"

陆见川的手终于放在手机盒子上。

回家以后，陆见川非常高兴。他首先敲开了张叔叔的家门，把这个好消息告诉了他。张叔叔是他的恩人，让他放心，让他高兴！但是他又觉得话不能说得太满。万一要是不成了，可太丢人了！就跟张叔叔说，有可能，有很大的可能！当天晚上，他拿出林伟群给他的手机，他想给宋姗姗打个电话，犹豫了一下，又放下了。

罗丹正在和宋姗姗吃饭，当然还有梁铮。用罗丹的话来说，一是为梁铮祝贺，二是为自己送行。后天就是罗丹出发的日子。罗丹拿起酒杯说："宋姗姗，梁铮，你们现在再给我一句心里话，你们说我现在是去英国报到，还是去剧组报到？"

"当然去英国报到。"

"拍电影的事情怎么办？"

"以后再说呗！"

"要是你们，一个摄制组已经决定他当主角，而他受父母的命令要到英国上语言学校，将来还不知道学什么专业……你们就这样选择？"

宋姗姗和梁铮不说话。罗丹又问："姗姗，如果现在就让你到英国上学，你去吗？"宋姗姗摇摇头："没想好！"

梁铮插嘴说："宋姗姗的情况和你不一样，她现在是小有名气啦，到了英国，这名气就没有用了，再回中国……"

"人家认不认还不一定呢。"宋姗姗接茬说。

"唉，燕雀安知鸿鹄之志呀！"罗丹长叹一声。

"罗丹，拍电影对你就这么重要？"梁铮问。

"你说呢？"罗丹问宋姗姗。

"唉，我也说不好，对了，你们看见陆见川了吗？"

"没见着，现在他对拍电影不一定感兴趣！他现在的任务是吃饱饭而不是搞艺术！"罗丹说。

"罗丹，你说话怎么老是这么尖刻？"梁铮说。

"梁铮我告诉你，今天考场上你就没大没小，忘记了自己的身份，再这样可别怪我和你翻脸。"

梁铮笑笑说："你已经翻脸了，我还怕你再翻过去吗？"

"怎么回事？你这两天不正常呀！"

"反正你要去英国了，我出头的日子也到了。"梁铮哈哈大笑。

陆见川碰到的女孩李小贤这次有点不走运。

说起要当演员也不光是她一厢情愿。李小贤不是那种让人次次见到就眼前一亮的女孩子，但她却显得沉静而没有傲气。许多人在看到她的时候总觉得这女孩长得很顺眼，不卑不亢中却很有吸引力。她的美不是那种让人惊艳的美，而是让人很耐看的美。一个星期前，副导演戚园园在学校选演员时选中了她，不是主角但是个重要的配角。当时戚园园的话说得比较满，没有问题，等通知吧！虽然李小贤身患重病，但这个许诺让李小贤心中的愿望就像火焰一样燃烧起来。

为了让女儿能够实现这个愿望，小贤的爸爸李涛特意在摄制组出发前带着李小贤来看医生。

给小贤检查的医生对李涛说："这次化疗结果还比较满意。回去以后，一定要让孩子多注意休息，千万不能感冒，她的白细胞太高，稍不注意，就会感冒，一旦感冒，就非常麻烦……"

李涛看看小贤说："小贤，你先到外边待一会儿，我跟医生说两句话好吗？"

李小贤走出门。李涛急忙问："医生，我想问你，小贤的生命还能有多久？"

"一年……也许两年。"

"……下次化疗小贤可能来不了了。"

"怎么，有什么困难吗？"

"我实话跟您说，她被一个电影导演看中，她要去拍电影了。"

"你说什么？拍电影？你糊涂了吧？"

李涛摇摇头，显得很痛苦。

"你这个当家长的真不知道是怎么想的，这……这不行吧……"

李涛长长地叹了口气说："我想了好几天，你也许不知道，这孩子特别喜欢电影，这对她是一个可遇不可求的机会，我也想过，与其就这样每月一次化疗，按部就班地度过这些日子，还不如让她高高兴兴地去快乐地生活……"

医生盯着李涛的眼睛看了半天，不知道说什么好："可是……她太虚弱啦，她有爱好我理解，可不能不要命呀！"

"但是她快乐啊，我现在最大的愿望就是看着她快乐……再说有我陪着她，我会照顾好她的……我是反复想过才来跟你说的。你给她开一些口服的化疗药吧。"

就这样，李涛为女儿做好了进组的准备。

在医院的小花园里，李小贤坐在树荫下。李涛提着一袋药走过来。

李涛拍拍女儿的头说："好了，我让陈医生给你开了一个疗程的口服药，拍戏的时候，就是没有合适的医院，我们自己也能做一个小化疗。"

"太好啦……爸，你说我和电影是不是特别有缘啊，天天做电影梦，没想到戚导到我们学校选演员，一眼就看上我了。"小贤笑得很灿烂，她的头发被阳光涂上了毛茸茸的金色。看着女儿高兴的样子，李涛心中一喜一忧。

"我们小贤长得漂亮啊。"李涛说。

"也不知道演什么角色……不会演坏人吧？"

李涛的手机忽然响了，电话是戚园园打来的。电话里说，剧组正在考试，请马上过来。"什么？还要考试？怎么没有通知我们啊，一定要考吗……在什么地方？行，我们马上就到。"李涛觉得戚园园的电话有些让人担忧。

刚才在考场见到戚园园，戚园园告诉他这次因为剧本有变化，李小贤的角色没有了，因此……李涛顿时就蒙了。这话是怎么说的，说得好好的，怎么说变就变呢？他决定和女儿在门口等。他一定要见一见导演林雨卉。

门开了，林雨卉和其他几个人走出楼门。

李涛上前恳求着："导演，我刚刚接到了戚导的电话，我们紧赶慢赶，结果路上塞车，一塞就是一个多小时……"

"李师傅，您听我说，您的心情我理解。从我的心里来讲也不愿意让孩子错过这个机会，可是总得剧组有需要才成吧！"林雨卉听戚园园说过这件事，她心中也有些不忍。

李小贤满脸通红地上前拉住父亲："爸——咱们走吧。"

李涛没有动身，还是执着地看着林雨卉。

林雨卉为难地看了看身旁的其他人。戚园园急忙说："李师傅，实在对不起，这两天我忙昏了头，现在情况有变化，对不起您了……孩子只要热爱表演，以后的机会多着呢。"

"可是您不知道，这机会对我们孩子就这么一次呀……哪怕给她一个小角色……"

"李师傅，我跟你实话实说，今天的演员基本定完了。"

林雨卉朝前走，李涛紧追不舍。

"您就让我女儿去吧，我们一分钱也不要……哪怕就给她安排一两个露脸的镜头也行，当个群众演员总行吧……我女儿就是爱电影，想知道拍电影是怎么回事儿。她还在《晚报》上发表过电影的影评呢。"

"爸，爸，您别这样！……"李小贤几乎要哭出来。

林雨卉转过脸，她看看李小贤，李小贤的态度让她心里很难过。她见不得这个表情，于是说："你写的影评是什么内容啊？"

"是谈托纳多雷的电影《天堂电影院》。"李小贤说。

林雨卉一愣："多说点……"

"我最喜欢他的《天堂电影院》和《西西里的美丽传说》。《声光伴我飞》也相当好。那个音乐天分极高的无名琴师与爵士乐高手比拼琴艺的场面拍得真棒，像武林高手的对决。还有他的音乐……"说着说着，李小贤又要哭了。

"懂得不少呀！你是怎么知道这些的啊？"林雨卉有些惊奇。

"我怎么会懂电影啊，我……瞎说呢。我就是他粉丝……"

李涛忽然说："哦，对了，我可以给你们做饭，免费的，我不要钱！街坊四邻都知道，我在饭店餐厅干过，肉饼做得可好吃了！……家常菜，我最会做东北菜了！……剧组肯定要吃饭的，自己做便宜多了。我一分钱工资也不要！"

"是吗？你还有这本事？"林雨卉心中一动。

李涛说："当然，我有三级厨师证书呢。我来时带着，您看这成吗？"

李小贤窘得满脸通红："爸——您这是干吗呀？"

林雨卉看看李小贤说："这样吧，李师傅，我们再研究一下，你等我的电话吧。"

不可思议遇见你

雪 丁 香

第五章

机场大逃亡

一

今天是罗丹奔赴英伦读书的日子，全家人的心情都处于兴奋和忙乱的状态。

中午时分，正是机场繁忙时刻。一辆黑色的轿车停在机场"国际出发"的门口。车门打开，罗丹的爸爸下了车，打开后备箱拿行李。罗丹从车里下来，跑到车后面去帮父亲搬行李。

"行了行了，我来吧。"爸爸说。罗丹看了看手表："快点儿，爸，都快来不及了！待会儿赶不上飞机了！"罗丹爸爸奇怪地看着儿子急火火的样子，昨天他还对去英国无所谓呢，今天怎么了？于是说："时间没问题，还有三个半小时呢！着什么急啊？你妈啊，她巴不得你赶不上呢！延机一天，你还能在家多待一晚上呢。"

"那我不走不是更好吗？天天和你们在一起。我真的不想走。"

"说什么呢？准备了这么多日子。"

罗丹的手机响了起来，他忙从口袋里掏出来接听。"喂？妈，我们到机场了，嗯——我爸啊——拿行李呢！知道，你放心吧——嗯，好……爸，妈让你听电话。"爸爸接过手机，说了几句，声音有些哽咽："我知道，我告诉他了，嗯……嗨，你看你……行了行了，等他到了，让他马上给家里打电话……你跟丹丹说两句吧……好，知道了，挂了啊……"

"爸，你怎么挂了啊？我还想跟我妈说两句呢！"

爸爸眼睛湿湿的，摇摇头，转瞬抬起头笑了笑，拖起箱子："咱们进去吧。"

罗丹也有些动情，他撇撇嘴："爸，你别难受，咱们马上就会再见的。"

"唉，儿行千里母担忧，你们这些孩子不了解父母的心情呀！"爸爸忽然想起什么，"我说罗丹，你那些哥们儿怎么一个也没来送你啊？梁铮该来呀！"罗丹摆摆手："大丈夫四海为家，婆婆妈妈的干吗？我没有让他们来。"

罗丹和爸爸进入机场大厅，爸爸给罗丹整理着肩上的书包，一边嘱咐："到了你叔叔那儿安顿下来就给家里打电话……"

"知道了爸，你都说了无数遍了！"

爸爸摸了一下罗丹的头："托运完行李，马上安检，安检完了，其他东西收起来，拿登机牌就成了。"

罗丹点点头："爸，你回去吧。"

"我看你过安检口。"

罗丹从爸爸手里接过箱子，转身说："爸，您回去吧……"

"你托运完箱子我就走。"爸爸说。

"你走了我就托运，看着您我心里难过……"儿子坚持说。

爸爸摇摇头："行了，我走了，你自己当心。上飞机的时候给我发个短信。"说着，爸爸朝机场外走去，他心里实在是很难受，他不知道当儿子过了安检口进到里面朝他挥手的那一刻，他会不会哭。

罗丹朝父亲挥了挥手，一直看着父亲的背影在机场门口消失。

此刻他的心情和爸爸完全不一样。他没有伤感，只是害怕，害怕爸爸被气疯了。

罗丹拖着箱子离开办登机牌、托运行李的柜台。走进卫生间，拉开一个格子的门，人和箱子一起走进去。

大约二十分钟以后，卫生间的格子门开了，罗丹从里面走出来，他完全换了一身装束，戴上了一个长檐儿的棒球帽，一副大号的墨镜。只有那个大箱子让人一眼看出了它的主人还是罗丹。不过箱子里的东西可发生了变化。

罗丹走出卫生间，环顾四周，看看手表，从机场大厅走了出去。他掏出手机开始打电话。对方刚一接通，罗丹就说："我是罗丹，你周围有别人吗？如果有，以下回答就说是或不是！"

"罗丹！喂？这么快就到了！"梁铮很惊奇。

"你周围有别人吗？如果有，以下回答就说是或不是！"

"我就一个人，你怎么了？又不是偷渡，干吗这样神神秘秘的？"

"我比偷渡还厉害，我压根就没渡！"

"什么叫没渡？"梁铮的声音有些紧张。

"英国，我是去了趟英国，是的，可是我又飞回来了——跟你开玩笑，我根本没有走，就在机场给你打电话。给你半个小时，立刻赶到三环我们常去的那个快餐店！我现在也立刻打车走。一会儿我们在那里集合。详细情况我们见面再说。"

四十分钟以后，他们在快餐厅见面了。今天是星期日，梁铮接电话的时候正在家里看书，他知道罗丹这一两天要走，但是罗丹不让送。于是只好等他到达以后的消息。刚才接到罗丹的电话，他还不知道罗丹背着家里搞了这么个大骗局。

"你……你胆子也忒大了吧？"梁铮觉得罗丹有点像外星人。

"唉，我也是被逼无奈呀！"

"你也不能真跑啊，你爸妈怎么办，你怎么跟他们交代？"

罗丹一本正经地说："唉，古人说忠孝不能两全，我忠于我的事业，就不能完全听从我爸妈的意愿了。"

"你这是哪儿来的歪理啊！你什么事业？"

"进剧组当演员呀！我是干正事儿，又不是参加黑社会！我爸妈将来会理解我的。哦，对了——对了！我这大箱子不能到处跟着我跑啊，放你家成不成？"

"不成，这么大一个箱子，我和你这么熟，我爸问起来，你不就露馅了？哎，先甭说箱子，你这个大活人放在哪儿啊？"

罗丹要了两份冷饮，又要打电话。

"给谁打电话？"

"宋姗姗。"

梁铮说："哎！我突然发明了一个成语，你想不想听？"

"什么成语？"

梁铮笑笑："知道财迷心窍吧？我琢磨着还应该有个成语叫'色迷心窍'，你说咱们几千年以来的男人，让色迷住的不比让财迷住的少吧？可咱们几千年的语言中怎么就没有个色迷心窍的成语呢？"罗丹拍了一下梁铮的肩膀："哎，梁铮，我一直都把你当纯洁少年看待的，怎么忽然变成不良少年了呢？"

梁铮冷笑一声："你现在还是别用这个口气跟我说话，我可是你的盟军啊。"

"你真是以小人之心度君子之腹。告诉你，叫宋姗姗来，是让她也帮我想想，怎么解围啊。"罗丹说。

"你说的比唱的好听啊，我早领教过。"

电话打完了。罗丹拍拍梁铮的肩膀："你今天怎么了，咱们俩应该高兴呀！"

"高什么兴？"

"我们俩都进摄制组了！"

"你别以为谁都想进剧组拍电影。我还没跟我们家商量呢！"梁铮不屑地说。

罗丹很惊讶梁铮的态度，撇着嘴说："你还别得了便宜卖乖，你看那天的架势，少说也得几百人吧，能选上十个吗？这叫百里挑一，全国人民都想当演员，就你端着！你费什么事了？我这叫'踏破铁鞋无觅处'，你这叫'得来全不费功夫'！你知足吧，感谢我吧！"

梁铮说："你别夸张了好不好，那是你的梦想，人各有志……我从来没想着要拍电影！哎，你什么时候给你们家打电话？"罗丹犹豫了一下："我给他们发短信吧。"

"这么重要的事情为什么不打电话？"

"一通电话还不马上吵起来？他们要是答应让我演电影，我马上回家——我想了，要是没有这个条件，我一回家，他们非把我押上飞机不可！"梁铮摇摇头，他对罗丹的性格有了新的认识。罗丹自言自语地说："他们一回短信，答应我，我马上回家！"

罗丹的爸爸接到罗丹短信的时候，正和罗丹妈妈准备晚饭。看见短信，他呆住了。

"怎么了，是不是罗丹的短信？登机了吧？"妈妈关心地问。

"真是见了鬼了，这怎么可能呢？"说着，他把手机递给罗丹的妈妈，"你看看……"

罗丹妈妈接过手机边看边念："爸妈你们好，因为有重要的事情，我没有走。希望你们理解我。请放心！我会再和你们联系！"

罗丹妈妈惊叫起来："他没有走！"

"你镇静，你镇静。这不可能！没准不是真的，现在骗人的短信太多！你别着急，我给他打个电话。"手机里传来用户已经关机的声音。

罗丹知道爸爸妈妈接到他短信的第一个反应就是给他打电话，

可是一打电话就要吵，所以他决定先关机，让他们先"适应"一下。不料，梁铮的手机忽然响了起来。罗丹说："没准是我们家来的，你千万别说跟我在一起呀！"

梁铮接了电话，电话原来是戚园园打来的，戚园园让梁铮告诉罗丹，尽快带家长去签合同。刚才罗丹电话关机，她才给梁铮打电话。罗丹痛苦地说："啊？有这么巧的事情！看来这个家是一定要回了。"

二

摄制组已经紧锣密鼓地开始工作，演员最后确认、报到成了这两天最重要的事情。

就在罗丹从机场"逃走"，与梁铮商量自己的"前途"，如何取得家长"谅解"的时候，陆见川也正在为进组做准备。他正和张叔叔告别，还把家里大门的钥匙给了张叔叔一把，以防万一。就在这时，他忽然接到了戚园园的电话。戚园园委婉地告诉他，情况有变化，演员可能要换人，当然现在还没有最后决定。

陆见川急了，换人可以，但他想知道为什么换人。

陆见川来到摄制组，站在林雨卉面前："导演，我想问问，为什么又不要我了？"

林雨卉客气地请他坐下说："陆见川，按理说你的条件不错，可是你知道，电影中还有个适合不适合的问题。比如说剧情中有个丑角，像你这样长得英俊周正的形象就不适合，对吧？以后还会有机会的。"

"既然是这样，当时你们为什么选我？"

林雨卉一时有些语塞，她叹口气说："剧本有些变化……我们都是选了一些漂亮的少年，显得不够真实……你先回去吧……"

陆见川心里很难过，但是他有他的自尊，他不能再做进一步的要求了。再说现在哪里没有后门呀！被更有势力、更有路子的别人顶了，他也毫无办法！他咬咬牙，转身走了。

看着陆见川的背影，林雨卉叹了口气，心中很不是滋味。

陆见川走在忙忙碌碌的楼道里，怎么想怎么觉得这件事情太蹊跷。他忽然停住了脚步，凝神思考，眼前出现了那天在北影院子里看到罗丹和梁铮的情景。是不是罗丹给他使坏，把他蒙受的不白之冤又颠倒黑白地告诉导演？要不，为什么就在这关键的时候他又给"辞退"了呢？想到这里，他心中不免怒火中烧。

陆见川转身走到摄制组办公室的门口，迟疑了一下，又敲敲门。

看见陆见川回来，林雨卉有些奇怪："还有什么事吗？"

"是不是罗丹跟你说了我的坏话？"陆见川单刀直入。

"什么坏话？"林雨卉问。陆见川喘着粗气一下说不出来。

"你怎么和罗丹扯到一块啦？"林雨卉问。

"导演，你是不是因为听说我偷过相机？"陆见川有些着急。

林雨卉一愣，马上笑笑："怎么会呢？你不要乱想……"

陆见川激动起来："我跟你说，你可以不要我，但是，我可以用我的生命发誓：我没有偷过任何东西！另一个同学偷了相机，因为要出国办手续，要我替他承担，我是代人受过，我是冤枉的。所以，我不能参加剧组没有关系，但是我绝对不能在你们的心目中留下一个小偷的印象……"陆见川一口气慷慨激昂地说了半天。

陆见川猜测的原因没有错。他这次被摄制组突然"辞退"的确和他的"不白之冤"有关系。但告状的不是罗丹，而是一封匿名信。那信里说：陆见川因为在学校偷了相机，被学校开除，才去了一家汽车修理学校。看了这封信，林雨卉心中一震。这封信是不是诬陷，她不得而知，但是就凭陆见川的条件在一家重点学校上得好好的，怎么就去了一家技校呢？看着信，她不能全信，也不能不信。她告诉戚园园，到陆见川上的学校侧面打听一下。说"侧面"指的是不要惊动校方。在同学里问问，为什么陆见川离开了这个学校？

戚园园"打听"的结果对陆见川十分不利。那几个同学都说，因为一个相机的事情他走了，详细的情况他们也不知道……听到这个结果，林雨卉有点心痛。虽说陆见川并不是她从小一起长大的弟弟，可他是自己同父异母的弟弟呀！不论将来是不是相认，但总是希望这个弟弟是个优秀的人，就是平凡的人也好，但要善良呀！总不能是个小偷吧！再说摄制组就这么几十号人，这样的人进来了总免不了让人有些担心。万一这个消息传到摄制组就更不好了。

她对戚园园说："别提这件事，想个办法别叫他来了。"

摄制组是个临时的单位，又没有签订合同，从道理上也没有什么说不过去的。现在陆见川突然当面问到这件事，她一时还真的有些为难。林雨卉愣愣地坐着。陆见川的直率给她留下很深的印象。她现在特别需要一个人帮她分析一下这件事情的真相并且告诉她怎么处理才好。

另一边，就在此时，宋姗姗出现在快餐店的楼梯口。

罗丹惊喜地大叫："宋姗姗——"

"你这家伙，怎么这么大的胆子啊，说不走就不走了。"

"不是为了理想吗……或者演完这个电影，我再出去上学也行啊，拍一部电影总能挣一张机票钱的吧？"

宋姗姗摸着胸口夸张地喘着粗气："太不可思议了，我接你电话的时候还以为你是开玩笑呢。"

罗丹指着梁铮说："他也是这样认为。一般人都会这么想。"

"这个玩笑真实得让人不敢相信……不管怎么说，这事我挺佩服你，敢作敢为。"

"那当然……对了，我还告诉你，梁铮也进这个组了。"

宋姗姗点点头："我在剧组的名单中看见了。对了！我还告诉你们一个好消息。"

"什么好消息？"

"陆见川也进了这个组了，多神奇呀！这就叫机缘巧合！"

"真的！有这么巧的事儿。哎，不是冤家不聚头呀！"罗丹阴阳怪气地说。

"利用这个机会，你和陆见川好好聊聊，继续成为铁哥们儿好不好？"宋姗姗说。

梁铮一直没有说话，他心里想的是另外一件事。罗丹居然就这样从机场回来了，太猖狂了吧！太不可思议了，他也拿家长太不当回事了。宋姗姗还表扬他敢作敢为。这不是为虎作伥吗？罗丹的爸爸妈妈得多担心呀。他总觉得自己跟着罗丹这样做下去，很对不住罗丹的爸爸妈妈。

梁铮借口去了卫生间。他在卫生间里给罗丹的爸爸打了一个电话，最后嘱咐说："您可千万不要说是我告诉您的……"

时间过去了一个多小时。罗丹正用"虹吸管"的原理，让一个杯子里的水从弯曲的吸管中流到另一个杯子里。

"六点快到了啊，你到底想好没有？"梁铮问。

宋姗姗也说："我告诉你啊，伸头缩头都是一刀，你要是不得到家里同意，导演这一关你也过不去！没有家长的同意，你甭想去！"

罗丹停下手中的动作，有些烦躁地说："我要是在外面就有和他们讨价的条件，他们不答应我，我就不回家。我要是回了家，他们要是不同意，我可就干没辙了。我觉得我爸耗不过我……"罗丹转头向窗外看去，他的目光忽然定住了。

梁铮往窗外一看，只见罗丹的父亲正下车往快餐店大门走来。

罗丹猛然起身要往人多的地方躲："不好了，不好了，他怎么找来了啊？"

罗丹的父亲出现在楼梯口，一眼看见儿子的身影，立刻面露凶光，不由分说就向屋里冲了进来。毫无办法，罗丹只好束手就擒。他斜了一眼梁铮："你出卖我——"

三

罗丹跟着父亲回了家。首先是妈妈大哭一场。伴着妈妈的哭声，罗丹时不时地说着："妈，是我不对，您别哭了。"

妈妈的哭声停了。爸爸余怒未消地抄手坐在沙发上："有什么理由也不能骗我们！你还挺能装的，把我跟你妈要得团团转！还假惺惺地说什么要赶不上飞机了！行啊你……"

妈妈一边啜泣一边说："罗丹，我寒心呀！我万万没想到你能这样对付我们……"

"妈，我不是说了我不对了吗，你们干吗不给我回短信啊？"

"你再说什么短信，我把手机给你砸了——"爸爸依然怒不可遏。

"我不是告诉你们我没上飞机吗，说了我有重要的事儿……"

爸爸又站起来："你浑蛋！一句'我没登机'就完事儿了！你是我的领导，还是我的儿子？你知道我跟你妈都急成什么样吗?!"

"我还能跑哪儿去啊，最后还不是得给你们逮回来……"罗丹小声说。看看急风暴雨过去了，罗丹和爸爸妈妈说了他要去拍电影的事情。

"国你爱出不出！上剧组拍电影绝对不成……"

"你老说出国的机会有多难得，可我这个机会也很难得啊！而且是我自己争取来的！我……我不出国，我要跟组！"

爸爸大声喊起来："这事儿没的商量！你想都别想！"

罗丹急得满脸通红："行，你不让我跟组，我……我这次走了就再也不回来了！"

爸爸一怔，直愣愣地看着一脸倔强的儿子："行，行啊你，原来我一直以为我是你爸爸，现在我糊涂了，我不知道咱俩谁是爸爸，谁是儿子了！"说着话，他猛地向前一步抬手就要打，妈妈急忙拉住他。

爸爸抬起手"啪"的一声，手掌重重地落在桌面上。罗丹吓了一跳，脖子一缩。玻璃台板碎开几条裂缝。

爸爸重重地坐回到沙发上，喘着气。

林伟群来到摄制组找到林雨卉，问起了陆见川的事情。林雨卉看看表，已经是晚上八点多钟了。

"都通知人家了，突然又变卦！这对一个孩子打击太大了，你做决定时怎么不慎重些呢？"林伟群说。

"接到匿名信，听说了陆见川的事情，我也一愣。我不能不闻不问吧。我就派人去了陆见川原来的学校，人家说就是这么回事。要是换了您您怎么办？我总不能要这么一个人进组吧？"林雨卉有气无力地说。

"我知道这件事！陆见川是被冤枉的，他没有偷相机，他是代人受过……"林伟群脸涨得通红。

"爸，我理解您的心情，可是不能因为是自己的儿子，就什么都是冤枉的，什么都是对的。您十几年都不和他生活在一起，您怎么就能肯定他是什么样的孩子？"

"就算这个错误是真的，你总不能就因为这个不要他啊，孩子在长大的时候，总会有这样那样的错误……而且我现在告诉你，他的这个错误是假的，被人冤枉的。"

"您有什么证据？"

林伟群从提包里拿出一个本子，从本子里拿出个信封，又从信封里抽出一张纸，放在林雨卉的面前。

林雨卉接过一看，纸上写着：

转学证明

兹有我校高一学生陆见川，因为家庭生活困难，经本人和家长要求转入你校继续学习。该生在校期间表现良好，望今后在新的学校取得更好的成绩！

下面是学校的公章。

"您这东西是哪儿来的？"林雨卉惊讶地问。

"这是陆见川的转学证明，我从汽车修理学校人事科档案里看到的，这是复印件！"

林雨卉感叹一声："爸，您真成！这得多麻烦呀！陆见川真得谢谢你呀！"

让陆见川重新回到剧组的电话是林雨卉亲自给陆见川打的。林伟群对女儿说:"这个好人还是由你来做!"

接到电话,陆见川自然是高兴万分。陆见川说:"当时我就是心里有些堵得慌。现在好了,要真是角色的问题,我也不想勉强。"

"我不是说了吗?现在有了需要你的新角色。"林雨卉平静地说。

"谢谢导演。"

"俗话说:师傅领进门,修行在个人。进了剧组,就看你的表现了。"

陆见川激动地说:"导演放心,我好好努力,不会让你们失望的。"

处理完陆见川的事情,第二天上午林雨卉亲自来到罗丹的家。她对罗丹的条件作了夸张的赞扬,让罗丹的父母心里稍稍好过一些。

最后,她对罗丹的父母说:"拍完这个戏,您再让他到英国读书也是来得及的。"

罗丹的父母终究拗不过罗丹的哀求,在和剧组的合同上签了字。

从罗丹家里出来,林雨卉来到一个咖啡馆。她要见的是她的老同学江河。

江河今年不到三十岁,虽然还不是什么家喻户晓的大牌明星,但在二线演员中已经是前几名了。这个戏里有个重要的成人角色,也就是这个戏的男一号,将由江河来扮演。

林雨卉来到咖啡厅,江河已经等了一会儿了。他穿着普通但很得体,五官生动,轮廓分明,年轻的面孔上洋溢着成熟男人的魅力。他坐在那里也没有闲着,已经有服务员认出了他,四五个女孩子已经找他签了名。

招呼之后,林雨卉建议换了一个靠窗的座位。"最近好吗?"林雨卉问。

江河点点头："还成，你好吗？"

"这不在忙着筹备这部戏吗？每天焦头烂额。"

两个人沉默了一会儿，好像不知道下面该说什么。大厅里很安静，林雨卉用勺子慢慢搅动着咖啡。过了几乎有一分钟，林雨卉开口了："这次真的很感谢你！"

江河笑笑："别客气，我是为我们毕业时那个约定来的。你导演第一部影片时我一定来当演员。剧本我看了，挺感人的。拍好了，会是一部不错的电影。"

"谢谢，我们抓紧时间吧，我知道你忙，别耽误你了。"林雨卉说。

"没关系，中午的饭局，我都推掉了。"

林雨卉怔了怔，抬头看着江河："不是说没有时间了？"江河微笑一下："咳，重要的事情总有时间。"

林雨卉有些感动："我真没想到你会给我这个面子，我们这点钱根本请不到你，再说我这个导演也没有名……我没有勉强的意思，你可以有你的选择。"

"我已经说过，我是为了我们毕业时那个约定而来的。"

"现在很多人都不相信约定了。"

"我不会忘，你执导的第一部电影我来演，即使没有报酬，我也会准时赴约。"

"我却只记得你们那个让我恨你一辈子的赌博。"林雨卉说。

"你怎么哪壶不开提哪壶啊？那不是喝酒打赌吗？"江河摇摇头。

"刑法规定酒后犯罪照样要负刑事责任。"

江河长叹一声："当初，你是导演系有名的'冷面美人'，男生都不敢接近你，我们才打赌，我追你的……"

"结果……我就中了你们的圈套……"

"可是，当我发现我赢得了你的感情时，我也爱上了你……只是你又接受不了了……"

"我当然不能接受一个赌出来的感情……我们还是谈公事吧。"

"当时我们要是不提打赌的事情就好了。"

"可是你们提了，我当然受不了。"

"你说这话可是有点矫情。"

林雨卉不再说话。江河咳了一声说："好，说正事儿，虽然我把你这个戏看得挺重，钱多钱少也没关系，但是有件事儿我必须说清楚，我在你这部电影里，满打满算，只有三十天的时间。三十天后我要去另一个剧组。"

"三十天？你有些人吝啬了吧？"

"你先拍我的戏，应该够的。"

"好吧，我们尽量先把你的戏抢出来。"

江河最后强调说："合同里这点要写清楚，三十天以后，不管你们有没有拍完，我都是要走的。"林雨卉点点头："这个你放心。"说着，林雨卉翻出包里的合同和笔，推到江河面前："这是合同，你看一下吧。"

"这部电影叫什么？"江河看着合同说。

"《丁香》，丁香也是主人公女孩的名字。"林雨卉解释说。

第六章

梦中的丁香

一

电影《丁香》决定在北方的一个县城拍摄。这里还有些老房子，符合剧本中要求的环境，这些房子虽然老旧，但是很有味道，也很上镜。

剧组就设在县城郊区的一个招待所水平但号称是三星级的宾馆里面。

下午四点多钟，一辆玻璃上贴着"丁香"字样的大轿车和两辆中型面包车先后开进了宾馆的大门。进了大门，能看见宾馆大堂前面的开阔地上有个简易得只有一个球架的篮球场。再往远处是庄稼地，再往远处还能看见起伏的小山……

汽车停在大堂门口。以王小斌为首的几个打前站的人迎上前来。王小斌是这个电影的制片主任。首先从大轿车上下来的是导演林雨卉，接着是略显疲惫的学生演员们。大家清晨五点出发，坐了一天的汽车，都盼着能好好洗个澡躺一会儿。

另外两辆面包车前后停在宾馆门口，摄影师陈宇星抱着机器从车上下来，大声喊道："先把设备搬下来，当心点儿！王小斌，我要的场工定了吗？"

王小斌竖竖大拇指："定了，你就放心，在现场绝不会让你亲手架升降机。"

林雨卉对王小斌说："待会儿我过去看景，你打个电话问问看有没有手快的木匠，帮着美工他们去搞一下学校的景……"

王小斌爽快地回答："没问题。"

陈宇星回头对林雨卉说："导演，我先去学校那个景地看看，因为那是最重要的一个景，也是最先拍的景。"

林雨卉拍拍他的肩膀："好，我看你状态不错，不休息了？"

陈宇星豪迈地说："车上睡足了。林导，你放心，虽然我这是第一次掌机，但是绝不会让你失望。森林里有两条路，我选择人迹罕至的一条。"

林雨卉愣了一下："挺深刻啊，不是你的话吧？"

"这是英格兰诗人弗罗斯特的诗……"

林雨卉笑了："说得好！森林里有两条路，我选择人迹罕至的一条！我们一块走。"

这个摄制组，一水儿的年轻人，林雨卉很高兴，踌躇满志的情绪油然而生。

学生们带着行李进入大堂。一同坐大轿车来的有宋姗姗、陆见川、罗丹、梁铮和李小贤父女，还有叫任强、尹小航的男孩和叫周可欣、莫愁的女孩。

张嘉兴挥挥手："大家先在大厅等一会儿，马上分配房间。"

有个熟悉的声音从楼上传过来："姗姗——"

宋姗姗抬起头，看见母亲正好从楼上下来。宋姗姗脸上露出惊喜的神色，急忙跑上前："妈？你怎么来了？"

"我是坐飞机来的。累坏了吧，你们汽车开了有一天吧？"

"就是，在外面吃的午饭，累死我了。"

看见宋姗姗的妈妈，同学们免不了议论纷纷。刚好林雨卉和王小斌走进大堂，看见宋姗姗的母亲，也愣了一下。王小斌小声对林雨卉说："哟，她不是说不来吗，怎么比我们还先到啊？"

姗姗妈搂着女儿径直朝林雨卉走过去。"林导演——对不起啊，我还是来了，不过我只住几天，等姗姗适应了，我就走。请你理解当妈妈的心情啊。"姗姗妈解释说。

林雨卉笑笑："可怜天下父母心，我能理解。"

"导演，姗姗是自己一个单间吧？"姗姗妈问道。

"这个……哦，这是我们的制片主任王小斌。这事儿您得问他。"

王小斌咧咧嘴："是这样，女孩子们一起住一个大间。"

"你们能不能给我们姗姗开个单间？我打听了，这儿的房钱也不贵。"姗姗妈说。

"房间都是事先安排好的，大家都住在一起，工作生活都方便。"王小斌故意看着别处。

姗姗妈指着楼上说："我到那个大房间看了，几个女孩儿挤一间，休息不好，房间里也没有卫生间。"

"都用楼道里的公共卫生间。"王小斌说。

"孩子们住在一个房间，也是为了便于管理。"林雨卉说。

"我看刚才有个单人间空着没人，姗姗住那间行不行？"姗姗妈执着地说。

林雨卉和王小斌同时一愣，互相看了一眼。"那是给男主角住的，他还没来呢。"王小斌说。

"就是，他能单独住一间，姗姗为什么不能？我们姗姗是女主角啊。"

"男主角是江河！"王小斌不客气地说。

林雨卉拍拍宋姗姗的肩膀："我们有意安排学生演员住在一起，平时她们还可以交流。姗姗这么小，最好不搞特殊化，那样对孩子也不好。"

宋姗姗拽了妈妈衣服一下。

"好吧。我表示理解。不过演员休息好了对拍戏也是很重要的呀……"姗姗妈说。

王小斌朝着大家大声说道："分配房间了！309房间大屋，女生宿舍。316房间大屋，男生宿舍。好，大家去房间收拾收拾吧。一个小时以后在大堂里集合。"

他的话音刚一落地，就听见许多人"哟"了一声，也不知道是对住大房间不满还是对一个小时集合有意见。

摄制组的学生演员们大都是第一次离家出门，兴奋劲还没有过去，也不知道新的住处什么样，于是一窝蜂地拥向电梯。只有陆见川一个人拎着箱子走楼梯。林雨卉看见了，心中对陆见川忽然有些好感。

三楼的电梯门开了。李涛拎着行李第一个走出来，李小贤跟在他后面。

309房间是个很大的屋子，看样子怎么也得有二十平方米，三张双层铁床错落摆开。要是再加张床，住八个人没有问题。

李小贤对爸爸说："爸，你回去吧，你自己的行李还搁在下头呢，我自己收拾就行了。"

周可欣好奇地凑了上去："叔叔，您跟着她来的？她是您女儿？"

李涛说："是，是啊……"

"您在剧组干什么呀？"

"我，我给你们管后勤。"

"我爸做的肉饼可好吃了。"李小贤说。

周可欣醒悟地说："哦——是这样啊……"

叫莫愁的女孩把箱子放在下铺上，宋姗姗拖着箱子进来的时候，下铺都被占满了。宋姗姗和妈妈打量着房间和床铺，心中有些不快。姗姗妈大声说："我们姗姗东西多，谁能给腾一个下铺啊？"

话还没有说完，就听见李小贤说："住我这儿吧。"

"谢谢小姑娘，你叫什么啊？"姗姗妈上前拉着李小贤的手。李小贤一边报着名字，一边把自己的东西往上铺搬。宋姗姗看见李小贤床上有十几本书，不由得拿过书，一本一本地看过去。都是电影方面的书，除了像《故事》这样的书，居然还有一本《如何当导演》。

"这都是你买的吗？"宋姗姗有些奇怪。

李小贤点点头。

"你长大是要考表演啊，还是考导演啊？"

李小贤笑笑："这个……我还没想过，就是喜欢看，看电影方面的书，看电影，我还有好多DVD呢，好电影的DVD。临出发前我还统计了一次，五百多张呢！"

宋姗姗惊讶极了："啊，你能开DVD店啦，有品位的DVD店。"

"我就是看着玩。"

如果说，女生宿舍这边还算和谐的话，男生那边却充满了火药味儿。

从上大轿车那一刻起，陆见川就下定决心，对自己约法三章：第一，绝不惹事，对罗丹采取敬鬼神而远之的态度，井水不犯河水；第二，人不犯我，我不犯人；第三，人若犯我，我必犯人。不过他也知道，就罗丹的脾气和实力，还真不敢对他陆见川主动冒犯。

进了大房间，罗丹还没有来。陆见川坦然地把行李放在靠门的一个下铺上。他认为就房间的格局来讲，这不是什么好位置。然后从手提袋里拿出了一个小乌龟，放进了一个盛着水的小搪瓷盆里。

任强正在整理下铺的床铺，将行李放在床上。他欣喜地看着小乌龟说："你真行啊，这么远的路，带来一只小乌龟。"

"对，养了好长时间了……"

任强伸手捅小龟。陆见川举起手："你别欺负它啊。"

"不会的，我可喜欢小动物了。"

就在这时，罗丹和梁铮拎着行李走了进来。他们看见陆见川，大家的眼神都偏了一下。他们是一同坐大轿车来的，一路上罗丹和陆见川没有说过一句话，倒是梁铮和陆见川点过头。

罗丹打量着房间："就住这屋啊？"

"不错了，你还想住单间啊！"梁铮说。罗丹看见任强站在床边忙活着，皱了皱眉头，走到他身后："你睡上头去。"

"干什么？"

"我喜欢睡下面！"

任强一怔，直起身子说："总有个先来后到吧，我东西都放好了……"

"放好了再放一回啊！"

罗丹说着就将自己的行李扔在下铺的床上。任强说："你这是干吗呀？"

"不干吗，你睡上面去。"

屋里的空气顿时变得十分紧张，陆见川觉得罗丹表面是针对任强，实际上也在向他示威。

陆见川冷冷地看着罗丹。他心中起火了，在他的印象里原来的罗丹不是这个样子的，现在怎么变得这么霸道？说心里话，眼前这件事情，他如果根本没看见倒也罢了。在大家的眼皮子底下你就敢这样！你罗丹也太目中无人了。"旧恨新仇"一股脑儿涌上心头。

"你快点好不好？"罗丹还在耍横。

"别太过分了。"陆见川低声说了一句，这声音估计罗丹可以听到。任强张了张口想说什么，看看罗丹那蛮横的样子，又怯生生地吞下半句，慢吞吞地拿起自己的行李。

任强已经把下铺的东西全部弄到上铺去了。罗丹正要往下铺放东西。

陆见川说："你不能以大欺小吧……"罗丹一愣，他没有想到陆见川会管闲事，于是说："他愿意我愿意，别人最好少插嘴。"

陆见川走到罗丹面前："总得有个先来后到吧，人家先来的，你凭什么让人上去啊？"

"陆见川，我可没有惹你，你可别没事找事。"

陆见川没有说话，只是把任强的行李重新放到了下铺上。

罗丹急了，拎起任强的行李准备往上扔，行李被陆见川紧紧地按住了。罗丹瞪大了眼睛看着陆见川："你不觉得你又犯了一个错误吗？"陆见川听出话中带刺，眼睛里出现了两团怒火。他决心已下，就是动手他也没有顾虑了。

罗丹喊道："你把手拿开！"

陆见川没有说话，行李上的手丝毫不动。

一旁观战的任强害怕了："算了，我……我就睡上头就行了，我无所谓。"

陆见川冷笑一下说："你无所谓，我还有所谓呢！实话跟你说，我就看不惯这种人。"

"我真没有想到你会变成这样！"罗丹说。

"我也没有想到。"

梁铮跑过来一把拉住罗丹："算了算了。这是干吗呀？都是哥们儿。"

罗丹不能在这儿丢了面子，他的声音更大了："梁铮，你一边去，这里没有你的事。"罗丹说着就要上手抓陆见川的衣领，不料陆见川抓住他的手往外一翻。罗丹觉得十分疼痛，身子不由得一歪，脚下不稳，一屁股摔倒在他正要霸占的空床上。

任强吓了一跳，捂住了嘴。罗丹翻身跳起来，突然从桌上抓起暖瓶，朝陆见川砸去。陆见川一闪身，躲过。暖瓶砸在门上，摔了满地的碎瓶胆。

门开了，张嘉兴站在门口："这是怎么回事？"罗丹咬咬牙，忽然笑了："没事，我把暖瓶当球玩没拿住。"

张嘉兴皱皱眉，从门外拉着箱子走了进来，走到最靠门的床前，那个床的下铺陆见川已经占了，张嘉兴把东西放在床的上铺上。屋里的人都愣住了。

上车之前，林雨卉向同学们介绍过张嘉兴，张嘉兴是电影公司策划部的一个编辑，这次来是担任学生演员们的老师，负责大家的生活和文化学习，同学们有什么困难都可以直接找张嘉兴。张嘉兴比较胖，中等个子，对人还算和气。但是刚接触，也不知道他道有多深。

"您也住这屋呀？"陆见川奇怪地问。

张嘉兴没顾上答话，却对罗丹大声说："你玩什么不好，玩暖瓶！你自己到前台，该多少钱，你赔多少钱。"

罗丹没吭气。张嘉兴说："去啊！你自己把碎瓶胆扫了……"

罗丹起身出门，来到大堂的前台，对服务员说："我刚才打碎了一个暖瓶，我们老师说，让我把钱交到总台。"

服务员查查单子说："二十块钱。"罗丹笑笑："这么便宜，我还以为得百八十块呢。"

服务员一愣，不知道城里的孩子怎么这么有钱，话到嘴边没说出口。罗丹潇洒地转身，向楼上走去。进了房门，他看见陆见川把自己的东西往上铺堆。那个张嘉兴坐在下铺。

张嘉兴对陆见川说："要不你睡下面吧，我睡上边。"陆见川笑笑："没事，您是老师。"

罗丹看看陆见川，心想：我们俩可真是应了那句老话了——不是冤家不聚头！

屋里形成了这样的格局，三个下铺：张嘉兴、任强、尹小航。三个上铺：罗丹、梁铮、陆见川。刚才斗了半天，现在殊途同归——都睡上铺。罗丹一面收拾行李一面感到窝囊。当演员是个大好事，怎么偏偏和个对头在一起，同吃同住同表演！命运呀！刚才这一仗他有点处下风。不过敢朝着对方扔暖瓶，也说明他不是好惹的角色。现在陆见川这样做就是公开给张嘉兴拍马屁呢！

陆见川跳下铺，拿起地上的篮球向外走，与罗丹擦肩而过。

"陆见川，你是不是要成心和我过不去啊？"罗丹低声说。

"没那么严重，我们彼此珍重吧。"

陆见川出门，来到宾馆大堂前的简易篮球场。看着周围空旷的原野，蓝蓝的天空，他不禁长长地出了一口气。

手机传来收到短信的声响，低头一看，原来是林伟群发来的：

> 见川你好，在剧组一定要努力敬业，祝你一切顺利！等候你的好消息。林伟群。

和男生宿舍相比，女生宿舍的气氛温馨多了。因为李小贤的表现，宋姗姗和李小贤越聊越投机。宋姗姗说："听你讲电影可是太神了，对了，前些天，我有一个朋友向我推荐一个苏联电影导演的作品，说这个导演是电影诗人。我们分手后，导演叫什么我给忘了，电影名字我也忘了。"

李小贤说："一定是塔尔科夫斯基。"

"对对对，塔尔……科夫斯基。他的作品你知道吗？"

"有一部你一定看过。"

"哪一部？你说！"

"《伊万的童年》。"

"我看过 DVD，看过，哎呀，这是好多年前的片子了，是黑白片，拍的是一个叫伊万的孩子参军打仗的事儿。"

"你还记得吗？那部电影把幻想、梦境、回忆和伊万经历的事件重叠在一起，他在表现人和历史之间深刻而又荒诞的关系，在漫长的历史中，战争是瞬间即逝的东西，可它带给人的，却是整整一生的灾难和需要几代人付出的代价……"

说到这里，全屋的同学都专注地听李小贤说电影，姗姗妈也惊讶地看着这个小女孩。

二

一个小时以后，宾馆的会议室里坐满了人，少说也有四十多位。其中有摄制组主创、学生演员，像宋姗姗妈妈和李小贤的爸爸李涛等家属也在座，还有几个外国人让大家感到很新鲜。

罗丹和梁铮坐在靠里面的一扇窗前面的椅子上。戚园园站在门口照顾会场秩序，每进门一个演员，就发给他一本剧本。

陆见川走进来，四下看看，他看见了梁铮和罗丹，他们的目光对视了一下，随即转开了。

好像是自然的习惯，女生坐在会议桌左边，男生坐在右边。

陆见川走到后边一排坐下来，他的对面是李小贤。李小贤坐在那里，显得很安静。陆见川目光停在李小贤的脸上。李小贤发现了在注视她的陆见川，微微低下了头。陆见川有点不好意思，决定不再往那个方向看。

制片主任王小斌在导演林雨卉耳边说了几句，林雨卉点点头。

王小斌大声说："大家安静了，下面我们请导演林雨卉给大家讲话。"

林雨卉首先给大家一一介绍到场的人员：制片主任王小斌、摄影师陈宇星，照明、服装、化妆、道具、焰火兼枪械、导演、副导演、场记、剧务。介绍到张嘉兴的时候林雨卉说："这是电影剧本的编辑兼带队的老师张嘉兴。"同学们的掌声格外热烈。

"下面我给大家介绍一位来自俄罗斯的著名电影演员娜塔莎。"林雨卉说。

娜塔莎站起来。她显得漂亮大方，高高的鼻梁，蓝眼睛，白皙的皮肤。大家都目不转睛地看着她。林雨卉说："在这部戏中，她扮演丁香的养母安娜。"大家鼓掌。

娜塔莎说："大家的掌声这么响亮，我感到非常高兴。谢谢你们。"

孩子们为娜塔莎流利的汉语高兴地议论起来。娜塔莎又说："我不是著名演员，是大学老师，在中国演过好多电影和电视剧。可惜，就是成不了大明星。"

孩子们又笑起来。

"今天我来的这个剧组和我参加过的剧组不一样，这是一个年轻的剧组，你们都是花朵一样的孩子，和你们在一起，我一定会年轻!"宋姗姗跑上前去握住娜塔莎的手，娜塔莎伸开双臂抱住了宋姗姗，全场热烈鼓掌……

任强插嘴说:"娜塔莎阿姨，我们和你在一起会变得更开心啊。"

娜塔莎说:"那太好了……我有些忧郁，和你们在一起，我一定会开心。"大家笑起来。

林雨卉咳嗽一下说:"今天是我们摄制组召开的第一次会，这个会非常重要。今天我们不讲衣食住行，我们要讲的就是我们这次集合在一起最重要的事情。"

"大家说，最重要的是什么事情呀?"

"拍电影。"

"对，拍电影! 首先，我在这里先解释一件事，为什么到现在还没有宣布同学们各自要演的角色，我只有一个目的，希望大家通读剧本，而不是只读有自己角色的那部分剧本。刚才我们把剧本发给了大家，现在我宣读一下剧本的大纲，让大家对我们将要拍的电影有所了解，对于剧中的人物有所体会……"

林雨卉口气近乎庄严地朗诵道:"这是一个发生在二十世纪四十年代战争时期的爱情故事。十五岁的女中学生丁香爱上了她的体育老师楚渐离……战争爆发了，日本侵略者的铁蹄践踏着我们的祖国，体育老师楚渐离参加了抗日联军。丁香也要报名参军，可是因为年龄小，部队不同意收，她只好回到自己的家……"

林雨卉的目光依次扫过罗丹、梁铮、陆见川、宋姗姗、周可欣、莫愁、李小贤的脸。

同学们都很专注地听着。林雨卉继续诵读，时间一分钟一分钟地过去了。故事把大家带进了那个并不遥远但却感到陌生的年代。丁香那绽放的青春、勇敢而又曲折的爱情和她爱国的情怀点燃了在场的每一个人。

会议室很安静，林雨卉的声音里已经带着哽咽，一个小时过去了。

房间里有人咳嗽，有人使劲地吸着鼻子……

林雨卉看见许多同学的眼睛里闪着泪光。安静了一会儿，她说："故事讲完了！"

会议室里响起热烈的掌声。

就在林雨卉讲述的过程当中，江河从会议室的后面悄悄走进来，坐在靠门口的一把椅子上，没有人注意到他。江河看过剧本，但他听林雨卉讲述后半截故事的时候，心中仍然感动。

江河是自己开着车来到摄制组的，倒不是给摄制组省钱，开车是他的爱好，况且很方便，想去哪儿就去哪儿，想走就走。

林雨卉拍拍手说："故事讲完了，大家今天回去的任务就是好好阅读剧本。"说着说着，林雨卉的口吻转而轻松地说，"下面我们进行今天会议的最后一项，我向大家介绍我们这部戏的男一号，著名演员——江河！他在影片里扮演体育老师楚渐离。"

林雨卉的话音还没有落地，同学们全都站了起来，四处乱找。

江河站起来，朝大家招手致意，大家热烈鼓掌。

林雨卉摆摆手说："从现在起，我们就是一个团队，我们要有团结友爱、吃苦耐劳的精神！来，大家像我这样拉起手来。后排的人也过来，站成一排。"

说着，林雨卉站起身来，把双手左右交叉，与两侧的人的手拉起来，大家纷纷站起来效仿。罗丹左手拉起梁铮的右手，自己的右手准备伸向陆见川的时候，他看见陆见川那只本来应该伸过来的左手根本就没有那个意思，于是举起的手也放下了。

梁铮朝这里看了一眼。本来应该是个完整的"链条"在这里断了，可谁也没有再去提醒。

林雨卉说："我们要拍摄的影片名叫《丁香》，我们剧组的口号是：不可思议遇见你，丁香有你，我更美丽！来，大家和我一起喊：丁香有你，我更美丽！"

大家随着林雨卉一起喊："丁香有你，我更美丽！"

任强第一个离开座位朝江河跑去。同学们也纷纷上前，围聚在江河身边。

罗丹站在原地没动，梁铮忠诚地陪着他。陆见川慢慢走到另一个门口，看着远处的江河。林雨卉走到他的前面："陆见川，你怎么不找江河签名啊？"

陆见川："老了，过了追星的年龄了……"

"哟，你才多大呀！就这么老气横秋的。"

江河被同学们围在中间。"江河——给我签个名吧——"任强兴奋得像个孩子。

江河微笑着："签哪儿呀？"任强发现身上没有纸本，于是背朝江河："写在我的背上吧！"

"这么干净的夹克衫！"江河有点下不去手。任强催促说："写大点——"

许多同学挤挤嚷嚷让江河签名。李小贤怯生生地递上剧本和笔。江河在李小贤的剧本上签上自己的名字。同学们发现这样签名很有意义，于是纷纷效仿。江河笑着说："咱们在一块的日子多着呢，不着急！"

　　宋姗姗和妈妈微笑着走过来。姗姗妈老远就喊道："你好啊，江河。"

　　江河认出了姗姗的母亲，于是也很热情地上前握手："您好，您也在这个剧组吗？"

　　"不，我不在这个组，我女儿姗姗在这个组。来，姗姗！"

　　"早听说你的女儿是个小明星，宋姗姗！果然不同凡响！"

　　宋姗姗的脸微微红了一下。

第七章

角色分配战

一

同学们纷纷回到宿舍读剧本。陆见川却拿着剧本走出宾馆的大门。

刚才的大会上除了公布江河扮演体育老师楚渐离，宋姗姗扮演丁香，还有几位外国演员角色确定了之外，余下的角色由谁扮演都没有公布。这还真的引起了大家的好奇心。

林雨卉路过男生房间门口，她听见罗丹正在大声地说："林雨卉是导演，咱也是导演，她是电影厂的导演，咱是艺校表演班的导演！"

林雨卉很吃惊罗丹的狂妄，开玩笑吧？

"你快别吹牛了！"梁铮说。罗丹接着说："我是实话实说。她是第一次当导演，选演员，分配角色，我也有一定的经验，她的经验比我也多不了多少！除了男女主角，其他的角色都没有分配，为什么？为什么？因为她一直在我们几个人中犹豫不决，主要还是经验不足啊。"

接下来罗丹的话让林雨卉更生气了。罗丹学着导演的口气，自己一问一答。

"罗丹同学，到！你就演警察，虽然是个反派，但很重要！"说完罗丹又自己大大咧咧回答，"没关系！我不计较这个！梁铮，你来演警察的同学——秦本亮。任强——暂定你就演同学甲吧。"

任强装傻充愣："同学甲？同学甲是谁啊？"

罗丹说："看剧本开头，就是上体育课的时候和老师叫板的那个嘛。你这孩子怎么不好好读剧本啊？下次再这样，我把你开了信不信！"

门外，林雨卉不屑地笑了一下，心中有几分不快。本来她想再多听一会儿，想起刚才和江河约好在楼下谈事儿，这才走下楼梯。

几个女生也聚在一起兴致勃勃地讨论着，不过她们的兴趣都在江河身上。周可欣说："江河比电视上看上去高，我觉得也更帅！哎，我得出一个结论，人在电视里要是八分的英俊，到了平常就得十分的英俊！"

宋姗姗说："那也不见得，有的人影视里看着特帅，到了平常，特普通的一个人！"

莫愁感叹说："江河可能就是台上台下都漂亮的人！"

周可欣拍了一下莫愁的肩膀："你是不是想嫁给他啊？"

莫愁红了脸："你才想嫁给他呢！"

周可欣笑起来："你急什么？要嫁也轮不上你呀！咱们这儿有丁香啊！"

宋姗姗手指放在嘴上："嘘——别胡说啊！剧组的绯闻就是这么出来的，你们刚才的话要是让小报的狗仔记者听见了，明天就能上报，你信不信？"

李小贤说："我觉得他挺善良的，一点儿架子都没有。"

"你刚见他一面怎么就知道他善良？"周可欣说。

"他是我最喜欢的演员了！"

周可欣幽幽地说："李小贤，不要想入非非啊！除非将来江河肚子饿了，想找一个当大师傅的岳父，你才有希望！"李小贤脸涨得通红："你这是什么意思啊——"

周可欣笑着说："开个玩笑嘛……哟——脾气还挺大的。"李小贤没有理她，径直走出门。

宋姗姗小声说："你以后注意点，人家有自尊心啊。"周可欣忽然神秘地说："哎，你们知道吗？李小贤根本不是演员。"莫愁说："你怎么知道？"

周可欣打开剧本："你们看，后面有个演员名单，没有她的名字……懂得电影和当演员是两回事吧？"莫愁和宋姗姗一起叫道："还真没有注意！"

李小贤在篮球场看见了陆见川，发现陆见川蹲在地上，她走上前，看见前面的地上有只小乌龟。陆见川抬起头看见李小贤的脸色不对，忍不住关心地问起来："怎么啦？"

李小贤反问道："你怎么总是一个人晃来晃去啊？"

"你不是也一个人出来了吗？"

"我就这样，惯了。"李小贤说。

"我也就这样，惯了。"陆见川学着李小贤的口气说，两个人不约而同地笑起来。看见陆见川手里的乌龟，李小贤好奇地问："人家都养猫养狗，你怎么养只乌龟？"

"那是你少见多怪！"

"小乌龟有名字吗？"

"陆小凤——"

李小贤笑起来："这是什么名字？"

"陆小凤都不知道呀，大侠呀！"

李小贤摇摇头："千里迢迢的，带着一只小乌龟来拍电影……"

陆见川说："八年前，放学的路上我捡到了它，从那天起我们形影不离，它现在是我唯一的亲人。"

"干吗说得这么伤感？"

陆见川没有说话，眼睛盯着远远的小山。

江河与林雨卉来到宾馆后面的一片草地上。"我看这些孩子挺不错的呀！"江河说。

"就是太狂！"林雨卉回答。

"嗨！小孩子没有那么多人情世故，这才有激情嘛！"

林雨卉摇摇头："我凭直觉，这群孩子什么也不放在眼里，尤其是那个罗丹……"林雨卉把罗丹刚才的表现，考试时候的表现，包括怎么从机场跑回来的事跟江河说了一遍。

"这小子是有点麻烦。"江河感叹说。

"怎么办呢？"

"得杀杀他的傲气，要不不但不听话，戏也演不好！"

"什么办法？你说。"林雨卉问。

晚饭过后，罗丹被张嘉兴叫到导演的房间。走进门，罗丹看见房间里除了导演还坐着摄影师陈宇星、戚园园、王小斌，场面显得很严肃，心中不禁有些紧张。

林雨卉说："罗丹，角色已经分配了，先个别跟你打个招呼。"

"我演谁？"

"你演丁香的同学。"

"当警察的那个？"

"不是，是同学罗有志。"

罗丹愣住了，他知道同学罗有志和同学甲差不多，就那么五六句台词："啊，不会吧？您跟我开玩笑？"

"不是开玩笑。"

"这……这个角色跟跑龙套的差不多啊。我可不想演。"

"在一个剧组里，小角色总要有人演。每个人都是从小角色演起啊！你怎么就天生是主角呢？"

"我没有这个意思，可是……导演，你辛辛苦苦跑到我们家说服我爸妈签合同，就是让我演一个龙套？说不通呀！"

"和所有学生演员签合同，都是我见的家长。你也一样。"林雨卉说。

罗丹说："我和他们不一样，我完全可以担任更重要的角色啊……"

林雨卉摇摇头："如果每一个人都这样想，电影里的小角色谁来演呢？"

"反正我觉得你这样安排有些不合适。"

"就这么定了，你去吧，你能来参加剧组就是一个很好的机会了。"

罗丹再也按捺不住："我连英国都不去了，就为到你这儿来演这么一个'磕碜'的角色，我疯了啊？"

"从英国回来是你自己的决定。我请你进摄制组没有说一定是主演。"

罗丹无话可说，气愤地走出门去。到了宿舍门口，他把梁铮喊了出来。他告诉了梁铮刚才的事情。梁铮也很惊讶。罗丹说："把我当成什么了？一个跑龙套的，我上这儿跑龙套干什么，我有病啊！我跟我爸爸较那么大劲儿干什么？还不如就上了飞机去英国呢！剧组找群众演员到电影厂门口拉去不就成了吗？找我干什么？"

梁铮安慰说："罗丹，我和你一起去找导演！你演我的那个角色。"

"我演你那个角色，你演什么？再说你演什么，你知道吗？"

"总比分给你的那个角色强吧？我无所谓！"

"你无所谓，我还有所谓呢！偏偏还找了这么一个地方，让陆见川看咱们的笑话。我算什么！敢情给陆见川和宋姗姗配戏来了！真是欺人太甚！"

"陆见川没准也是个小配角。"

"总比我这个学生甲强吧？"

梁铮说："我们和导演说，你演那个叫什么梁家桢的，我演什么都成！"罗丹大声喊起来："我不需要别人同情，同情得到的只能是怜悯！我宁可什么都不演，也不受这个气！反正多我一个不多，少我一个不少！她爱找谁找谁！"

梁铮刚开口要说什么，罗丹打断了他："你别劝我，谁说都不行！我都替我自己觉得冤枉！太不值了！"

"既然是这样，我跟你一起走！"梁铮说。罗丹一愣，抬头看着梁铮："真的假的？"

梁铮说："本来我就是陪你来的，你要是走了我留下来也没什么意思……"罗丹激动得一把搂住梁铮的肩膀："行，我没有白交你这个朋友！"

罗丹给宋姗姗打了一个电话。由梁铮陪着，罗丹再一次来找林雨卉。

宋姗姗从床上跳起来对周可欣、莫愁说："罗丹要走了！"

几个同学来到林雨卉的房间，罗丹正在和林雨卉说话。戚园园将她们拦在门口。

林雨卉房间传出罗丹的声音："反正剧组有没有我都可以，要是演个匪兵甲或者鬼子乙什么的，那我还不如出国呢！"

林雨卉说："你是不是非要演主角呢？我看你是做明星梦做糊涂了！导演心里有数，每个人适合演什么是综合考虑的。"

林雨卉抬头对梁铮说："梁铮，你先回去吧，我再和罗丹谈谈。"

梁铮没有走。林雨卉看了看梁铮："你有什么要说的？"梁铮慢慢说："导演，刚才您说的是大道理，谁都能明白。但是对于罗丹来说，我觉得您没有量才适用。说实话，您要是让我演同学甲我都不服气！"

林雨卉说："导演心里有数，每个人适合演什么是综合考虑的。"梁铮："您要是坚持，那我也没有什么说的了。但是，罗丹如果要走的话，我也和他一起走。"

林雨卉一惊，她没有想到眼前这个总是笑嘻嘻没有脾气的梁铮居然能做这样的决定，于是说："不是开玩笑吧？"

"不是——"

"你不存在所谓大材小用这个问题吧？"

梁铮不说话。林雨卉说："当然，我不想让你们走，可要是非要走我也没有办法。我总不能强迫你们干自己不愿意干的事儿。"

罗丹没想到林雨卉这么轻易就答应了，愣住了。林雨卉接着说："合同都签了，你们现在要走，根据合同，是你们违约，回家的火车票钱剧组可不给你们掏。"

罗丹说："可你当时并没有说让我演这个角色啊！"

林雨卉说："可也没有说不让你演这个角色啊！我们合同里写的是服从分配，扮演导演认为合适的角色。按说你们应该赔偿剧组违约金的。"罗丹大声喊道："你这纯粹是霸王条款！你跟江河也这么定条款吗？"

"你和江河能比吗？"林雨卉冷冷地说。

梁铮和罗丹互相看看，无话可说。

他们回到男生宿舍，没有想到，几乎所有的学生演员都在屋里等着。

"怎么样？你们这是怎么了？"宋姗姗迎上来关切地问。

罗丹说："没什么，就当我来旅游一趟吧，你说林导她……她给了我一个电影里只有三场戏的小角色……我这是干吗啊，我又不是要饭来了。"

宋姗姗说："你们别这样啊，有事好好商量，你走什么啊，你要知道你是演员，演什么角色都是你的责任。"

罗丹哼了一声："你说得比唱得还好听，开机的时候你演个女生甲，你干啊？"宋姗姗声音高了一个调门："你说什么呢，我凭什么演女生甲啊？罗丹，你把你的位置放正好不好，你在这个圈里的水平差得远呢，真有意思，还没上镜呢，就不知道自己姓什么了。"

罗丹冷笑一声："话说到这份上，也就没有什么意思了。导演看不上我，好朋友也看不上我了，我当初飞英国多好啊，难怪我爸爸骂我是浑蛋。"

李小贤说："罗丹，你能不能再考虑一下，你做了那么大的牺牲来到剧组，就这么轻易地回去……"

罗丹说："谢谢你的好意，不是我要回去，是剧组不留我。"

林雨卉的房间里也不平静。江河听说了罗丹和梁铮要离组的消息，来到林雨卉的房间想问个究竟。林雨卉摇摇头："这事让我们弄复杂了。"

江河叹了口气："这些孩子可是真够任性的啊。我要不要跟他们说明真相？我们这不是没事找事吗？对不起，让我把事儿……"

林雨卉摆摆手："唉！这好像一场博弈，还没出结果呢。本来我是该去看外景的……"

江河觉得主意是他出的，现在有些对不住林雨卉，于是说："到此为止，到此为止，我这就去找罗丹，把实情告诉他。"

林雨卉举起手:"那可不成,事情发展到现在这个情况,你就得下一着险棋了。放他们走,但是他们可能不会走……如果现在你去叫他们,求他们为剧组留下,那以后剧组可就真的不好带了,我在好多事上得求他们。"

"你真要和他赌啊?"

"不是赌,是博弈。"

"万一他们真走了呢?"

林雨卉双手合十:"真走就只好让他们走,我就接受这个结果。实在不行,我再出面去把他们追回来。即使追不回来,也不后悔。"江河说:"我会后悔。都是我出的主意!"

林雨卉说:"你后什么悔啊?你不出这个主意,我也要这么做。如果他们是追不回来的孩子,追回来以后也很难领导他们。"

在男生宿舍里,梁铮和罗丹的床已经空了,他们已经拖着行李箱准备走。不知道还在留恋什么,罗丹的脚步有些迟缓。

任强在一旁看着,忍不住发话了:"说走就走啊?"

罗丹硬着头皮说:"不走怎么着?"尹小航息事宁人地说:"让演什么就演什么呗。"

罗丹说:"唉,燕雀安知鸿鹄之志啊!"尹小航嘻嘻笑着回答罗丹:"好好,我们是燕雀,你找那个让你演鸿鹄的导演吧!"

任强低声然而很知心地说:"哎,罗丹!我要是你就不走,只当是出来玩一次!体验体验生活,包吃包住!也不用操心!多好的事呀!咱也知道成不了大明星!期望值不高!人就容易满足,容易满足人就容易有幸福感!"

罗丹不经意地看了一眼陆见川,只见陆见川正躺在床上在看一本画报,眼前发生的事情好像和他毫无关系。在这件事上,他是唯一的旁观者，冷静得让人寒心。

罗丹拖起箱子，梁铮有些犹豫。罗丹碰了他一下："走哇——梁铮！"梁铮咬咬牙，跟着罗丹走出门。任强和尹小航怔怔地看着门"砰"的一声关上，不由得面面相觑。

二

罗丹和梁铮拖着箱子走着。这一刻，罗丹似乎不怨导演了，他现在最恨的就是陆见川——什么东西！他心里指不定怎么高兴呢。

陆见川突然从男生宿舍门里出来："罗丹，你能不能等一下？"罗丹站住了，刚才的怨恨变成了迷惑。他不解地看着陆见川，没有回答。陆见川几步走到林雨卉房间，推开了门，走了进去。

林雨卉的房间里坐着江河和戚园园。陆见川说："导演，罗丹要走了。"

"我知道。"林雨卉平静地说。

"你们应该劝劝他，让他留下来。"

"我劝过了，没有用。"

陆见川迟疑地说："我也没有想到你能让他演那个角色，其实……罗丹的表演是很不错的，他完全能胜任戏份更重的角色。"

江河插嘴道："一个好演员是不会在意角色大小的。就是在意，他也得考虑剧本的需要。"

陆见川看看江河："江河老师……要是换了你呢？"

江河愣了一下："我？我开始就会讲好。"

"你们开始没有和罗丹讲好啊。"陆见川说。

江河摇摇头："笑话，一个没有演过戏的孩子凭什么跟剧组讲条件？"

陆见川没有退让："在这一点上，大家都应该是平等的。"

"看来你的境界还挺高啊……对了，我发现你挺爱打篮球？"林雨卉转了话题。

"导演，你还没有回答我的问题呢。"

"我不是说过了吗？告诉他，服从剧组安排！"

陆见川换了一种和缓的口气："我想，罗丹就是心理不平衡，他不是真心要走的。你给他一个台阶，他就下来了。他主要是在家里被宠惯了，太把自己当回事了……"

林雨卉冷冷地说："摄制组不是幼儿园，我们不是哄孩子的老师。陆见川，你的意思我懂了。这个剧组离开谁都能把戏拍下来。"

陆见川叹了口气从林雨卉房间走出来，看着等在楼道里的罗丹和梁铮微微摇摇头。

刚才虽然没有什么结果，但是陆见川的举动还是让罗丹的心中温暖了一下。罗丹一挥手："走，我就不信离开了这个组，就当不了演员。"

楼道里响起了行李箱拖行时"咕噜咕噜"的声音。

林雨卉站在了窗口。戚园园一语双关地问："导演，怎么着？这场戏就这么结束了？"

江河也说："怎么办？难道要我等他们到了车站再去追？如果去追，也是我去追。"江河说着就往外走，却被林雨卉一把拽住："用不着急——"

戚园园说："导演，咱们可别意气用事呀！现在这些孩子都这样。"

林雨卉皱皱眉说："你们别急，我给张嘉兴打个电话。"

罗丹和梁铮拖着箱子从大厅门口走出来。他们看见了等在门口的张嘉兴。罗丹有些尴尬，点点头，叫了一声张老师。张嘉兴一脸迷惑的样子："导演让我来送你们。你们这是为什么啊？"

罗丹和梁铮对视一眼。梁铮客气地说："估计您也知道了，真不好意思，还让您送……"

张嘉兴上前拉开车门。拿过梁铮的箱子就往车上装。装完，张嘉兴又去拎罗丹的箱子。罗丹按住箱子："我自己来——"

可是过了好一会儿，罗丹却没有动。张嘉兴奇怪地看着罗丹。罗丹忍不住问："张老师，林导还跟您说什么没有？"张嘉兴摊开手："说什么？就让我安全地把你们送到车站。"

罗丹有些手足无措，他拉了一下梁铮的衣角："张老师，您先等会儿，我们俩说点事儿。"说着，罗丹把梁铮拉到车的后面。罗丹看了一眼梁铮，面带犹豫地说："咱们真走啊？"

梁铮瞪大了眼睛："废话，行李都拖下来了，车也来了，不走，不走还去旅游啊？你这是什么意思呀？"

罗丹说："我们哪儿能走啊！事儿还没完呢！"

"什么事儿没完？"

"我们大老远的，干吗来了？"

梁铮有些明白了："啊？你不会说不走了吧？"

"不是不走，是在和你商量最后的决定。"罗丹坐在台阶上。

梁铮从上到下打量着罗丹，好一会儿才说："罗丹，你往前跑，我紧追着你往前跑，你忽然一转身，让我撞墙！你不走我走，我说出的话不能自己再咽回去！我丢不起那个人！"

罗丹大叫："哎呀，你这人怎么一根筋啊！"梁铮怔了半晌，瞪大了眼睛看着罗丹。

张嘉兴看看楼上，高高地举起了一只手，站在窗前的林雨卉高兴得用手拍了一下窗台。接着便招呼大家赶快各就各位，没事一样。大家都很兴奋，和小孩子没什么两样。

不一会儿，外面响起敲门声。林雨卉连忙正襟危坐："进来——"

门开了，罗丹走进来。林雨卉和江河交换了一下眼色，好像没有看见罗丹，继续说话。

江河在聊天："你还记得我们表演系的杨帆吗？她嫁给了一个老外……"林雨卉接茬说："听说那个老外是一个四海为家的地理学家。"

"是啊，杨帆也就四海为家了，真让人羡慕。"

罗丹硬着头皮低声说："导演……"

林雨卉抬头看了看罗丹："还有什么事情吗？"

罗丹有些语无伦次："导演，刚才跟你开个玩笑……其实我们根本没有想走……"林雨卉故作悠闲地翻着剧本，还用铅笔在上面勾勾画画。江河插嘴说："罗丹，你这个玩笑可开大了，你想走就走，想回就回啊？林导正和我商量替你们的演员呢！当地中学的同学听说要演员，争先恐后地报名啊——"

罗丹笑眯眯地说："导演，说心里话，我们根本没想走，我们哪儿能走啊，我们不能把剧组撂下啊！我们大老远地来了，干吗呀！我们绝对不能做那种砍活儿的事情，再说我们不能把你撂下啊！我们不走，现在不走，以后也绝对不会走！"

林雨卉笑笑："你还知道什么叫砍活儿？说说！"

罗丹解释说："就是演出正需要的时候，撂挑子不干。"

林雨卉看看门外："梁铮呢？"

　　罗丹说："他回宿舍了，不好意思来，要不要叫他来？"林雨卉摆摆手："不用——罗丹，梁铮对你可真是够哥们儿的，你可别把他害了！"

　　罗丹不说话，只是点点头。

　　罗丹回来的消息立刻传开了。尽管罗丹到处说是导演把他们硬给拉回来的，但许多人的猜测却是，他根本没想走。这样一想，罗丹有点滑稽的味道了。他就是煮熟的鸭子——肉烂嘴不烂。当他们拖着箱子推开门时，尹小航惊讶地问："怎么，不走了？"

　　罗丹举着手臂："我们凯旋了——"任强说："你终于想明白了吧？"罗丹"哼"了一下："哈！是导演想明白了，她不让我们走，让张嘉兴把我们的箱子从车上愣给拽下来……"

　　罗丹回到房间，没有看见陆见川。任强说："陆哥打篮球去了。"

　　"你小子嘴还挺甜的，刚来一天就陆哥陆哥的。"

　　"你要高兴，我也可以叫你罗哥。"

　　"哦，听着怎么那么酸呀！"

　　罗丹走到窗前，看见陆见川一个人在投篮。看着看着他愣住了，宋姗姗出现在篮球场。陆见川正要去捡球，一个崭新的篮球从边上滚过来，滚到陆见川的脚下。

　　宋姗姗站在一边笑眯眯地看着他。陆见川站起身来："你买的？"

　　宋姗姗不说话。陆见川依然拿起破篮球投篮，新篮球寂寞地停放在地上。宋姗姗问："你怎么不玩新的？"

　　"我要知道这是谁买的。"

　　"谁的还不一样啊！"

　　"当然不一样了。"

　　"我告诉你吧，这篮球是导演买的。"

"导演？不可能啊。"

"她拿钱让我去买的。宾馆的商品部就有。"

梁铮走到窗前拍拍罗丹的肩膀："真没想到陆见川会去为我们说话。你别说他还真挺义气。"罗丹含混地应了一声。

"要是你，能做到吗？"

"你小看我啊。"

梁铮笑笑："我是想高看你呢。你能不能找个机会，和陆见川谈谈……我总觉得你们之间也没什么大不了的啊。"

罗丹摇摇头："没这么简单吧，我都低了好几次了，他不原谅。你让一步，他就进两步。他要是得寸进尺呢？哎，梁铮，你听他们说什么呢？"罗丹指着篮球场。

"我怎么知道？"

宋姗姗用新篮球投了一个篮说："一年没见，我们的确变化挺大的，你、我、罗丹，我们好像绕了一个大圈，又回到原点了。"

"对于你们也许是，可是对于我却不是。我和你们不一样，你们都有奔头，我就是一个汽车修理工。"陆见川又捡起了旧篮球。

"你这话言不由衷。我们的梦想是一样的……当演员。要不，你来剧组干吗？"

陆见川被宋姗姗问住了。他笑了一下："打工挣钱养活自己。"

"你有表演基础又认真，这次一定能有不小的进步。"

"瞎凑合吧！"

"陆见川，我很奇怪，这一年，你怎么变化这么大啊？"

"有变化吗？"

"对人不冷不热的，好像谁欠了你的钱不还似的。"

陆见川笑笑："我不欠别人的钱，别人也不欠我的钱。"

"陆见川，你不要总这样一副拒人于千里之外的样子，请你认真地回答我的问题。"

陆见川停止了拍球，把球踩在脚下。

宋姗姗继续说："我问你，你突然离开艺校，就像蒸发了，一点也不想我们，我那时特恨你，觉得你是一个无情无义的人。"

陆见川苦笑一下："没有啊，我倒觉得因为相机的事，你不理我了呢……"

"算了，相机的事儿过去了，就别提了，但最起码你打个电话啊。你说，你可恨不可恨？"宋姗姗显得很诚恳。

陆见川有些奇怪："你怎么把责任都推到我身上了，你不是也一下在我生活中消失了吗？我走的时候，曾经给你写过一封信，你连个回音都没有。"

"信？什么信？"

"普通信，手写的。我放在艺校门卫孙大爷那里了。"

宋姗姗吃惊地说："我没收到啊。"

陆见川摇摇头："我离开学校的那天，罗丹亲口对我说，说你看了我的信，你让他转告我，说以后再也不想见到我了。"宋姗姗急了："这怎么可能？我再笨也不能说这种话啊。你离开艺校后，我到处找你，我还去过你的家……"

"真是这样吗？"

"我没有必要跟你撒谎。"

陆见川低头一脚，那只旧篮球腾空而起。

站在窗前的梁铮对罗丹说："我知道他们说什么了！"

"说什么了？"罗丹问。

"女人要想打好篮球，首先要练习腿部的力量！"

三

一个剧组几十号人，每天“人吃马喂”，吃饭就是一大笔开支。如果每天自己买菜自己做饭，就能为剧组省下近一半的饭钱。

剧组和饭店商量好，厨房里专给剧组一个灶台。由李小贤的爸爸李涛“主持”工作，自己买菜自己做饭。李涛进驻厨房的时候，那里的大师傅有些不快。李涛笑呵呵对待人家。恰好有个大师傅是从安徽来的。

那个厨子正在煮速冻饺子，第一锅全煮烂了，客人们在外面骂起来。李涛对大师傅说：“这饺子可不能一锅煮到底。”

大师傅有些奇怪：“那怎么煮?”

李涛边操作边说：“水开了，把饺子下进去，盖上盖儿，锅开了加一次水，盖上盖儿等锅开了再加一次水，然后敞着盖儿再煮一小会儿就成了。这叫盖着盖儿煮馅，敞着盖儿煮皮儿。不会生也不会烂。”

“煮饺子还有这么多学问?”

“学问谈不上，你们南方人不怎么吃饺子，所以不会煮。”

“谢谢你啊!”

“我还得谢你呢，剧组人多，事也多，以后少不了麻烦你。”

一来二去，李涛成了厨房里受欢迎的一员。

这一天下午，李涛正在用绞肉机绞猪肉馅，李小贤走进厨房，半天没有说话。李涛连忙问女儿：“怎么了，小贤?”

李小贤噘着嘴：“人家都是正式的演员，我什么都不是，都不好意思和人家说话。”

"干吗这么想？大家都一样，导演不是说了吗？演员有大小，角色没有大小。没有小角色，只有小演员。"李涛以为女儿嫌戏份少。

李小贤说："不是，人家说，没有小演员，只有小角色。我连个小角色也没有。"

李涛一愣："怎么回事？"李小贤拿出了剧本，打开倒数第二页，演职员名单里演员一项，里面没有李小贤的名字。

李涛又上下找了好几遍，还是没有女儿的名字。他摘下围裙说："我去找戚园园！"

大约过了一刻钟，李涛回来了。刚才戚园园告诉他，这个问题他们已经发现了，明天下午分配角色的时候，是不会落下李小贤的。

第二天下午，导演把大家都召集在一起，宣布剧中演员名单。会议室里鸦雀无声，只有林雨卉那自信的女中音。

江河饰演男一号楚渐离，宋姗姗饰演女一号少女丁香，还有几个演日本军人的成人角色……这些已经没有任何悬念了。接下来大家就得竖着耳朵听着。

秦本亮（原是丁香的同学，后成为日伪警察，男，十七岁）由唐克扮演，大家环顾四周，不知道哪位是唐克。林雨卉解释说，唐克在路上，马上就到。

袁山（原是丁香的同学，与警察秦本亮走的是不同的两条路，男，十七岁）由陆见川扮演。梁家桢（丁香的邻居，也是丁香的同学，男，十七岁）由梁铮扮演。周可心（丁香的同学，一个伪官吏的女儿，女，十六岁）由周可欣扮演。莫愁（丁香的好友，与丁香无话不说，女，十六岁）由莫愁扮演。安娜（俄国人，丁香的养母，女，四十岁）由娜塔莎扮演。任国强（丁香的同学，一个势利小人，男，十六岁）由任强扮演。尹小杰（在戏班子里当徒弟，胆小怕事，但在危急时刻他一反从前的懦弱，挺身而出，在刺杀日本人的时候英勇牺牲，男，十五岁）由尹小航扮演。

陆见川饰演丁香的同学袁山，是个正面人物，从剧本里看这个角色的戏份还挺重的。而罗丹还是他昨天为之生气的罗有志……因为有了思想准备，罗丹只能吞下这个他不情愿的苦果。念到最后，林雨卉提到了李小贤的名字——饰演学生丙。

莫愁轻轻地拍了一下李小贤，表示祝贺。李小贤心里却更加难受，就好像参加考试，别人都得了优秀，自己得个及格还被人祝贺……她的自尊心真的受不了。晚饭后，这种失望的心情到了极点。偏偏发明天拍戏的通知单又忘了她，这可真是雪上加霜！她在外面转了半个多小时，又在楼道里待了一会儿，然后来到餐厅。现在这点心事只能和爸爸诉说了。

李小贤一进食堂，看见张嘉兴老师和爸爸坐在一起，心里有点奇怪。爸爸却说："快来，张老师专门来找你的。有什么事和张老师说。"

李小贤把自己心中的疙瘩说给了张嘉兴。李小贤说完了，眼睛湿湿的。

"小贤，你别伤心，一会儿我去找导演，她一定是忘了。"张嘉兴说。

"多没脸啊！这不是等于一点儿一点儿地跟人家要饭吃吗？"

李涛连忙拍拍小贤的头："别这么说，本来人家已经不用咱们了，咱们求人家。人家答应了就不易。小贤，我估计导演在给咱们安排角色之前，剧本已经先写出来了，所以没有学生丙这个角色。导演那么忙，可能还没有顾上……"

李小贤哭了："我们还不如不来呢！您请了假，还给人家做饭，都是为了我，我一想起来心里就难受。"

李涛强作微笑，轻轻抚摸着女儿的头："小贤，你千万别这么想，爸爸请假给人家做饭是为了天天能看到你，你高兴，爸爸就高兴，爸爸乐意啊！"张嘉兴也说："是啊，是啊，你看你老爸，现在有'超女'比赛，要是有超级爸爸比赛，你老爸一定能榜上有名。"

李涛拿起一个碗说："哦，小贤，我把药熬好了，你喝了吧。"李小贤端过碗一饮而尽："好苦啊。"

张嘉兴有些奇怪："小贤哪儿不舒服，你怎么天天给她喝药啊？"

李涛掩饰："哦，这个……就是身体太弱，这是给她调理的药。"

张嘉兴说："我就不相信这个，身体要靠锻炼，才会越来越好，而不是仅仅调理，是药三分毒，懂吗？"李小贤说："可是不吃药，怎么治病啊？"

张嘉兴站起身："我明白了，有事就跟我说，千万别憋着！"

李涛千恩万谢地把张嘉兴送出门去。

张嘉兴来到了林雨卉的房间，晚上剧组的主创还要开会。主创人员坐满了一屋子。

林雨卉手里抓着个电话，一边说一边给戚园园布置任务："对不起啊，晚了三分钟，戚园园，你这两天尽快和当地的中学联系，找二十个中学生，男生多点女生少点……"林雨卉放下电话，"来，大家先说说有什么马上要办的事情。"

张嘉兴说："林导，您分配给李小贤的角色是学生丙，可是剧本里没有学生丙这个角色。"

林雨卉有些急躁："哦，是她找你了吗？"

"那倒没有，是我看剧本发现的。刚才拍戏的通知单里也没有李小贤的名字！"

陈宇星插嘴说："现在这孩子做明星梦都做疯了，大人豁出去给剧组做饭……"

王小斌也说："张老师，她没有找你，你急什么啊？再说，没有戏的就不下通知单，这很正常呀！"张嘉兴叹口气："我倒是不着急，我给他们送通知单，你想一个屋里住着五个女孩子，四个都有戏，只有一个什么都没有，我怕孩子心里难受……"

林雨卉说："张老师，你这么跟她说，剧本还在修改，在分镜头剧本里有学生丙。"

李小贤在朗读剧本，爸爸在一边为她"配戏"，李小贤念道："残月如钩，丁香独自一人走在通往仓库的路上，她的手里抱着一床棉被，背上背着一个硕大的背包……"

李涛平淡地说："忽然，一个身影从前面的一片树林中闪出来。"

李小贤放下剧本："爸爸，你要念得有些气氛……"

李涛转成恐怖的口气："忽然，一个身影从前面的一片树林中闪出来。"

餐厅大门"吱扭"一下。两个人不由得回过头。张嘉兴走进来："你们还没睡啊！"

"张老师是您啊！吓死我了……"李小贤急忙给张嘉兴搬凳子。

张嘉兴说："小贤，导演说了，明天让你跟组去片场。导演还说，不是没给你安排角色，是早有想法了，现在还没抽出空来调整剧本呢，也许你会遇上一个什么大角色。"

听张嘉兴这么说，李小贤渐渐高兴起来。

张嘉兴回到房间已经是十一点多钟了，听听没有声音，也就悄悄躺下。

"您回来了。"上面传来陆见川的声音。张嘉兴心里一动。这一两天，他总觉得陆见川这孩子和其他的孩子不一样，虽说不太爱说话，但懂事明理。

"啊！我回来了，睡吧。"

任强忽然说话了："张老师，您在电影厂是干什么的？"

"你问这个干什么？"

"随便问问。"

"我是编辑。"

任强饶有兴趣地探过头："编辑，您一个月挣多少钱呀？"

说到这里，张嘉兴多少有点悲哀。他今年四十岁，刚到电影厂的时候，电影厂还有文学部，七八位编辑每年为厂里准备拍摄的剧本。那时候，一个剧本从构思到写出来怎么也要"磨"上半年到一年，虽说慢一点，但那是剧本啊！故事经得起推敲，有文学性，有内涵，编辑虽然辛苦，但是很有意义，走在外边也神气。自从公司化运作以后，编辑就越来越不吃香了。投资人带着钱来，编辑得听他们的，似乎有了钱就有了文学，就有了艺术，他们颐指气使地告诉编辑们这样那样。编辑有时候说一句，这样有点瞎编，他们就说哪个电影不是瞎编的呀！时间长了编辑倒成了碍事的，就是给打印个剧本，改个错别字什么的……文学部也没有了，编辑就更没有什么事情干了，有时候投资人就把熟人挂上了编辑。编辑对他们来讲可有可无，只是觉得这样似乎显得"专业"点。不坐班的编辑一个月不到两千元……林雨卉拍电影有许多学生需要有人管理照顾，又觉得带这些高中生得有个有文化的老师，于是想起了张嘉兴。张嘉兴不但懂剧本，为人还厚道。

"让你大材小用了！"林雨卉有点不好意思。

"没事，我了解了解现在的小青年，你就把我当个剧务使就可以。"张嘉兴说。

"张老师，您工资保密呀？"任强又说。

张嘉兴拍拍床头："别聊了，明天还要早起……"

罗丹突然插话了："张老师，他们都不和我们学生一起住大屋子，就您！是不是有点欺负您呀？"

张嘉兴坐起身，把灯打开了，生气地说："你从哪儿学的这么多俗东西呀？我正式地告诉你们，我和你们睡在一起是因为我是你们的带队老师，我要照顾你们的生活！"

看见张嘉兴生气了，屋子里一片沉默。任强忽然嬉皮笑脸地说："张老师，给我们讲一个笑话吧，讲一个我们就睡！"

大家随声附和："讲一个——"

"我给你们猜个谜吧？"

"好——"

张嘉兴说："每人都有一个，每家都有几个，全国也就是那么十几个，你们猜这是什么？"

大家议论纷纷。任强说："告诉我们，到底是什么？"

张嘉兴："明天早晨告诉你。"

任强死皮赖脸地说："你不说，我们不睡！"

张嘉兴知道，和这些半大小子打交道急不得恼不得，于是说："告诉你们，这是属相……每人都有一个，每家都有几个，全国不是才有十二个吗！"

大家恍然大悟："哦——"

尹小航说："张老师，再说一个——"

张嘉兴不再说话。屋里很安静。

"张老师怎么不说话啊？"尹小航说。

"张老师想媳妇呢……"任强忽然说。

此话刚一出口，任强自己已经觉得过分了。他有点后悔。张嘉兴没有说话，房间里一片安静。

不可思议遇见你

雪 丁 香

第八章

第一个镜头

一

一座俄式建筑风格的房屋前面的草地上，几乎所有摄制组的成员都在场。大家喜气洋洋地站在木房子前面。副导演戚园园拿着场记板走到林雨卉跟前面对大家宣布：

"《丁香》开机仪式现在开始。"

随着场记板"咔嗒"一声，林雨卉转身用火柴点燃了身后的鞭炮。伴着鞭炮的声音，大家一起喊起来："丁香有你，我更美丽，丁香有你，我更美丽！"

鞭炮声响过之后，两个场工抬着一个"纸箱子"走到林雨卉跟前，放到一张桌子上。"纸箱子"上面盖着一块红布。林雨卉掀开红布。大家惊讶得叫起来。那是一块半米见方的晶莹的冰块，透过冰层可以看见里面冰冻着一只美丽的模型红帆船。

林雨卉大声喊道："大家看见了，里面美丽的红帆船就是我们的《丁香》摄制组！"

大家情不自禁地鼓掌。林雨卉接着说："这个创意是咱们的摄影师陈宇星想出来的，今天我们就要打破坚冰，开始我们红帆船伟大而壮丽的航行！"

大家更加热烈地鼓掌，掌声中，林雨卉大声说："下面我们请江河、宋姗姗作为演员代表和我一起凿开这个冰块！"

林雨卉、江河、宋姗姗一起用锤子向冰块砸去。冰花飞溅，裂成几块，红帆船显露出来。大家情不自禁地高声欢呼。

第一场戏就这样开始了。

序幕

二十世纪三十年代初的中国东北某小城。

一座俄式建筑风格的房屋。

传来婴儿啼哭的声音。

走进房屋的客厅，室内的陈设让我们看得出这是一家简易诊所。

俄国的男医生从里屋走到外屋，在水池洗手，用俄语说（中文字幕）："谁送她来的？"

俄国女护士安娜用俄语回答（中文字幕）："不知道。"

医生用生硬的中文："李妈——"

李妈从里屋跑出来。

医生（俄语）："马上找到家属，告诉他们，孩子活了，产妇已经死了……"

李妈："她自己来的，不知道家属是谁。"

安娜将中文翻译成俄语给医生听："她自己来的，不知道家属是谁。"

医生无可奈何地摇摇头："马上请育婴堂的人来……"

室内，婴儿在啼哭。

安娜将孩子抱起来，婴儿停止了啼哭，看着安娜。

安娜看着婴儿。

一张结婚照的特写。那是两个教师模样的男女。照片被一只手翻过来，上面写着：丁建业刘梅香结婚纪念。

镜头拉开，照片旁边是个摇篮，婴儿睡在摇篮里。

安娜看看照片，看看孩子。

安娜自言自语："丁建业……刘梅香……"

字幕：十六年以后

1. 清晨的校园，春光明媚

操场上，女生列成一队，男生列成一队。

一只跳箱和垫子摆在大家面前。

年轻英俊的体育教师楚渐离身着白色运动服站在跳箱前面（拍拍跳箱）："这个跳箱看着很高，大家不要害怕。只要掌握要领，谁都可以跳过去！我先来做一下示范……"

镜头依次摇过女生的队列。

女生的倒数第二个同学是个美丽健康的女孩，眼睛里闪着钦佩的目光。她就是长大的丁香（由宋姗姗扮演）。

楚渐离健美潇洒地做完跳箱的整个动作，走回来低头把踏板拉得离跳箱近一些，然后说："来，女生开始——"

女生的队列骚动起来，大家窃窃私语，互相推让着，胆怯和羞涩溢于言表。

2. 操场一角的更衣室（兼放体育器械），日，外

上课铃声响了。

丁香从远处跑来。

操场旁边的更衣室。这是间简易的木屋。

丁香跑到离更衣室还有二十米的地方忽然停了下来。

楚渐离从更衣室里走出来。他一身运动服，臂弯里夹着个夹子，手里托着个篮球，脖子上挂着哨子，显得格外

英俊和干练。

丁香放慢了脚步，远远地看着。

楚渐离走到一个跳箱的旁边。这时候，一些同学围在他的身边。

丁香快步走向更衣室。

丁香看看周围，然后朝着更衣室小声说："里面有人吗？"

没有人回答。

丁香快步走了进去。

更衣室内，随着丁香的目光，一件西装挂在一个衣钩上。

丁香掏出一个纸条，走到西装跟前，将纸条塞到西装内侧的口袋里。

画外忽然响起手机的声音。

陈宇星懊恼地关掉机器："谁啊？不知道现场要关机啊？"

林雨卉拿下监听的耳麦扔在调音台上，大声喊起来："怎么搞的……"

宋姗姗有些慌乱："对不起，我的电话——"说着她从口袋里掏出手机："喂，袁阿姨啊——"

林雨卉又是无奈又是有些愠怒地抱着胳膊看着宋姗姗。

"我正在外边拍戏，嗯，开始了，正在拍第一场戏呢……行，我有时间再给您打过去。"宋姗姗很有礼貌地讲话。

戚园园站在林雨卉身边，叹了口气："这一搞又是十多分钟，还以为请个小明星有点专业精神，能提高效率，这下可好，请回来个小公主!"

宋姗姗的妈妈说:"哟,戚导,你可别这么说,姗姗不是故意的。"

戚园园没好气地说:"要是故意的,那还能在剧组混吗?"

姗姗妈说:"戚导,你是不是话里有话啊?"

戚园园说:"我话里没话。话多伤人啊。这个我懂。"

宋姗姗还在接电话:"嗯,就这样,阿姨再见!"

宋姗姗挂断了手机,抬头对大家说:"对不起啊,我好了,继续吧。"

林雨卉站了起来:"宋姗姗,片场都得关机的,你拍过不少戏,应该知道……"

宋姗姗说:"哦,我就是忘了调振动了,谁知道这会儿来电话啊——对不起啊导演,我下次注意——"

林雨卉强压怒火:"振动也不行,关机!"

戚园园说:"各部门注意,实拍了!现场安静!"

林雨卉看看周围的同学说:"等等——"

林雨卉向张嘉兴招招手。张嘉兴跑过来。林雨卉说:"张老师,你先把同学们带回车上,等这场拍完了我再叫他们过来。"

张嘉兴回头招呼着大家:"走,咱们先回车上。"说着,他不忘招呼姗姗的妈妈:"宋老师,咱们走吧!"

任强说:"啊?不能留下看一眼啊?"

张嘉兴说:"现场人多就乱,这是同期录音,万一到时候你们忍不住说话呢!走吧走吧,以后有你们的戏……"

同学们极不情愿地跟着张嘉兴走向汽车。陆见川鞋带开了,他一边系鞋带,一边看着宋姗姗。林雨卉大声喊道:"陆见川,你磨蹭什么？现场除了工作人员，都离开！"

陆见川看了一眼林雨卉，不明白她为什么对自己这么凶。林雨卉大声说："说的就是你。"

张嘉兴看看陆见川，也有点莫名其妙，只是无可奈何地摇摇头。站在一旁的江河也奇怪地看着林雨卉。不过他明白了，林雨卉的话其实是冲着姗姗妈的。也是的，如果再这样下去，摄制组就显得有些业余了。不过他沉得住气，刚开始嘛！待会儿休息的时候，他要劝劝林雨卉。

面包车离摄影机得有四十米开外。只有陆见川站在车外。张嘉兴下车走到陆见川跟前："陆见川，怎么不上车坐着呀？"

"车上闷得慌。"

"是不是刚才导演有点厉害，你不高兴了？"

"没有——"

远远地看见这场戏拍完了，张嘉兴说："帮我干点事儿好吗？"张嘉兴指着旁边的保温桶："帮我给导演他们抬过去。"就在这时，罗丹跳下车，双手抬起保温桶。张嘉兴笑了："成长了，成长了！长得还真快！"

罗丹和陆见川抬着保温桶朝片场走去，张嘉兴在一旁跟着。保温桶放在离林雨卉五六米远的地方。张嘉兴倒了一杯水交给陆见川："去，给林导送杯水。"

陆见川说："我？我不去。"罗丹从张嘉兴手里接过水："给我——"罗丹走到林雨卉旁边，将杯子递到她面前："导演，您喝水……"

林雨卉有些感慨地看着罗丹，接过水说："谢谢！出外景比较干燥，你告诉同学们也要多喝水啊。"罗丹点点头。

"罗丹，你就知道给导演倒水，也不知道给我倒一杯！"摄影师陈宇星说。罗丹诚恳得有些夸张："导演说话比你多。我这就给你倒！"

陈宇星笑起来："这小子，拍马屁还有理论！"

戚园园说："你就别为难人家了，他多大，你多大呀！"

陈宇星毫不在乎地说："我多大也不会拍马屁！"罗丹一愣，说实在的，他就想讨好一下导演，没有想到要付出这么多代价，刚要反驳，咬咬嘴唇忍住了，默默地走了。

林雨卉看看罗丹走远了，厉声对陈宇星说道："陈宇星，闭上你那臭嘴！人家是好心，没那么多歪心眼儿，现在还有几个这样的孩子？他给你倒水？你给他倒水还差不多。以后当着孩子的面儿你少说这种话！"

陈宇星撇撇嘴："导演，我知道我惹祸了，招您老人家这么多话。我想我们的精神文明还要靠物质文明来调整，你看要是咱们买箱矿泉水放在这儿随便喝，也不会有机会让我废话！我的境界不高，要由制片主任王小斌同志负责！"

林雨卉说："陈宇星，我真不知道你是怎么受的教育！"

"他上的是厚黑学院，他毕业论文的题目是：如何把人往坏里想！"戚园园说。

大家忍不住笑起来。

"好，接着拍下一个镜头！"林雨卉说。

"大家准备，下一个镜头！"戚园园响应道。

林雨卉喊了一嗓子："丁香——"宋姗姗没有反应。

林雨卉大声喊："宋姗姗——"宋姗姗走了过去："来了——"

林雨卉："怎么还没有进入状态？"

"我都准备好了。"

林雨卉："叫丁香你为什么不答应？"宋姗姗："记住了——"

宋姗姗的妈妈不知道什么时候又出现在机器跟前："姗姗，你要用心，别让导演总说。"

宋姗姗很恼火地说："妈，你能不能回去休息啊？"林雨卉对姗姗妈也有些不客气地说："宋老师，您在这儿其实没有什么用处。"

姗姗妈愣了一下，转身走开了。

林雨卉比画着对宋姗姗说："现在这个镜头是你往体育老师口袋里塞纸条的戏，拍的时候，你从门口进去，你塞完纸条，然后原路跑回……先别动，给你量一下焦距——"宋姗姗站在原地，调焦员拉着皮尺量焦距。陈宇星对林雨卉说："行了，先走一遍戏吧，我跟一下焦。"林雨卉点点头："来，先走一遍戏！"

宋姗姗从刚才指定的位置跑了过来，摄影机一路跟着。陈宇星说："OK，没问题，这条就是慢跑吧，实拍吧。"

录音师王磊坐在调音台前："录音开机！"

陈宇星："摄影开机！"

戚园园等于兼了场记在镜头前打板："十二场一镜第一次！"

林雨卉："开始——"

摄影机跟着宋姗姗移动着。

二

吃过午饭，接拍下一场。看看剧本，几个男生说："下午没有我们什么事呀！"林雨卉白了他们一眼："告诉你们，以为拍电影和看电影那么好玩呀！拍电影就是磨人，你们在现场看看长见识。"陆见川说："我们在车上什么也看不见呀！"

林雨卉没有搭理他们，看看人家江河也在一旁待着，大家只好在周围当观众，第一次看拍电影，没有想到这么费事。一场戏一直拍到了太阳落山。大家肚子饿了，也打起了哈欠。这场戏终于拍完了，大家起身朝汽车走去。没有想到戚园园大声宣布："今天要拉晚儿，待会儿吃点东西接着来……"

陆见川第一次听见"拉晚儿"这个词，他明白就是加班的意思，而且是加晚班。

一辆小车开了过来，李涛从车上跳下来，给每个人发了个塑料袋，每个袋里一个馒头一根香肠。"就吃这个呀？"任强说。

"大家先垫垫肚子，晚上回去还有晚饭。"戚园园喊道。

晚上的戏是在"丁香家"，同学们被容许隔着玻璃和敞开的门往里看。

3. 丁香的家，晚上，内

屋内的陈设完全是俄罗斯的风格，简朴但不失干净。

俄罗斯妈妈安娜已经是五十多岁了，她正在熨衣服。

丁香画外音：妈妈，你休息一下好吗？

安娜：你有什么事情说好了，我听着哪——

丁香：我就是想让你休息一下。

安娜笑了：好，那我就休息一下（妈妈拔去熨斗的插头，把一件衣服叠好），我的女儿知道心疼妈妈了，我要领情……

丁香把妈妈按在椅子上：妈妈，我要和你说一件事情。

安娜：不是没有事情吗？

丁香：就是和你聊天。

安娜微微闭上眼睛：聊吧！

丁香有些嗔怪地：妈妈，这样不好。

安娜笑着睁开眼睛：怎么不好？

丁香：你要认真地听我说。

安娜微笑地看着女儿。

丁香：妈妈，我喜欢他。

安娜眼睛变得亮亮的：谁？

丁香：楚渐离。

安娜疑惑地：哪个楚渐离？

丁香：你知道的。

安娜：妈妈真的不知道。

丁香：我们的体育老师……

安娜：啊！老师啊！知道知道，我知道他姓楚。

丁香点点头。

沉默良久。

安娜：你是说你喜欢他？

丁香咬着嘴唇动动下巴。

安娜：你的意思是你爱上他了？

丁香：不知道。

安娜：傻孩子，你今年才十六岁，他怎么说也得三十
多了吧，况且他已经是有家室的人了。

丁香：那我一辈子不嫁人。

安娜吃惊地：一辈子不嫁人？

4. 外景，月光下丁香家的（窗子）小屋

5. 丁香的家，夜，内

丁香静静地躺在床上，眼睛望着天花板。

丁香的画外音：他结了婚又怎么样？我没有见过她，我不想见到她。我就见过她的一个影子，那还是在黑暗的晚上……岁月流逝，他也会变老，变得白发苍苍……把妻子埋葬，到那个时候，丁香就会走到他的面前，把一切都告诉他，所有所有的，点滴不漏。当他知道有丁香这样一个美丽的姑娘曾经爱过他，他错过了一次博大的爱情，他会大吃一惊，他会说：我犯了一个多么大的错误啊！这是我一生最大的错误啊！让他后悔去吧！

眼泪从丁香的眼角流淌出来。

这两场戏一直拍到晚上八点，除了几次演练，实拍的时候宋姗姗忘了两次台词。林雨卉说："宋姗姗，人家外国人说中国话都不忘词儿……"

三

晚饭时分。

摄制组的同学围坐在两个桌子前，饭菜都已经摆好，大家还没有动。

林雨卉说："……关于今天的拍摄，我不想多说什么，你们大部分都是第一次上镜，有怯场的、看镜头的，都是很自然的，没有人天生就会拍戏……在这里，我只想强调两点：第一，喊了开始之后，不许再小声议论，现场要保持绝对安静。第二，只要到了片场，进入拍摄，所有人的手机都必须关机。"

大家都看宋姗姗，宋姗姗说："你们都看我干什么？"

林雨卉看了宋姗姗一眼，欲言又止。林雨卉接着说："第三，我喊了开始之后，要停顿四到六秒钟的时间再开始演，今天下午这个问题我强调过无数次了，还是有人记不住。"

尹小航不解地抬起头："为什么要等几秒才演啊？"

"那是要为以后剪辑留出剪辑点。大家都记住了，以后这个问题我不会再强调，谁再犯错，我可就要罚了！"林雨卉说。

陆见川的手机忽然响起来。陆见川急忙关上手机。大家都惊愕地回头看着陆见川。林雨卉狠狠地瞪了陆见川一眼："怎么回事，陆见川？"

"刚才说要吃饭，我就把手机打开了。"陆见川委屈地说。

林雨卉不依不饶："我在讲话，你们老师上课的时候，你也这样吗？"

"不好意思……"陆见川咬着牙说，他不明白导演干吗跟他过不去。

林雨卉绷着脸："不要跟我说什么不好意思！以后错了就说错了，然后道歉！"

陆见川站起来："我不是道歉了吗？"

"只是一句不好意思就是认错的态度吗？"

"那还能怎么着啊？"

"吃完饭你来找我。"

陆见川离开饭桌径直朝外面走去，他一口气走回宿舍。走到床前坐下，他打开手机，又躺下。

陆见川观看短信：

> 见川你好，我是林伟群，刚才你没有接电话，很是惦念。一切都好吧？有困难给我打电话！

陆见川一骨碌从床上爬起来，大声喊道："去你妈的手机！"说完他举起手机朝窗子外砸去，玻璃碎了，手机也不知所踪。陆见川一侧身，躺在床上。他看着天花板发愣。导演明明在生宋姗姗的气，不知道怎么却和他过不去。

忽然听见流水的"哗哗"声，陆见川朝床边一看，原来小乌龟从搪瓷盆里爬出来，正在地上仰着头静静地看着他。陆见川把手伸到地上，手掌平摊开来："来——"小乌龟吧唧吧唧在地上爬向他，爬上了他的手掌。陆见川捧着小乌龟躺在床上。

门开了，任强走了进来："陆哥，陆哥——"陆见川应了一声。任强把一个饭盒端到陆见川跟前："陆哥，吃点东西吧。馒头，鱼香肉丝，还热乎呢！"

陆见川说："不想吃。"

"别生气了，犯不上。陆见川，我问你，你怎么得罪导演了？"

陆见川苦笑着："没有——真没有啊！"任强说："要真是没有，我给你分析啊！她这个火是冲宋姗姗来的，可是跟宋姗姗又不好发火，碰巧你的手机响了，她就把火撒在你身上了，你是代人受过呀！明白了这个你就别生气了。"陆见川心里一动，拿过饭盒，狼吞虎咽地吃起来。遥远的外面传来陆见川手机的声音。

任强说："哎——你的手机响……"

陆见川不说话。手机声音继续。任强跑到窗前探头向外面看，突然大叫："嘿，这手机怎么跑到楼下去了？"说完，任强转身就跑出房门。陆见川抬起头，看见打碎的玻璃窗，心中有些懊恼，暗暗埋怨自己，太不成熟了。

任强气喘吁吁地跑进门来，举着手机走到陆见川面前："你怎么谢我吧？"

"谁让你捡回来的？"

任强把手机扔在陆见川的床上："好人难做呀！"就在这时，手机又响了起来，陆见川依然无动于衷。任强看着手机。手机在顽强地响着。任强终于忍不住，拿起手机接听："喂，你找谁？……陆见川现在不舒服，我是他的朋友，对，摄制组的朋友。您是张叔叔，好，一会儿我……"

陆见川一下从床上站起来："给我接！"任强把手机交给陆见川。这时突然停电了，一片漆黑。任强说："哟，怎么停电了？"

陆见川在黑暗中接听手机："张叔叔——我还行，只是我……我不想在摄制组了。一句话也说不清……我当然听你的……"

四

在拍摄现场，在晚饭时间，林雨卉对陆见川发了两次火，事后就后悔了。当天晚上，和江河散步聊天的时候，江河说："你对陆见川的态度有点反常。"

林雨卉还装作若无其事："是吗？没有啊！该批评的时候批评！有什么不对吗？"

江河说："你没有觉得你对他有点过于苛刻吗？"林雨卉掩饰道："是吗？"

江河说："你的压力大，大家都能理解，只是你不能这样太情绪化，这样对剧组的工作会有影响的。"林雨卉歪歪头："会有这么严重吗？"

江河点点头："会，非常会！你是导演啊。"

林雨卉脑子里闪过一个念头，是不是因为自己和陆见川是姐弟这种特殊关系呢？这个想法一经出现，她自己先愣了一下。

宾馆大楼的灯突然灭了。他们恰好走进宾馆的大堂，看见张嘉兴正从服务员手里接过蜡烛。林雨卉说："怎么停电了？"张嘉兴说："正在修。"

服务员递给江河和林雨卉点燃的蜡烛，好几个同学也都跑到大堂来了。大堂里人影憧憧，显得有些怪异。任强把舌头吐出来，江河笑起来。大家正说着话，看见宋姗姗的妈妈和宋姗姗也下了楼。宋姗姗刚洗完澡的样子，头发还湿漉漉的。

姗姗妈径直走到林雨卉面前："怎么回事啊，导演？"林雨卉摇摇头："听说正在修！"

宋姗姗打了个喷嚏，抹了抹鼻子。姗姗妈说："真是的，我们姗姗洗澡洗得好好的，一下灯就灭了。我们拍了多少戏了，没见过这么将就的！"张嘉兴急忙说："对不起，我也没想到会这样……"

姗姗妈说："林导，你们再给姗姗找个宾馆住好不好？"林雨卉一怔："这恐怕不好吧。孩子们都是待在一起的——"

"本来我们就想凑合了，可是这儿缺乏起码的条件啊！"姗姗妈的口气已经变得强硬。

张嘉兴赶紧对林雨卉和姗姗妈开口："宋老师，咱们到外头去说吧，啊？"宋姗姗有些着急地拉着妈妈的手："妈，没事！又不老停电。"

姗姗妈甩开女儿的手："刚才你还埋怨我……大人的事情你别管……"她转身对林雨卉说："这样好了，这钱我自己掏。"张嘉兴急忙解释："你误会了，我们不是这个意思……"

林雨卉打断他："好吧，张老师，你找车送她们走，找到了宾馆，给我们打个电话，告诉我地址，明天派车去接她到景地。"说完，林雨卉走了。

张嘉兴一愣，看着林雨卉的背影。江河摇摇头，也不知是对姗姗妈有意见还是觉得林雨卉脾气不好。林雨卉迎面看见戚园园和王小斌走来，心里的气就不打一处来："你们干什么去了？怎么不下来？"戚园园有点莫名其妙："没电了，我就在屋里坐着，怎么了，要开会吗？"

林雨卉大声说："你这个副导演是怎么当的，学生们都在下面，你在屋里坐着？"

戚园园低声说："不是有张嘉兴带着吗？"

林雨卉转身又对王小斌喊道："王小斌，你这个制片主任是吃干饭的啊？以后关于宋姗姗和她妈妈的事情一律找你，我成了什么了，我比剧务还剧务！"

戚园园和王小斌面面相觑。宋姗姗拉着妈妈举着蜡烛上了楼。同学们看着两人的背影噢了一声。任强说："得，有钱妈带着女儿住总统套间去了！"

罗丹小声说："这我就不明白了，宋姗姗特殊要求，林雨卉就百依百顺，我的合理要求就遭到残酷的打击……"梁铮撇撇嘴："你要是宋姗姗这样的地位，林导也会满足你！"

尹小航学着《秦琼卖马》中京剧道白的腔调："这叫客大欺店，店大欺客呀！谁让姗姗姑娘是个腕儿，林雨卉大姐不是个腕儿呢。"

大家哄笑起来。戚园园用手指戳着尹小航的脑门："尹小航，你要再这么背后说导演，小心我揍你！"

尹小航连忙作揖："您千万别跟导演说，我开玩笑！"任强说："人家江河也是腕儿呀！人家也黑灯瞎火的，人家怎么不走呀！"正说着，灯突然亮了起来，大家一齐欢呼。

任强说："对了，江河干吗呢？咱们找江河玩去！"大家一致响应。

宾馆停电的时候，李小贤还在餐厅和爸爸在一起，没电了，她只好把剧本放在一边。

李涛说："这回好，看你太用功，宾馆停电了，就歇一会儿吧。再说，你在戏里演什么还不知道，就把整个剧本都快背下来了……"

李小贤却说："爸，我也觉得我有点奇怪，你说我上辈子是不是演员呀！我一看电影的书，一看剧本，我就特激动！我总觉得我是为电影而生，为电影而死！"

"小贤，听爸爸一句话，爱电影没有错，可咱们这次还有个任务就是保重身体，你要是太累了，病再重了，咱就不值了。"李涛语重心长地说。看到女儿的表现，他真是揪心！

"爸，你是不是觉得我有点傻呀？导演不是说要熟读剧本吗？我越读这个剧本，越觉得剧本写得真好。丁香写得真好，她只有十六岁，她的爱大胆又热烈……我有的时候还想过，我要是丁香，我也会爱上楚渐离。"

"傻孩子，那是电影，生活中绝对不可以。"李涛说。

李小贤忽然问："爸爸，你和妈妈是怎么恋爱的？"李涛说："我们……我们就是人家介绍……认识了，谈了半年，就结婚了。"

李小贤奇怪地问："你说得那么平淡，一点激情也没有。"

"生活就是这样的啊，可不是电影。你整个被电影忽悠了。"李涛哼了一声。

"也许生活是这样，电影才那样吧？"李小贤说话总带着种画外音的味道，她觉得这样有意思。灯突然亮了，李涛说："小贤，别老在爸爸这里待着，去找同学玩玩。"李小贤没有动，李涛又说，"有些同学跟你说点小怪话，要学会承受，都是小孩子，不要记在心上。"

李小贤点点头，走出门去。

在江河的房间，几个男生正在和江河玩火柴游戏。

茶几上，两根火柴摆成一个锐角，一根火柴横在两根火柴的上面，另有一根火柴搭在这根火柴的上面，三根火柴头紧紧靠在一起。

江河手里拿着一根火柴说："只用这根火柴把中间的火柴拿出来，其余的三根火柴不能动。大家谁能办到？"说着，江河拿出几听可乐分给大家。大家谢了纷纷打开喝，唯独任强不动。江河问他："你怎么不喝啊？"任强说："我不喝……其实我是想留着当个纪念。"

江河笑笑。就在这时候有人敲门，江河大声应道："进来——"

张嘉兴走进来："罗丹，导演让你到她房间去一趟！"罗丹一愣："干吗？"张嘉兴说："你问我，我问谁？"

任强说："罗丹，你要小心啊！导演今天是满腔怒火啊！你看陆见川今天也没有惹她……"

"别挑事儿啊！"张嘉兴说。

罗丹撇撇嘴，哭丧着脸，夸张地大喊："啊！我不下地狱，谁下地狱……"

罗丹来到林雨卉的房间。林雨卉沉着脸历数罗丹从报考演员开始到今天的表现。说完了，她对罗丹说："你有什么想法跟我也说说。"

罗丹小心翼翼地说："导演，你的话我都听明白了，从前我是挺……总觉得自己什么条件都不错……"他就这样真真假假地说了五分钟，林雨卉打断他："你有认识就好，我找你来主要是告诉你，你演的角色作了调整。"

"啊，又调整？不会彻底变成跑龙套的吧？"罗丹愣了一下。

"你看，你看，刚刚你说什么了？"

"好好好，反正伸头缩头都一刀，你就……吩咐吧。"

林雨卉一字一句地说："告诉你，你的角色调整为秦本亮，那个丁香的同学。"

罗丹大吃一惊："什么？就是那个最后当了伪警察，追求丁香、威胁丁香，最后被丁香打死的同学？那是男二号啊。"

"就是他。怎么？想不想演？"

"哎呀，导演，我曾经预言过，您将是最英明的导演……我……我太高兴了！"罗丹欢叫着跑出房门。

陆见川一个人坐在床边发呆，小乌龟安静地趴在地上看着他。有人敲门，陆见川打开房门，李小贤站在门外。

陆见川问："是你呀，有事吗？"

李小贤有些紧张："你知道江河住在哪个房间吗？"

"好像是拐角第二间。"

"不是说都找江河去玩了吗？你怎么没有去？"

"我，我不想去。"

李小贤微笑了一下："我们一起去吧。"陆见川摇摇头："不想去。"

远处的一个房门开了。那是林雨卉的房间，罗丹从里面高兴地蹦了出来，旁若无人地大声喊："我终于当上警察啦！我终于当上警察了！"

李小贤和陆见川奇怪地看着他。

第九章

心灵的噪音

一

今天拍摄的地方在小桥边上。远处在做拍摄前的准备，场工正在架升降机。

演员们正准备从面包车上下来。罗丹从包里拿出墨镜戴上，又把包放在周可欣边上。他今天的心情很好，正是人逢喜事精神爽的时刻。他转身看看陆见川，不明白陆见川为什么一副不开心的样子。

几件令人生气的事情堆在一起，让陆见川变得十分烦躁。他对自己也很不满，他后悔那天罗丹执意离开摄制组的时候，自己对罗丹表示了善意。现在看见罗丹傲慢而又见机行事的样子他真是觉得又气又恨。

张嘉兴说："大家不要乱动，我先去看一下情况。"大家只好又坐好。

罗丹的包有些碍事，周可欣拎起来顺手放到了陆见川脚下，向一边走去。陆见川看了一眼，鬼使神差地一脚把包踢到一边。

罗丹愣了一下："你踢谁啊？"陆见川说："它碍我的事儿。"

"你少动我的东西。"罗丹心中有点奇怪，那天陆见川还向他表示过善意嘛，他也接受了，今天这是怎么啦？

"你告诉导演去啊。"陆见川说。按照罗丹以往的脾气，他应该要"诉诸武力"了，可刚来的那天他和陆见川交手，发现他已经不是一年前的陆见川了。他转学去的又不是少林寺武术学校，不就是个汽车修理学校吗，怎么变得会打架了？罗丹只好怒目而视："你给我捡起来。"

梁铮为了息事宁人，起身要去捡。罗丹却不依不饶地喊道："你别动！"陆见川站起身来，不动声色起身走到包前，谁也没有想到，他又是一脚。众人大惊。陆见川像没事一样，面无表情，朝车下走去。

罗丹哪里受过这个，站起来，快步走到包前，捡起包，转身砸向陆见川。

陆见川伸手遮挡一下，站起身和罗丹撕巴起来。车上顿时大乱。只可惜那么小的面包车，根本不是他们施展武功的地方。几个旁边的同学被撞得东倒西歪。

梁铮跑过来给他们劝架。李小贤跳下车大声喊："张老师——快来——"

张嘉兴闻声跑来，"战争"基本结束了。车上一片狼藉。梁铮坐在地板上。张嘉兴问："怎么回事？"没有人说话。张嘉兴环顾四周，看见罗丹和陆见川都绷着脸，连忙问："罗丹，怎么回事？"

陆见川一笑："没事！一只耗子跳我脸上来了。"

张嘉兴一拍车门："这儿不是黑社会，这儿是摄制组，不愿意干的马上提出来，滚蛋！"大家都愣住了，这些天谁也没有看见张嘉兴发这么大的脾气，也从来没有见过他这么厉害。

张嘉兴的怒气还来源于刚才林雨卉的怒气，他刚一下车，林雨卉劈头盖脸地就来了一句："怎么才来呀？"张嘉兴根本不明白怎么回事。他哪里知道，宋姗姗那里又出问题了。

昨天，宋姗姗母女因为停电住在外面，是张嘉兴送的。今天早晨戚园园打电话准备派车去接，开始时电话不通，到了后来是宋姗姗的妈妈说宋姗姗发烧，今天请假，不能拍戏了。

　　林雨卉有些意外："什么病啊？"戚园园说："昨天洗澡，因为停电感冒了。"

　　"那她昨天晚上怎么不来电话啊？现在才说，我们计划还怎么改啊？"

　　"我跟她说了，她说她昨晚上光顾着照顾女儿了，没想起来……"

　　林雨卉骂了一句："今天早上就有她的戏，她这一病，咱们一天的计划都得改啊！"

　　王小斌劝道："别着急，咱们先把能拍的挪到今天早上。"

　　林雨卉无奈地说："只能这样了。你问问看，她病得重不重，重的话带她上医院看看。"戚园园说："我问了，她妈说不用……"

　　林雨卉一愣，心里有了些疑惑："可能不太厉害……不管了，咱们马上看看要不要转场，抓紧时间。"就在这时，张嘉兴带着学生的车到了，林雨卉就带着怒气来了一句。

　　林雨卉的疑惑是有道理的。昨天姗姗妈带着女儿换旅馆的时候，心里就老大不高兴。晚上，恰好电视台来电话说要采访宋姗姗，说第二天上午最好。姗姗妈想了一下，决定接受采访。

　　已经快十点钟了。

　　宋姗姗有些烦躁："妈，都快十点了，他们怎么还不来呀？"

　　姗姗妈说："别着急，电视台的事儿就这样，上午他们肯定来。"

　　宋姗姗说："剧组肯定着急，有我的好多戏呢！妈，我觉得这样不好……"

　　"没有关系，他们会先拍别的，姗姗，要沉得住气。人家是省电视台，你现在正是需要在媒体上多露脸的时候。"

　　又等了半个小时，电视台的记者才出现。

　　姗姗妈让姗姗接受记者采访的事，托人、求情，还不惜撒谎，她什么都考虑到了。她就是没有想到电视台的《文艺播报》栏目当天晚上就播出了，编导还真对得起她们——黄金时间播出。

姗姗妈没有想到，姗姗今天的缺席给摄制组带来多大麻烦。今天上午，有丁香镜头的戏占一半。剧组只好把没有她的镜头的其他人的戏拍下来。中午吃完饭，又换了一个景地。一天忙活下来，林雨卉觉得有些窝心。回来的路上看见演员们一个个也垂头丧气，灰头土脸的，心里更平添了许多不快。

吃过晚饭，林雨卉和江河在房间谈剧本。戚园园在一边看电视。电视被调到静音。

画面上突然出现了宋姗姗的镜头。从画面的口型看，宋姗姗在说：大家好，我是宋姗姗。

戚园园大声叫道："导演，看——宋姗姗！"说着戚园园调大了电视的伴音。

林雨卉和江河关注地看着电视画面。

主持人：宋姗姗同学，你好，你在电视剧里有很成功的表现，请问你，拍电影和拍电视剧有什么不同的感觉？

宋姗姗：电视剧语言比较多，电影相对来说就比较少。

主持人：你这是第一次拍电影吗？

宋姗姗：是。

主持人：你是不是非常珍惜这次拍电影的机会？

宋姗姗：当然了，尤其能和江河这样的著名演员合作，我自己也能学到很多东西。

主持人：听说你们这部戏的导演也是新人？

宋姗姗：是的，我觉得这部电影对我们导演是一个挑战。好在她对这部电影很有想法，我相信她会把这部电影拍好。

林雨卉的脸上已经有些怒色。

宋姗姗：幸运的是我们剧组演员的阵容还算强大吧。像江河这样的明星，估计能对影片的成功起到关键的作用。

主持人：你觉得一个演员最重要的素质应该是什么？

宋姗姗：这个……这个好像比较复杂，一句两句说不清，我觉得最重要的一点应该是……

林雨卉愤愤地喊道："关上！"

戚园园一愣，赶忙把电视机关上："上午不拍戏，原来是接受记者采访。"

沉默了一会儿，江河对林雨卉说："你准备怎么处理这件事？"

"就像它没有发生过一样。"

江河点点头："再看看吧！我觉得你有点成熟了。"

二

第二天的天气还和昨天一样晴朗，于是上午的戏还是安排在小桥边，拍摄昨天没有拍摄的戏。林雨卉很客气地对宋姗姗说："怎么样，身体行吗？还发烧吗？"

宋姗姗摇摇头："不碍事了。"

新的一场戏开始了……

6. 放学路上，杂花铺陈的小路，黄昏

镜头摇过小桥。

丁香和莫愁走在放学回家的路上。

莫愁从后面追上丁香。

莫愁：为什么不走大路？

丁香：喜欢——

莫愁：你听清我的问题了吗？我问你为什么不走大路。

丁香：大路上人多。

莫愁：多说一句话就累死你了！是不是有心事？

丁香不说话。

两个人默默地走着。

莫愁：你爱他！

丁香：你说什么？

莫愁：你真的爱上他了？

丁香：我爱？我……你胡说什么？（丁香嗔怪地抓住莫愁的衣袖，她忽然顿住，说不下去了）

正在看监视器的林雨卉抬头看了一眼。

林雨卉一抬手："停——宋姗姗，怎么回事？"

宋姗姗说："对不起，忘词了……"

陈宇星无奈地关掉机器。

林雨卉没有看台词本，抬头提词："谁告诉你的……再说，我揍你……重来一遍！"

王磊说："录音开机！"

戚园园打板："第六场三镜第二次！"

陈宇星说："摄影开机！"

林雨卉一挥手："开始！"

丁香和莫愁走在放学回家的路上。

莫愁从后面追上丁香。

莫愁：为什么不走大路？

丁香：喜欢——

莫愁：你听清我的问题了吗？我问你为什么不走大路。

丁香：大路上人多。

莫愁：多说一句话就累死你了！是不是有心事？

丁香不说话。

宋姗姗再次顿住，顿了好一会儿。大家静静地看着她。

宋姗姗说："不好意思，对不起对不起……"说着，还轻轻地打自己的脸颊。

王小斌突然大叫："宋姗姗，你还懂不懂什么叫职业道德？一个演员台词都背不下来，还能叫演员吗？"陈宇星也说："少见——"

林雨卉咬咬牙，不说话，她知道她只要一说话肯定好听不了。

姗姗妈在一旁却忍不住了："哟，不就是几句台词吗？至于发这么大的火吗？再说一条过的也很少，这不是刚两条吗！"

王小斌更火了："你看到了，这么多人都在等她一个！"

姗姗妈："什么演员都有出错的时候，对一个孩子怎么能这样凶呢？"王小斌又想说什么，他努力压住火气走开了。

林雨卉摘下耳机："先休息一下。"然后皱着眉头看了看宋姗姗："你先看一下台词本吧。"

宋姗姗走到林雨卉身边有些尴尬地说："我忘带了。"

林雨卉一怔，她吃惊得瞪大眼睛："忘带了？这么重要的东西你怎么能忘带呢？"

李小贤凑上来："姗姗，我的本子借你用吧。"说着，李小贤走过去，把手里的剧本递给宋姗姗。

宋姗姗飞快地翻着。

李小贤说："这场戏在第十六页。你的台词从第八行开始。"

丁香：我爱？我……你胡说什么？（丁香抓住莫愁的衣袖，愤怒地）谁告诉你的……再说，我揍你……

莫愁把衣袖从丁香的手里挣脱出来：还用别人告诉吗，谁都看得见，什么也用不着说！

丁香激动得眼泪都快流出来：瞎说，你听见没有，这完全是胡说八道！

宋姗姗说："谢谢啊。"

林雨卉看着李小贤微微点点头。

陆见川目睹了宋姗姗刚才的表现，他也有些吃惊。他第一次进摄制组，他不知道这些事情是常有的，还是稀有的。但他觉得宋姗姗变化比较大，和一年前的宋姗姗比，她不那么可爱了，变得让人有些不认识了。

宋姗姗又背了几遍台词，她果然聪明，后面的戏也顺利多了。转眼就到了中午。

为了节省时间，午饭大家在景地旁的一棵大树下吃盒饭。饭也是李涛做的，大家吃得津津有味。李小贤走到宋姗姗跟前："宋姗姗，我……我的剧本呢？"

"你急什么呀？用完就还你！"

"下午不是没你的戏了吗？还给我吧。"

宋姗姗皱了皱眉头："又没你的戏，再说台词你都背下来了，要剧本干吗啊？再借我两天吧。"李小贤为难地说："不……不行，我每天晚上都得看的……"

宋姗姗笑起来："你看有什么用呀？"

"你管我有什么用，你自己不是也有吗？你拿两本也没有用呀！"李小贤生气了。

宋姗姗磕巴了一下——其实宋姗姗的剧本不是忘带了，而是借给电视台的记者了。昨天采访的时候，记者非要借剧本回去看看。那位记者有个小心思，看了剧本知道了整个故事，她想写些文章给各个媒体，剧本的内容就是重要的依据，因此就一个劲儿地要拿走。可是宋姗姗知道，发剧本的时候，导演就嘱咐过剧本的内容现在是保密的，一直要保密到电影公演……昨天她不想借，记者说下午就还给她，一定派人送来……可是剧本到晚上也没有还回来。她本想再要一本，可是这一切怎么敢跟导演说呢？

宋姗姗对李小贤说："你又不是主演，也没你多少台词，这么用功干吗啊？实话说，拍完戏，这就是废纸一堆！"

李小贤着急地说："你自己有，为什么要别人的？"

"这么着，我给你二十块钱，算买你的。"

李小贤惊讶地说："你这是干什么？"

宋姗姗赔着笑脸："实话跟你说吧，我的剧本找不着了，你这份给我吧，要不我给你三十块钱，算我买你的。"

李小贤更吃惊了："找不着了？那，那你再复印一份……"宋姗姗想了一下："好吧，晚上我复印了再给你。"

"一定啊——"

"没有问题——"

剧本成了李小贤的一块心病，她准备吃过晚饭来找宋姗姗要剧本。

晚饭过后，宋姗姗和妈妈一起朝餐厅外面走。姗姗妈边走边嘱咐宋姗姗："今天导演有点不高兴，你去和导演打个招呼，表示点歉意，客气点……"

宋姗姗说："干吗呀？怪别扭的，我明天努力拍好戏就成呗！"

姗姗妈说："明天是明天，今天是今天，别让人家以为咱们要大牌似的。"说完，姗姗妈自己朝前面走去。宋姗姗手里拿着剧本，走到林雨卉跟前："导演，您吃完饭了？"

林雨卉抬起头有些揶揄地说："吃完了，怎么？你妈没有跟着你呀？"

宋姗姗有些尴尬："哪儿能老跟着我呀，其实我也特烦她跟着我。"

"有事吗？"

宋姗姗举着剧本："林导，我特怕您生气，我可能就是感冒闹的，总忘词……我今天一定好好背剧本，您就放心吧！"

李小贤不知道什么时候站在一边，她小声对宋姗姗说："姗姗，你过来一下。"

宋姗姗有点恼火："你没有看见我和导演正说话吗？"

林雨卉没有在意李小贤在场，她接着说："既然是这样，我就不说什么了，你虽然演了些电视剧，但是丁香这个角色，对于你也是很难得的，你一定要把她塑造好。我相信你有这个能力。"

宋姗姗说："导演，你的话让我太高兴了，您放心，我一定会努力的。"说完，宋姗姗不高兴地来到李小贤一旁："干吗呀？你没看见导演和我在说话吗？"

"你把剧本还给我呀!"

"我还没有用完呢。"

"你说你复印一份还给我的,怎么说话不算数?"

几个吃完饭的女孩子走了过来,在不远的地方停住脚步注视着她们。宋姗姗有点紧张,一股无名火冒了出来:"你什么意思,非在这个地方和我要剧本?"

"你有什么了不起,你还给我。"

宋姗姗也生气了,最近她最不喜欢听的就是别人说她什么了不起之类的话,她冷笑一下:"我有什么了不起,就是能演主角!我告诉你,你那个学生丙还是看着你爸爸当大师傅的面子,才给你的……"

泪花一下子从李小贤的眼睛里冒出来,她突然大声说:"你把剧本给我——"

如果宋姗姗这时候把剧本还给李小贤,接下来的一场"悲剧"可能就不会发生,可惜宋姗姗太不体谅别人的心情了。宋姗姗撇撇嘴,将剧本背在了身后,李小贤有些急了:"你……你还给我!"声音很大。

几个看热闹的女生围了上来。

宋姗姗忽然手一扬把剧本扔给了周可欣。李小贤转身朝周可欣跑过去:"给我——"

周可欣犹豫了一下又把剧本扔回到宋姗姗手里。李小贤又跑回到宋姗姗面前。宋姗姗一扬手,剧本又扔到了莫愁手里。李小贤只好又跑向莫愁。

宋姗姗笑着大声喊道:"给我,给我——"

莫愁又把剧本扔给了宋姗姗。李小贤又跑了回来。

宋姗姗已经把这件事情当游戏了："你追上我，我就给你。"

李小贤焦急地说："给我，快给我！"

宋姗姗绕着几个女生的圈子跑来跑去，李小贤追着。宋姗姗兴奋地大笑着。

可能是受到感染，那些女生也欢快地笑起来，把李小贤着急痛苦的样子当成了欣赏的景观。

"宋姗姗，你站住！"陆见川冷冷地站在一旁。他皱着眉头，脸色铁青。宋姗姗站住了："怎么了？"

陆见川走上去伸手要剧本："给我——"

宋姗姗嗔怪："这又不是你的。不用你管。"

"你们这就是欺负人，知道吗？"陆见川严肃地说。

"什么话啊，我们玩呢。你管得着吗？"

李小贤脸涨得通红，走过去伸手抓住自己的剧本。

"游戏还没结束呢。"宋姗姗说着又扬起了剧本。李小贤使劲一拽，"哗啦"一声，剧本被撕成了两半。

宋姗姗一惊，先撒了手，剧本"砰"地落在地上。大家都怔住了，看着地上的剧本。剧本的封皮和好几页都被撕破了。李小贤蹲下身子，慢慢捡起地上的剧本，眼泪一滴一滴落在地上。

宋姗姗自嘲自解地说："我不是故意的，她非要跟我抢……"宋姗姗说着要离开。

陆见川严厉地说："宋姗姗，你站住！"宋姗姗一愣："干吗啊，陆见川？你要吃人啊？"

"做人要厚道，你别以为你是主演，就可以到处颐指气使。过分了！你知道吗？"陆见川说。

捡起剧本的李小贤怔怔地站了半晌，忽然转头飞快地跑出了宾馆大门……跑了很久，李小贤在一棵大树下停下脚步，大口喘着气，低头看着怀里支离破碎的剧本，扶着树干，大声哭泣起来。

听见餐厅这里的动静，许多人围了过来。张嘉兴一脸严肃地看着宋姗姗。林雨卉站在一旁。张嘉兴说："你们几个人欺负一个人。"

"没有，我们就是闹着玩的！"宋姗姗说。

"我都看见了，人家都哭了，你们还玩？剧本都被撕破了。"

宋姗姗有些慌乱："我不是故意的，她跟我抢，我松手了……"

张嘉兴说："我刚才都看见了，你既然是跟人借的剧本，中午不还，晚上也不还，为什么不还给人家？"宋姗姗急得红了脸，极力争辩着："我跟她说了我借两天……她小心眼儿，总是追着和我要，我又没有说不给她，再说这真不是我给她弄坏的，要是她不拽——"

姗姗妈在远处看见许多人围着自己的女儿，急忙走了过来。还不知道发生的事情，她先酸酸地说："哟——这么多老师给我们姗姗上课呢——"

大家抬起头，看见姗姗妈不满的神情，立刻安静下来。

姗姗妈说："老师们要是没有什么说的，我们就走了！不过我告诉你们，嫉妒没有用，使坏也不好使，我们的姗姗可不是随便让人欺负的。"

张嘉兴说："你不要误会，谁也没有欺负她，是她欺负李小贤。"

姗姗妈不满地说："你是谁？有你说话的份吗？"

张嘉兴愣了一下，感觉脑袋"嗡"的一下，对方的冷语对他来讲简直就是奇耻大辱。

林雨卉说："你可不能这么说话，张老师是带队的老师，他当然有说话的权利。不但有份儿，还不比你低……"

姗姗妈觉得受到强烈的顶撞，发火了："不就是孩子吵吵架吗，值得这么较真吗？我知道，你看不惯我们姗姗，才半个多月，你们就到处挑刺儿……你们大概忘了当初是怎么求我们姗姗进组的了吧？"

大家没有想到姗姗妈会这样说话，空气里充满了浓浓的火药味儿。宋姗姗有些紧张，她尴尬地说："妈！咱们走吧……"姗姗妈说："真是马善有人骑，人善有人欺！"

陆见川忍不住说："阿姨，事情总得有个是非吧。我看见了，宋姗姗不对！"

宋姗姗的脸霎时间憋得通红："陆见川，我没有想到你会这样！"

林雨卉压住愤怒："你说什么呢，陆见川？你们都围在这儿干什么？没吃完饭的吃饭，吃完的回房间！"

同学们面面相觑。林雨卉大声说："还围在这儿干吗，走啊——"

同学们稀稀拉拉准备离去。姗姗妈说："哟——这是演的什么戏呀，他这话是谁传授的呀，我们可不受这哑巴气！别走啊！我就是看你们刚出来拍电影，不容易，要不然我早带着姗姗走了！"

林雨卉看着姗姗妈那张骄横的脸，再也忍不住了，她慢慢地说："你们现在也可以走！"

宋姗姗和母亲同时愣住了。罗丹和几个同学面面相觑，他实在没有料到事情会发展到这个地步，可惜刚才他和梁铮都没有在。姗姗妈直勾勾地盯着林雨卉："这可是你说的！"

"对，如果想待在剧组，就按合同办，无故缺席就要赔偿剧组的损失。我今天把话说清楚了，你这也不是参加什么义演！我们拍戏不是伺候小姐，我不是大牌导演，这儿也没什么大腕儿明星，吃不了苦，要走随你们便！"

　　姗姗妈一时被噎得说不出话来。沉默了几秒，宋姗姗忽然"哇"的一声大哭起来，也向大门外跑去。姗姗妈追了出去。

　　王小斌急得直跺脚，他对林雨卉说："你……你这是干吗啊，我今天不是在现场已经教育她们母女了吗？弄出对立情绪可不好。"

　　林雨卉说："我就这脾气，我早受不了她们了！以后这还怎么拍戏啊？"

三

　　刚才发生矛盾的时候，江河不在场，当地的一个朋友请他去吃饭，本来怎么也得十点以后回来，戚园园给他打了电话，剧组出大事了！八点钟，江河就来到林雨卉的房间。

　　江河在房间里走来走去："我能理解你，可是那个时候，你是不适合讲话的，任何人讲话都可以，就是你不可以，因为你是导演。其他任何人说出话来都能有调解的余地，你对一件事情一旦有了态度，就无法再调解了。"

　　"我怎么不知道？宋姗姗一走，好多戏就没法拍了，特别是她跟你的戏……而且你的时间是有限的。"

　　"你看，你不是很清楚这个道理吗？有些时候，为了一件事能做成，我们就得委屈自己。"

　　"我忍了多久了？一个人的忍耐是有限的啊。"林雨卉说。

　　江河说："鲁迅的《故事新编》里有一段老子和孔子的对话：老子指着自己的嘴问孔子，牙还在吗？孔子摇摇头。老子又问孔子，舌头还在吗？孔子点点头。老子对孔子说，硬的不在了，软的还在，是为什么？知识不是力量，智慧才是力量。"

"道理人人都明白，要做到真难。"

"你要时时提醒自己，你是来做事的，不是来赌气的。"

"她们小肚鸡肠，你让我海纳百川？"林雨卉委屈地说。

"你这样咄咄逼人的让我怎么回答。说心里话，女人要有女人味儿就不能太能干，更不能太聪明，就是聪明也不能露在面上……"

"你是说要装傻充愣吗？男人的聪明就可以露在脸上吗？"

"聪明外露都不是好事！"

"我发现你是越来越深了……"

"别赌气了，我们现在是要解决问题。"

林雨卉不说话。

江河想了想说："如果你不肯屈尊去道歉，可不可以给宋姗姗打一个电话？"

林雨卉摇摇头："咱们再听听大家的意见。"

江河点点头，他给戚园园打了个电话。不一会儿，大家都来了，坐满了一屋子。

王小斌说："要说是非，姗姗那个妈肯定是不对，可是宋姗姗要是真走了，咱们换演员，那可就真要出大麻烦了。"

"那就求她们留下来，继续欺负咱们……算了，不说了。"林雨卉说。

王小斌接着说："现在就不能论什么谁对谁错了，林导，我是从我们这个剧组考虑，宋姗姗好歹也是我们花钱请来的，这笔钱咱们白花啦？我们拍过的戏全部作废，而且还牵扯到江河的档期——他的档期是不能拖的。"

林雨卉说："是啊，这是一笔不小的开销，我知道拍这部电影，我要交学费，可是没想到要交这么多的学费。"

王小斌叹了口气："林导，我劝你无论如何也要忍一忍，大腕不讲理的多了，不就得哄着吗？"

"可是她算什么大腕儿？江河是不是大腕儿？就真是大腕儿，像宋姗姗这样表现，我也容不得她。"

"既然这样，我也没有什么可说的了。"王小斌坐在椅子上不说话了。

陈宇星发言："我觉得开了也好，这个女孩儿一点儿也不配合，我可不想为了伺候她每天重复劳动！一条不成，再来一条——这都是时间都是钱啊。"

戚园园也插嘴："我跟她们说话都得捧着说，赔着笑脸，以后这日子还长着呢，天天这样谁受得了啊！"王小斌又站起来："好，就算你们说的都对，可她走了，谁来演？"

几个人一时陷入了沉默。过了一会儿，林雨卉突然说："咱们抓紧时间再找演员吧。"

王小斌做了个暂停的手势："林导，我劝你还是冷静一下，把宋姗姗开了是很容易的事，可是下面我们就会面临一大堆弄不完的麻烦了。"

"你的话怎么又说回来了？总不能让我向她去赔礼道歉吧？"林雨卉说。

陈宇星突然说："我有个办法，这件事导火线是李小贤要剧本，宋姗姗要赖，半路上杀出了个程咬金！"

"谁是程咬金?"江河问。陈宇星把陆见川路见不平的事情说了一遍。

"接着说。"江河朝陈宇星点点头。

"我想，让陆见川给她们道个歉，江河再说和说和，凭江河的身份，还认识姗姗她妈……其实就是给她们个台阶下。"陈宇星说。

"靠谱——"几个人一齐说。

"不成，如果变成我们承认错误，还要道歉，以后的工作就更难了。"林雨卉说。

"不是这个意思，我们表现了挽留之意，她们也会收敛些!"江河说。

江河走了，他要礼贤下士，对陆见川做说服工作，劝他给宋姗姗道歉。林雨卉太不成熟了，才几天就有两次演员要离组的事件发生。不论客观原因是什么，林雨卉都有责任。这一点他不好明说。他知道陆见川也是个有个性的人，这次事件他没有什么责任，让他道歉就是因为他年轻，让他委曲求全也不是没有希望。

男生宿舍很安静。梁铮躺在床上看书，尹小航在上网。这个宾馆很落后，没有网线，他只好无线上网，上了半天怎么也上不去。任强在一旁跟着着急。他们就是想查查宋姗姗在网上的报道和新闻。罗丹在拨电话，不知道宋姗姗的电话怎么老是不在服务区，拨了一遍又一遍。只有陆见川看着他的小乌龟发愣。

这个房间里的人其实都想议论一下宋姗姗要离开摄制组的事情。本来已经开始了，罗丹忽然不咸不淡地说了一句："别人的事情别瞎操心好不好?"几乎所有的人都意识到，这个话题在这个屋不好谈，于是也都假装漠不关心，开始各干各的。

陆见川现在的脑子里很乱。这几天宋姗姗的表现让他很吃惊，一年前的宋姗姗根本不是这个样子的，她通情达理，也很热情。现在怎么显得这样不近人情，甚至到了骄横的地步? 女孩子一到这个程度，不管多漂亮，也显得面目可憎。从以往的情分上来说，他绝对不会对宋姗姗公开指责和发难，可是今天他怎么也忍不住。宋姗姗拍戏的时候接电话、忘词，明明借人家李小贤的剧本还赖着不还，一帮人还取笑人家……加上昨天，不来拍戏接受电视台采访，还装病！这都是组里公开的秘密！导演今天的话不是没有道理呀！

有人敲门，江河与张嘉兴站在门口，把陆见川叫了出去。留在房间里的人顿时活跃起来。

大家分析，叫陆见川出去一定和宋姗姗的去留有关。

"我们的剧组到了生死攸关的时刻！"罗丹信誓旦旦地说。

"我预测，历史将会重演——她们就是走了，也一定会被导演请回来！就像把罗丹兄弟请回来一样！"尹小航说。

大家都愣了，尹小航的预测从口气和语言都显得很有水平。

江河和陆见川的谈话一开始还算顺利。他首先肯定陆见川今天没有错，然后就让陆见川顾全大局。陆见川点头称是。说到给宋姗姗道歉的时候，陆见川不同意。

"没有错，我为什么道歉？"

"不是道歉，是给她个面子，给她个台阶，就说自己的态度不好……"

陆见川不说话。江河问他行不行，他就是不回答。江河转头对张嘉兴说："张老师，你再和陆见川说说……"张嘉兴始终没说一句话，现在他说："好的，好的！"陆见川和江河都没有明白他的意思。就在这时，江河的电话响了，电话是林雨卉打来的。

宋姗姗和她妈妈已经在去火车站的路上。姗姗妈在给林雨卉的短信里说：由于剧组的责任人林雨卉当众同意她们离开，她们已经出发，不接受任何道歉和挽留。关于合同问题将由律师与制片人解决。还祝摄制组顺利成功！

看见短信，林雨卉的的确确呆住了。她万万没有想到这么一个婆婆妈妈的姗姗妈做事情做得这么绝！

接完电话，江河苦笑了一下："想道歉也没有用了！"

宋姗姗突然离去的消息立刻传遍了摄制组的每一个角落，就像一颗炸弹落在宾馆的院子里……

第十章

谁向你招手

一

虽说从下午吵架的形势看，宋姗姗离开剧组是理所当然的，但是她真的离开剧组，而且在这么快的时间就离开，大家觉得这还是非常突然的。离开剧组不同于两个小孩吵架，说不一块玩就不一块玩了。主演离开剧组是一件大事，剧组马上就会面临着很大的困难，这里有信誉的问题，有感情的问题，还有合同等等的问题。

吵得再凶，说到真的离开还是让人无法接受。从姗姗和她妈妈的角度看，她们自己做出这样的决定而且马上付诸实践有点不合情理。

宋姗姗突然离开剧组不但给大家留下了一个空白，也给大家留下了一个谜。同时她也留给了剧组的同学一些"剪不断，理还乱"的惆怅。

听到这个消息的时候，李小贤正在和爸爸说着自己几天来的委屈。

外面有人敲门，原来是张嘉兴。

"什么事？"李涛客气地站起来。

"宋姗姗走了。"

"真的？"

张嘉兴点点头。李小贤想了一会儿对张嘉兴说："是不是因为我？要是这样，我去给她道歉……"

张嘉兴摇摇头："孩子，事情没有这么简单！"

"真的？她走了剧组怎么办？"

听到江河说宋姗姗离开的消息，陆见川觉得很不是滋味，心里空荡荡的，宋姗姗以前的优点、好处，美丽热情而又有些害羞的笑脸也都浮现在了眼前……他站在楼梯口给宋姗姗发了一条短信：

　　姗姗你好，如果是因为我你离开剧组，我向你道歉！我希望你能够回来！非常盼望！

回到男生宿舍，陆见川对大家说："宋姗姗走了。"

所有的人一起转过脸："接着说！"

"说完了。"

"详细点！"

"我也不知道！消息是江河告诉我的。"

罗丹也不顾和陆见川对付不对付，也凑过来问道："知道她现在在哪儿吗？"

"应该在路上吧。"

罗丹蹬上鞋就往外跑，梁铮一把拉住说："你去哪儿？犯什么傻？"罗丹说："我去找导演问问。"

任强大声叹了一口气："宋姗姗离开了我们，我们心中十分悲痛，她为中国的电视电影事业贡献了宝贵的青春年华。正当剧组需要她的时候她却离我们而去……"

罗丹大声喝道："任强，你干吗呢？我抽你信吗？"

晚饭之后，几个女生回到宿舍，大家都没说话。过了好一会儿，周可欣忍不住说："哎，你们说宋姗姗会不会走呀？"一个女生说："不可能，吵了就吵了，大家妥协一下，明天照常拍戏你信不信，我敢打赌！"

莫愁说："你们说，我们该不该给李小贤道个歉呀？"

大家愣了一下，周可欣从暖瓶里倒了杯水，慢悠悠地说："我原来就觉得是闹着玩的，谁知道她急了。"

"可是，这种玩笑大家敢跟宋姗姗开吗？还不是看着李小贤好欺负。我们还不是怕宋姗姗不高兴……可是我们就没怕李小贤不高兴。"莫愁说。另一个女生点点头："李小贤挺可怜的，追着要剧本……那会儿她已经哭了。"

"我扔了一次剧本，现在想起来心里挺不是滋味。"莫愁低声说。

周可欣说："好，既然你们都这么说，待会儿我们去找李小贤道个歉吧。她肯定在餐厅。"

莫愁的手机来短信了，房间里响起了《蓝精灵》的音乐。莫愁看看短信大声叫起来："宋姗姗已经走了——"短信是任强发过来的。

周可欣大叫一声："做得太绝了！"

正当大家惦记的时候，宋姗姗已经和妈妈坐在火车站的候车厅里，再过十分钟，她就要登上回北京的火车。

毅然决然地离开摄制组的决定是妈妈作出的，她本来也没有这么大的魄力和决心。这个力量主要来自另外一个电视剧制片人的电话，就是《人鱼公主》的制片人的电话，老朋友了！那位制片人前天下午就和姗姗妈通过电话，他们新的一部戏马上就上马了，为主角人选还在犹豫，剧组需要宋姗姗这样一个演员，而且是主演。那是一部三十集的古装戏，演一个离家出走的大家闺秀，戏份很重。当时姗姗妈就动了心，但是碍于已经和《丁香》剧组签了约，不好离开！下午吵架之后，姗姗妈又与那边通了电话。对方高兴万分，说真是求之不得，马上来，一个星期就上戏！

妈妈苦口婆心地对宋姗姗晓以利害得失，当晚就下了决心！

现在妈妈还在跟她说这个决定是如何如何的英明。宋姗姗心里却七上八下的十分烦躁："妈，你别再说这事了行不行？烦死了。"

"你烦？我烦不烦啊？早知道这样，我都不该来，你非要上什么电影，又偏偏赶上这么一个破剧组！这回知道拍电影是怎么回事了吧？"

宋姗姗说："这个组没什么不好啊，就是你跟着瞎掺和。我都多大了？你就像一个保姆似的一步不离地跟着我……你要跟到什么时候啊？"

"我还不是为了你好啊！你记住，在这个世界上再也找不到一个像你妈妈这样爱你的人。"

"行，你别唠叨了，咱们真的走呀？"

"刚才话都说到这个份上了，那话多难听呀，人家都撵咱们了，怎么留？"

"就没有别的办法了吗？"

"咦！都作了决定了，话怎么又说回去了？"

按照妈妈的要求，给林雨卉发完短信以后，她们就都关了手机。两个多小时了，宋姗姗悄悄打开手机。她看见了两条短信，一条是陆见川的，另一条是罗丹的。

二

林雨卉真想大哭一场。

为了这部电影，她准备了两年。剧本不用说费了多大的气力，光是说服制片人给她投钱就历尽了千辛万苦。那天她忍不住对江河说："说句粗话，为了这个机会，我什么关系、什么力气都用上了，我就差被'潜规则'了……"

江河大笑起来："光听说演员被导演潜规则了，没有听说导演被潜规则了！"

她什么都准备好了，就是没有料到，开机两天以后，主演跑了。"我都快崩溃了！"林雨卉的声音有些哽咽。

"你不能崩溃！你也不能倒下！你也不能哭！你甚至不能在大家面前表现一点软弱。要知道，你是这个组的领导，你是这个组的主心骨呀！"江河说。

林雨卉眼前一亮，她抬起头。当天夜里她召集创作人员开了个会。林雨卉决定，一面先拍没有丁香的戏，一面寻找新的丁香，三条路：从剧组现有的女孩子里面找，从大家记忆中有联络、有艺术档案的女孩里面找，第三就是从当地中学生里面找。这件事情全组要一起提供线索。这是当前全组最重要的任务。这件事由王小斌和戚园园负责，林雨卉拍板。

"现在说什么都没有用了！丢掉幻想，准备战斗！"林雨卉最后总结说。

陈宇星说："选演员的时候都看过的，你觉得谁成就是谁吧！"

"不成，立场变了，眼光可能也会变化！"林雨卉说。

戚园园和王小斌开始到当地的中学寻找，课间操、体育课、业余文艺小组活动，都出现了他们的身影。

刚好从两所中学选来的大约六十个扮演学生的群众演员明天下午来到拍摄景地，这些以往按程序的普通安排都成了他们准备发现"丁香"的宝贵机会。

第二天上午，天气很好，林雨卉赶紧抓拍了几个男生的戏。林雨卉说："大家注意，丁香不在，先找个人站个位，莫愁你换上丁香的衣服，远景看不清楚，大家看着那个方向就成了。丁香的戏我们再补……"

7. 四十年代，学校高二甲教室门口，上午，外

三个男生站在教室门口。他们是秦本亮（罗丹扮演）、袁山（陆见川扮演）、梁家桢（梁铮扮演）。

丁香从远处走来。

秦本亮：看见了吧，那个就是丁香！

袁山和梁家桢异口同声：我们知道！

秦本亮：她妈是个老毛子。怪不得这么漂亮！

袁山：你别瞎说了，丁香的爸爸妈妈都死了，那是她的养母！

秦本亮：梁家桢，给你大哥立功的时候到了。

梁家桢莫名其妙：立什么功？

秦本亮拿出一封信：你把这个交给丁香。我重重有赏！

梁家桢：你自己怎么不去？

秦本亮：哎，就算大哥求你了！

梁家桢：信里写的什么？

袁山：这是秦本亮给人家的请柬，让她上他们家吃包子！

秦本亮：你别瞎说，埋汰谁呀！

梁家桢：真的？

袁山笑笑。

秦本亮推了梁家桢一把：快呀，都快进教室了！

梁家桢飞快地朝丁香跑去。

秦本亮看着梁家桢把信交给丁香。梁家桢朝这边指指。

丁香朝这边看。

袁山不在了。秦本亮朝丁香招招手。

"好，三个男生的戏都不错，一条过。"林雨卉称赞道，但心里还是沉甸甸地惦记着丁香的事情。

下午，戚园园带来一些生面孔的女孩，这都是她从这个城市的学校临时找来的。她让她们穿上二十世纪四十年代的学生服。已经在组里的女孩们也试一遍。

宾馆的大堂里站满了人。化妆师带着上了妆的莫愁走到林雨卉和陈宇星面前。江河在一旁帮忙观察。莫愁一脸期待地站在林雨卉面前，林雨卉将手里的台词本递到莫愁手里："你念一下六十一场丁香对伪警察的台词。"

莫愁拿过台词本看了看，没有马上开口，而是抬头瞭着林雨卉。

林雨卉问："怎么了？"

莫愁细声细语地说："导演，您觉得我还成吗？"

林雨卉一愣："我只是让你试试。你的形象倒还接近，只是不知道能不能在表演的时候找到丁香的特质。"

莫愁看着台词本念了起来："你给我写信，那是你的自由，不过我劝你不要引用那些诗——'星垂平野阔，月涌大江流'，知道不知道，'星垂平野阔'那是中国的平野，'月涌大江流'那是中国的大江……"

陈宇星帮助搭词："漂亮话谁都会说，可是几十万军队都没有了，事实就是这样，无情地把我们的梦想粉碎了……"

莫愁直直地看着陈宇星："你让我过去，我该回家了。"

林雨卉皱了皱眉头："好，就到这儿吧！"

莫愁说："导演，行吗？其实，我可以再激烈一些，或者我……"

林雨卉说："来，周可欣来——"

那个上午，试了十几个女生，包括戚园园找来的新人。可不知为什么就是没有试李小贤。

当天晚上在女生房间里，虽然很安静，但谁也睡不着。周可欣从床上坐起来，看看周围小声地说："哎，你们都睡了吗？"

"没呢。"莫愁说。

周可欣神秘地说："我有句话要跟你们说。"

大家都爬了起来。周可欣问莫愁："你今天试戏，导演最后跟你说什么没有？"

"没有，就让我念了几句词，一句话都没说就打发我走了！下一个就是你了。"

"她就连个暗示也没有？"

"没有看出来……"

"那……那她有没有说她觉得谁合适？"

"就是有，林导也不能和我说啊。再说只要有合适的人选，她不就该高兴了？"

周可欣兴奋地说："对，你分析得很对！这说明我们还有希望！"

李小贤没有插话，只是静静地看着天花板。

"李小贤，你睡了吗？"

"没有。"

周可欣说："小贤，导演跟你说什么了？"

"导演没有叫我……也许我不合适吧？"

周可欣"噢"了一声："她到底看上谁了啊？小贤，你应该积极争取啊，说不定一不留神丑小鸭变成了美天鹅呢。"莫愁说："听说高层正在开会，估计明天就见分晓了！"

"哎！大家说好，不论选上了谁，别人也不许嫉妒……"周可欣说。

"那当然了！"莫愁说。

夜深了，房间里传来大家酣睡的声音。李小贤坐起来，看看四周，又等了一会儿，然后蹑手蹑脚地下了床，穿上衣服，开门走了出去。她悄悄来到林雨卉的房间门口。房间门紧闭着。她想敲门，犹豫了一下，手又放下了。

忽然传来脚步声，李小贤急忙转过走廊躲了起来。只见陈宇星从厕所的方向走出来，推门进了林雨卉的屋子。里面传来林雨卉的声音："开点门吧……人多屋里的空气不好。"

陈宇星把门留下一道门缝。

李小贤悄悄走过门口，她看见戚园园、陈宇星、王小斌等人围在林雨卉四周。张嘉兴一个人坐在一个小马扎上。

林雨卉面前的小圆桌上摊着十几张照片。林雨卉顺手将一张照片递到戚园园面前："这个多大了？"戚园园说："十六，上高一……"

李小贤知道他们还在为选丁香的事儿开会，于是聚精会神地听下去。

林雨卉看着照片说："怎么看着跟二十似的？"戚园园："本人显得小。"

林雨卉又拿起一张照片递给陈宇星："你看看这个，我们看着还行！"

　　陈宇星拿起照片看了看：“端正倒是端正，就是没有特点，有没有那种小头小脸的，有点个性的？”王小斌打断他：“别光说概念，小头小脸的，有个性的，这谁不知道。问你眼下的行不行？”陈宇星摇摇头。戚园园又递过另一张：“这个呢？白天我在文化馆给她们试戏的时候，她算最好的了。”

　　李小贤正准备离开，忽然有人拍了她肩膀一下。李小贤大吃一惊，转头一看，原来是爸爸李涛。“爸，你怎么来了？”李小贤急忙把爸爸拉在一旁。

　　“找导演……”李小贤不再问了，他知道爸爸找导演干什么，心中一紧，她对爸爸说：“爸，你回去吧！我自己去找导演。”爸爸轻声说：“就是不让你试镜头，你也别难过啊！”

　　李小贤点点头：“爸，你走吧！”

　　“我在拐角那边等着你……”说着，李涛朝楼梯拐角走去。

　　林雨卉举着刚才那一张相片对戚园园说：“那明天让她过来试试吧。”

　　陈宇星叹了口气：“这些女孩儿，还真都没有宋姗姗漂亮。”

　　林雨卉说：“其实漂不漂亮倒无所谓，就是看戏好不好，毕竟我们这个角色又不是花瓶，要看内涵的。”张嘉兴说话了：“导演，我说一句行吗？”

　　林雨卉说：“张老师你说——”

　　“您给组里的所有女孩都试过丁香的戏了，就是李小贤没有试过。”张嘉兴说。

　　躲在门口的李小贤只觉得一激灵，她没有想到张老师这时候提到她的名字。她的心提到了嗓子眼儿。林雨卉开口了：“她显得太弱。丁香要给人一种充满青春活力的感觉！”

"照顾一下这个孩子倒是应该的，李师傅给咱们可是省了不少经费！"王小斌说。

"以后你再拍戏就从烹调学校找演员得了！"陈宇星说。

王小斌气愤地用手指着陈宇星："陈宇星，不是我说你，你这家伙嘴太损啊，我就特佩服李小贤，我觉得这个剧组的孩子中，没有一个能像她这么用功，整个剧本都背下来了。"

陈宇星："你说这个，咱们没有分歧，我当然服气，可是咱们要的是演员，不是用功的学生啊。"

"那要是你妹妹呢，你也这么说？你也不给试试镜头吗？"

陈宇星"嘿嘿"一笑："我没有妹妹，我是独生子女！"

王小斌说："我跟你说，全国独生子女的缺点都让你一个人给占了！"

李小贤站在门口，眼泪在眼里打转。

张嘉兴又问："那我就想问问，导演，当初咱们选中李小贤到底为什么呢？"林雨卉叹口气说："原来剧本中有个小可怜的角色，戏还挺重的，后来发现戏的人物太多，就把这个人物给删了。"

戚园园说："这孩子挺好的，就是那个爸爸，总是望女成凤，以为女儿能成明星。不过，林导，我觉得这孩子感觉不错，她很细腻，而且骨子里又很坚强……"

陈宇星说："要是能给这个孩子找一个角色的话，就尽量找一个吧，演不了丁香，演别的也行啊，把人家就这么晾着，要是我早走人了。"

"你这还像句人话……赞一个！"王小斌说。林雨卉摇摇头："可是所有的角色都有人了，让我再想想吧。说起来，这是我的错，忙得硬把这孩子给忘了。这个孩子特别热爱电影，在这一点上，我们大人都不如她。实在不行，明天让她试试，安慰一下这孩子。"

"只是安慰不合适吧？怎么也安排一个角色呀！"张嘉兴说。

林雨卉说："不是有个大群众学生的角色吗？戚园园，是不是？"没有回答，戚园园坐在那里睡着了。她这一天实在是太累了。

李小贤的眼泪顺着脸颊流淌下来。她朝着楼梯拐角跑去。李涛问："怎么样？答应试镜了吗？"李小贤点点头，突然一下子抱住爸爸，忍不住啜泣起来……

三

闹钟响了，已经是早晨八点。林雨卉站起身，拉开窗帘，推开窗子，又反身打开门。她突然愣住了。楼道里，对着她房间门的地上，一个人坐在箱子上睡着了。林雨卉走近一看，原来是宋姗姗。林雨卉又惊又喜，连忙喊："宋姗姗，姗姗……"

宋姗姗听见声音，急忙站起来。林雨卉惊讶地说："宋姗姗，你怎么在这儿？"

"我从火车站坐第一班汽车来的。"

"你妈妈呢？"

"她回北京了！"

"你没上车？"

"坐了一站，中途下车又坐回来了。"

林雨卉拉着宋姗姗的手帮她拎起箱子："走，赶快到屋里来。"进了屋，林雨卉给宋姗姗倒了一杯水："你们不是前天晚上走的吗？"宋姗姗点点头。

"不对呀！这都一天两夜了，都在火车上？"

"不是，前天夜里就回来了，在火车站待了半夜然后坐车到我们住的那个宾馆待了一天。"

"怎么不直接回这儿呀？"

"不好意思回来……"说着，宋姗姗哭了。

"你现在怎么打算？"

"导演，你能原谅我吗？"

"没事儿！你既然回来了，我还能说什么？先放下行李，准备吃早饭吧。"

宋姗姗说："我不饿。"

"不饿也得吃。"

"我没脸再见大家。"

"你还想演丁香吗？"

"你要同意，我还想演。"

早晨的公共洗漱间很热闹。大家在家里都习惯了一个人洗漱，现在在这里互相看着刷牙洗脸就觉得格外新鲜，况且是男女生在一块。任强端着脸盆进来："大家早晨好，知道世界上最痛苦的事情是什么吗？"

"就是钱没花完，人就不在了。"尹小航搭茬儿说。

"不，我最痛苦的是早上正在做美梦，被张嘉兴叫醒。"尹小航说："肯定是梦到娶媳妇吧。"大家笑起来。

"我梦见宋姗姗回来了，又演丁香，还说，任强，你来演楚渐离吧，江河太老了！"

大家又笑。周可欣大叫说："任强，你臭美去吧，就是江河不演，也轮不上你，哪个女生喜欢你那张臭嘴！"往常活跃的罗丹一言不发，笑也不笑。

周可欣说："罗丹，你怎么这么蔫呀？"洗漱完毕的罗丹端脸盆往外走："瞎贫什么呀，听说八点半就没有饭了。"罗丹匆匆往外走却撞在半开的门上。

周可欣看着罗丹出了门："哎，你看他那六神无主的样，心上人走了，正伤心呢。"

莫愁和周可欣回到房间，看见李小贤在仔细地梳头发。周可欣说："小贤，我劝你别忙活了。"

李小贤愣了一下："我怎么了？"

周可欣笑着说："你的形象和丁香差太远了。你和莫愁一样，都是林黛玉，而丁香应该是……应该是……反正我说不太清，丁香应该是热烈奔放，要不她那么小，怎么能爱上比她大十几岁的体育老师啊？"李小贤和莫愁都是一愣。莫愁说："周可欣，你有话直说，何必拐弯抹角啊！是不是就你合适呀？"

"我可没这么说。"

莫愁说："是吗？周可欣，昨天晚上你不是说得挺好吗？公平竞争！不管谁演丁香，大家都不能嫉妒。"周可欣说："没错，今天我们台下是好朋友，镜头前就是对手啦。"莫愁说："今天还有好多人来试镜，我们还不一定有戏。自己先窝里斗起来了。"周可欣笑起来："我说得没错吧？其实我这个人还是爱说实话。"

外面有人敲门。周可欣说："来了，来了，张老师，我们马上就完，你先走吧。"

敲门声再次响起。周可欣小声说："哎哟，这个张大爷，太像我妈了，真啰唆。"说着她走过去，拉开门，一下愣住了。林雨卉和宋姗姗站在门外。

周可欣上下打量好一会儿："姗姗？是你吗？"

跟到门口的李小贤和莫愁的眼睛都直了。林雨卉笑笑："怎么好像都不认识了？"

莫愁疑惑地说："你这是……回来看看？"周可欣也说："你回来住啦？"宋姗姗抿抿嘴唇垂下眼睛。林雨卉说："宋姗姗决定回来了，还住这屋！"

李小贤想了一下，走过去帮宋姗姗提箱子。宋姗姗连忙说："不用，不用，我自己行。"一边说一边拉着箱子来到自己的床前。

周可欣拍了一下床铺："你的床我睡了，要不我搬回去吧。"

宋姗姗连忙说："不用麻烦了，我就睡上边。我睡上边挺习惯呢。"周可欣回答："你们这么一说，我还真的有点不好意思了。咱们还是各就原位。要不我睡着也不舒服。"说着，周可欣把自己的东西往上铺搬。宋姗姗不好意思地低着头，慢慢走到自己的床边，坐在那里。

林雨卉说："大家马上收拾吃饭，一会儿还要拍戏。"说完，急忙走了。

房间里忽然一片安静，只听见周可欣的小闹钟"嘀嗒嘀嗒"的声音。

"咱们吃饭去吧！"周可欣站起来，莫愁和李小贤也站起来。宋姗姗没有动。她不知道周可欣的"咱们"包括不包括她。李小贤说："宋姗姗，吃饭去吧！"宋姗姗连忙应道："你们去吧，我不饿……"

宋姗姗一个人独自在房间里。她从箱子里拿出一个用头巾包裹的东西。她打开头巾，那是一个可爱的小布娃娃。宋姗姗拿起布娃娃，走到李小贤床边，犹豫了一下，拿着娃娃走回到自己的床边，想了一会儿，又拿起布娃娃放到李小贤的床上。

在餐厅里，周可欣端着碗来到罗丹旁边："喂，我有一个你的好消息要不要听?"

"没有兴趣。"

"我真是太巴结你了,如果你听了高兴,你想不想听?"

"真的是和我有关的? 好吧,你说。"

"宋姗姗回来了!"

"真的?"

周可欣严肃地说:"我会跟你开这种玩笑吗? 刚到。"罗丹起身就走。周可欣一把拉住他:"我看出来了,不一样就是不一样。"罗丹回头问:"怎么了?"

"还用我说吗? 我早看出来了。"周可欣有点阴阳怪气。

"你说什么呢!"罗丹跑出去几步又回头,"周可欣,谢谢你啊。"罗丹飞快地跑上楼梯,来到女生的房间。

宋姗姗正在收拾床铺,她坐下拿起镜子,看着镜子里边的自己。就在这时,门突然被撞开,罗丹喘着粗气闯了进来。宋姗姗吓了一跳,猛地站了起来。两人都愣住了。

罗丹高兴地说:"姗姗,你回来啦!"宋姗姗点点头。

"太好啦! 你接到我短信了?"

宋姗姗又点点头:"有什么好的,都没脸见人了。"

"这有什么呀! 你回来是给他们面子,你回来是救了剧组。这两天导演正忙着找演丁香的演员呢。周可欣她们都等着当丁香呢。你这一回来她们都没戏了!"

宋姗姗"哦"了一声,怪不得周可欣她们不高兴呢。她知道她这一来一去给大家找了不少麻烦,这么一来她更不好意思了。宋姗姗低声说道:"也许我还会走。这件事真的让我太狼狈了。"

罗丹大声说:"还走? 你这不是折磨人吗? 还走你回来干什么?"

宋姗姗不说话。罗丹觉得言重了，于是口气缓和了说："你要是觉得实在难受，就走。你要走，一定告诉我，我去送你。"宋姗姗笑笑："罗丹，你对我真好！"罗丹点点头："应该的，咱们谁跟谁呀……"

宋姗姗平静地说："你对我好，我知道。"

"你终于说出这句话了，我一直以为你……看不出来呢。"罗丹说。

宋姗姗声音很小："我又不傻，怎么会看不出来？"

"我明白了，你是装看不出来。这是为什么啊？你不喜欢我？"

"这倒谈不上……"

"你把我弄糊涂了。"罗丹说。

宋姗姗眉毛动了一下："你一定要我说吗？"罗丹点点头。

宋姗姗声音很小："我以前感觉到了，却说不出来，现在清楚了。你……算了，还是别说了。"

罗丹急了："你看你这个人，卖这么大关子，又不说了，让人难受！"

宋姗姗想了想："我说了，你可别在意。"听宋姗姗的口气，罗丹就有些失望，但是他还是想听宋姗姗把话说出来。

张嘉兴在这个不适当的时间出现了，他站在门口大声喊："宋姗姗在吗？听说你回来了！"说话间，张嘉兴推门就进来了："罗丹在这儿呀！我还到处找你呢。出发了，你们听见了吗？姗姗——我知道你一定会回来的。"

宋姗姗急忙问："张老师，今天有我的戏吗？"张嘉兴摇摇头："谁知道你今天回来呀，没有安排戏，导演让你今天休息一下，明天再说。罗丹，你还站着干吗？出发啦。"

罗丹只好快快地跟着张嘉兴走出门，心里确实非常难过。

房间里就剩下宋姗姗一个人，她打开手机，写下了一条短信：

见川，我回来了！放心！

刚想发出去，她犹豫了一下，又把短信删了。

宋姗姗前天晚上突然离组简直就是给摄制组闹了一场小小的地震，大家正在忙着"抗震救灾，重建家园"。今天她的突然归来又像是给剧组来了一次海啸，所有为她离去而采取的措施都得推倒重来。人不是物件，人都有心情的，她留下的空白有的人正要去填补，给很多人带来了希望。她这一回来，那些希望都成了无法实现的梦幻。

自从周可欣把宋姗姗回来的消息带进餐厅，大家就都知道丁香不用再找了。陆见川听说宋姗姗回来，他心里踏实了。现在他不再为剧组失掉丁香而感到内疚了。他眼见周可欣告诉罗丹宋姗姗回来的消息，罗丹像个发了疯的兔子蹿出餐厅，心里就非常不是滋味。本来他还想给宋姗姗发个表示欢迎的短信，现在突然没有了心情。

吃早饭的时候，林雨卉告诉了江河宋姗姗回来的消息。江河一激动，豆浆洒在了衣服上，一面擦衣袖一面说："这下好了，这下你可以安心吃饭了。"林雨卉笑笑："谢天谢地，要不我为这个丁香角色要急疯的。"

江河摇摇头："别啊，这点事就疯了，那全世界得有多少疯了的导演啊。我告诉你，这种事情在剧组里发生得多了，演员炒导演，导演炒演员，一个戏拍下来就是这么摸爬滚打熬出来的。尤其是新导演、小导演！导演，一定要有大将风度。"

林雨卉苦笑："大将风度？我还不如一个场工省心。找不到丁香，楚渐离的戏也无法拍，接着就是你的档期问题。"

"下面你打算怎么安排?"江河问。

"什么怎么安排?"

"宋姗姗怎么安排?"

林雨卉愣了一下:"演丁香呀。一会儿我就找陈宇星叫他们调整今天的计划。"

江河摇摇头:"哎——别人会怎么看,想来就来,想走就走,摄制组得有纪律,得有规矩。"

"你说怎么办?"

"该说的我都说了,你是导演,下面怎么做你自己拿主意。"

他们正说着,李涛过来说:"导演,你看这伙食还行吧?"

林雨卉回答:"李师傅,辛苦你啦,这几天饭菜安排得不错。"

"这是应该的啊。"

"送水的时候,能不能弄点酸梅汤或者绿豆汤?"林雨卉说。

"没问题。"

"你当过兵吧?"林雨卉问。

"是啊,当过……你怎么知道?"

"当兵的人身上有一股劲儿,办事认真,麻利!"

"宋姗姗回来了,这下你们可以松口气了。"李涛突然说。

林雨卉点点头:"是啊,那天晚上,我没来得及找你聊,宋姗姗这孩子……还是年纪小,容易把握不住自己,让你们小贤受了委屈。"

"好说好说,我们小贤还要靠你多照顾,这孩子就是喜欢电影……"

林雨卉打断他:"李师傅,我知道……"说着,她和江河站起身就要走。李涛连忙问:"昨天要给小贤试镜头,今天宋姗姗回来了,不知道还试不试?"林雨卉一愣,江河刚才提醒的还真是个事儿。她看见江河默默地注视着自己，于是断然对李涛说："一切按昨天通知的办。"

宋姗姗回来了，今天的计划没有丝毫改变，摄制组的人不知道林雨卉是怎么想的。戚园园来到林雨卉面前问："导演，出发吗？"

"把分镜头本给我看看。"

戚园园打开分镜头本说："今天上午就是在小街那场戏。没有丁香的镜头。"

"下午呢？"

"下午还是在学校操场试镜头，有三十个本地女生。宋姗姗回来了，这些学生还试吗？"

"照常，别忘了李小贤。就这么多了，后面的学校就不要再找了，你明白我的意思吗？"

戚园园点点头。尹小航端着一碗粥从操作间里走出来，粥还冒着热气。

林雨卉急忙拦住他："尹小航，不要去了。把粥给我。"尹小航一愣，把粥放在林雨卉旁边的桌上。

"那张纸条呢？"林雨卉问。尹小航从口袋里掏出纸条递给林雨卉。林雨卉挥挥手，尹小航走了。林雨卉打开纸条，这纸条是她自己写的：

　　姗姗，如果你不想吃饭，就把这碗热粥喝了吧，我在里边还放了一勺糖。你能回来，我由衷地为你高兴！

　　　　　　　　　　　　　　　　　　　　林雨卉

林雨卉默默地把纸条撕了。

林雨卉今天的情绪不错，一上午又完成了几场戏。

8. 更衣室，临近中午，内

楚渐离从门外走进来，将篮球扔到一侧。走到一个体操凳前，脱下球鞋，换上了皮鞋。然后脱下运动服，站起身从衣钩上摘下西装。

楚渐离一边穿西装，一边朝门口走。

9. 教室里，临近中午，内

同学们正在上课。

镜头摇过同学们：莫愁、周可心、袁山、梁家桢……

一个年纪很大的老先生：快下课的时候，我还要给大家说一首唐诗，这是杜甫，杜工部的诗：国破山河在，城春草木深……

周可心举手。

老先生：周可心同学，有事情吗？

周可心站起来：我爸说了，这首诗不要读。

老先生：为什么？

同学们也七嘴八舌地问：为什么？

周可心：我爸说，有反满抗日意思！

一个男生：什么叫反满抗日？连唐诗都不让读了，什么世道……

老先生：好好，大家都不要说了，记住，我们今天什么唐诗也没有读……好不好？

同学们一脸的疑惑。

不可思议遇见你

雪丁香

第十一章
你应该道歉

一

　　摄制组来到外景地，这是一条二十世纪四十年代的小街，两侧的店铺零零散散地挂着些幌子。人也稀稀拉拉，恰好表现那个年代的萧条景象。

　　今天的戏是体育老师楚渐离在小街上找人，罗丹扮演的学生在街上抽烟被老师发现，逃跑又被老师捉住训斥。这场戏有罗丹、梁铮、任强、尹小航。

　　10. 四十年代，小餐馆，黄昏，内

　　小餐馆里看到了秦本亮（罗丹扮演）等人正在吃火锅。

　　饭桌上还有梁家桢（梁铮扮演）、任国强（任强扮演）、尹小杰（尹小航扮演）等人。

　　梁家桢：你们说，楚先生不会说咱们吧？

　　任国强：他说什么？又不花他的钱。

　　秦本亮：话不是这么说，楚先生倒是说过外出要请假，可是咱们学校的伙食确实不好，就是知道咱们出来吃饭，他也只好睁一只眼，闭一只眼。咱们回去谁也不说就是了。是不是这个理儿？（说着，秦本亮点了一支烟）

　　尹小杰双手一抱拳（京剧腔调）：秦兄所言极是。不过抽烟可就大大地得罪了楚先生！

　　大家笑起来。

　　梁家桢：尹小杰，你们一家子是不是都像你这么说话，跟京剧道白似的。

尹小杰：嗨，好玩呗！

任国强：尹小杰，我看你们家出来的人，脸上都挂相……

尹小杰：那是……我给你表演一下。

说着，尹小杰站起身，脱下外衣披在身上，左手端起茶杯手往胸前一弯，摆个架势，右脚蹬在椅子上。

尹小杰：你们看见了吧，这叫有水不喝端着，有衣服不穿披着，有椅子不坐蹬着，有话不说唱着……身子板再这么一晃……

大家又笑。

楚渐离（江河扮演）出现在门口。

大家立刻站起来。

楚渐离大声："谁抽烟了？"

"停——"林雨卉喊道，"拍得不错，一条过。"

陈宇星竖起大拇指。

一场戏拍完了，大家坐在那里休息。

罗丹坐在那里发呆。梁铮走过来："你这家伙，宋姗姗刚回来，你就六神无主啦？"

罗丹挥挥手："去去去，说什么呢！我再告诉你一遍，不许跟领导这么说话。"

梁铮笑起来："你早不是什么领导了，你现在是伪警察。"

这话要是放在以前，罗丹早就笑了，现在他就像没有听见。

"她回来应该高兴啊，你怎么从出发到现在都是愁眉苦脸的？"

梁铮说。

"梁铮，你说这宋姗姗……我没得罪她吧？就是她不对的时候，我都给她留面子！"

"你想说什么？"

罗丹说："我给她发了好几条短信，她就是不理我。"大家说着话，王小斌走过来："哎，别在这儿坐着啊，你们还嫌现场乱得不够啊？"

今天没有陆见川的戏，他回到宿舍很想见宋姗姗，但是如果主动去找，又觉得太上赶着太巴结了。他洗完衣服慢慢走下楼来到篮球场。

宋姗姗坐在床前在看手机的短信。看完了，她起身走到窗前，看到楼下陆见川在晾衣服。她想了一下转身出门。

篮球场旁的空地上，陆见川在晾衣服。宋姗姗慢慢走了过来。陆见川看了宋姗姗一眼："听说你回来了！"

"我这不是人都在这儿吗？"宋姗姗幽幽地说。陆见川奇怪地看着宋姗姗，不明白她为什么这么说话，心想，她没准还在怨恨自己那天向着李小贤的事情。

"我收到你的短信了。"宋姗姗说。

"是，你回来剧组都挺高兴的。"

"你高兴吗？"

陆见川愣了一下说："我当然高兴，要不给你发短信干吗？"

"李小贤是不是特别感谢你呀？"

陆见川心里有些不舒服，他不太了解女孩子的心，觉得宋姗姗有点矫情。明明是她不对，欺负人家，怎么还说这些酸溜溜的话？但是他又不愿意顶撞宋姗姗，于是没话了。

宋姗姗又说："你短信里不是说，我回来你愿意向我道歉吗？"这句话一出口，陆见川笑了，玩世不恭的心态出现了。他说："宋大明星，我愿意向你道歉，希望你大人不记小人过，宰相肚里能撑船！"说完他绷着脸，端起脸盆朝门口走去。

宋姗姗知道陆见川生气了，刚才她是和陆见川开玩笑的，女孩子撒个娇，男孩子应该让一下，没有想到陆见川不懂这个。宋姗姗急忙跟上去说："陆见川，我跟你开玩笑的，我应该向你道歉，真的！"

陆见川停下脚步，看着宋姗姗，他真是不懂宋姗姗。

"真的——对不起！"宋姗姗又说。

陆见川回答："你不用说对不起。我希望我们说话不要用翻译！"宋姗姗嗔怪："我刚才跟你说的都是气话，你怎么一点幽默感都没有……"

陆见川奇怪地看着宋姗姗。

"我也不知道我这次是怎么了。那天我对李小贤是不对……"宋姗姗诚恳地说。

晚饭以后，王小斌宣布大家到会议室开会。

大家坐定以后，林雨卉说："这两天发生的事情，大家都知道了，有许多人也亲眼看到了。宋姗姗前天晚上突然离组，并由她的妈妈发来短信表示了离组的决定。宋姗姗是剧组的主角，她走了给剧组带来很多麻烦和损失。现在宋姗姗为了剧组的利益又回来了，我们当然表示欢迎。可是我们知道剧组是大家的，不是一个人的。在这样一个团队里我们必须遵守规则，必须敬业，必须团结合作。宋姗姗离开剧组有她的责任，也有我的责任……"

说到这里，坐在一旁的宋姗姗忽然哭了。

林雨卉于是说："姗姗,本来一会儿叫你说的,要不你先说说。"

宋姗姗犹疑了一下说："我向大家表示歉意,这些天我……"说着宋姗姗的眼泪又流下来："我希望李小贤能够原谅我……"

罗丹带头鼓起掌来。陆见川也觉得宋姗姗的态度还是挺值得大家称赞的。

宋姗姗就这样一会儿说一会儿停地讲了有五分钟。

最后,林雨卉说："刚才宋姗姗已经做了很诚恳的自我批评,也向大家尤其是李小贤表示了歉意。我想,每个人都会犯错误,犯了错误,只要认识到,改了就好。我们为宋姗姗鼓掌。"

会议室里响起大家真诚的掌声。宋姗姗抹着眼睛也跟着大家鼓起掌来。

大家的目光回到林雨卉脸上。林雨卉大声宣布："散会。"

这一刻,她看见江河赞许地朝她点点头。

二

第二天,一切似乎走向正轨,早晨起来天气也很好。林雨卉在出发的路上不由得哼起了《青花瓷》。

不料机器刚架好,一块乌云就把太阳遮住了——天气有点阴,大家一起等太阳。

演员同学们都穿着二十世纪四十年代学生的衣服——白上衣,黑裤子,男生还都有顶带帽檐儿的黑帽子。女生是白上衣,黑裙子。那种白上衣是大襟的,李小贤说这种衣服的优点是保暖,缺点是太怯。尹小航说他喜欢,老师要是容许的话,他愿意和李小贤换着穿。大家笑起来："你是不是同性恋呀？"尹小航严肃起来："这个世界没有坏的东西，只有那些不良的思想！"

周可欣撇撇嘴："话都让你说了……"

宋姗姗坐在一棵树下翻剧本，她生怕今天再忘词。罗丹凑过来坐在一边说："昨天早上，你跟我话说了一半，要说什么告诉我！"

"过去了，就不想说了。"

罗丹说："你这次回来怎么好像变了？"

"变了吗？"宋姗姗的腔调让罗丹听起来不知道为什么假模假式的。罗丹喃喃地说："你离我远了。"宋姗姗欲言又止。

这时周可欣走过来："宋姗姗，你找我什么事儿？"宋姗姗说："一会儿就是咱俩的戏了，咱们对对词儿吧。"

"不用了，反正你是主演，你想怎么演，我跟着就是了，我就是你的陪衬。"周可欣面无表情地说。宋姗姗被周可欣一句话堵住，脸上露出些许不满的表情："你怎么这么说话？我可是好心的。"

"你是好心，我也没有什么恶意呀！"

"你不能这么不配合！总说这些酸话干什么？"

周可欣一怔，随即脸上露出又羞又愤的表情："事实就是这样嘛，你是明星，我们就是个跑龙套的。你跑到哪儿，我们就跟到哪儿。你想怎么着就怎么着！"

"你这是什么意思？"

"没什么意思！"

罗丹看见宋姗姗气得脸色通红，于是走上前："我说周可欣，宋姗姗不能因为离开过一次剧组，就总要矮人一头吧。"周可欣反驳说："你了解情况吗？"罗丹步步紧逼："你这可是有点欺负人……"周可欣冷笑一声："哟，还有护花使者呢，我看你们俩还是好自为之，别弄出什么八卦来啊。"

罗丹愤怒了，对面要是个男生，他可能拳头都过去了："周可欣，你没病吧?"

周可欣说："我很健康啊。真是不一样啊，从前她在我们中间要风得风要雨得雨，现在我稍有不从，你就心疼啦?"

罗丹冷笑着摇摇头："我现在总算知道孔子为什么说，女人和小人最难养了!"

宋姗姗拉住罗丹："罗丹，别说了! ⋯⋯"

罗丹正在气头上："干吗不说啊? 周可欣，我告诉你，我就属炮筒子的，直来直去，有什么你冲我来啊，看咱们谁轰得过谁! 你不要脸，我告诉你我就不怕那些不要脸的!"罗丹说得咄咄逼人，把周可欣逼得说不出话来，急得眼圈都红了。

罗丹接着说："说啊你，不是挺能说的吗，怎么没话了? 你自己心情不好拿人家当炮灰，谁欠你的啊?"

周可欣要哭了："你⋯⋯你说我欺负她，那你欺负我，你算什么本事啊!"

梁铮走过来拉罗丹："走吧，走吧，罗丹你真是的，怎么跟女孩子急啊，一点儿风度都没有!"

此时，周可欣已经是眼泪汪汪了。梁铮边走边说："就算是她们闹矛盾了，那也该她们自己解决啊，你跟着进去掺和，还把人说哭了，你是男人啊，怎么这么没气度呢? 你今天有点反常!"

"我也觉得我反常!"

"你现在和宋姗姗到底是怎么回事啊?"

罗丹一愣："有你这样问问题的吗?"

"一点亲密接触都没有? 我不信。"

"我……我……我真枉担虚名啊。"

"你今天的表现只能让人想到这种关系!"梁铮低声说。

"我喜欢她,这个你知道啊……"

梁铮笑了:"我是再次确认。这也再次证明了我的判断,人在这个时候是最糊涂的。"

天气晴了,剧组一片兴奋的忙碌声。

11. 更衣室的门口,临近中午,外

楚渐离走出更衣室的门口,手里拿着那张纸条,边走边看。

丁香的画外音:昨夜我做了一个梦,就跟真事一样。我在单杠上,你在下面给我的每个动作做安全保护,除了咱俩,操场上没有别的人……

楚渐离抬起头,四周空荡荡的,没有一个人……

12. 丁香的家,下午,内

妈妈安娜正在欣赏一件红绸,上面有碧蓝色小菊花的衣服。

丁香开门进来:妈妈——

安娜:丁香,你来看看,妈妈刚从裁缝那里拿来的。

丁香精细地:做好了?

妈妈抖开衣服:来,试试!

丁香穿上新衣服,欣喜地:妈妈,好看吗?

安娜:到镜子前面看看。

镜子前的丁香,她动,镜子里面的姑娘也动。丁香转身，里面的姑娘也转身。

丁香：妈妈，里面的是我吗？

安娜：傻孩子，不是你，难道是我？

丁香：妈妈，你看我多美！

安娜微笑着点头。

丁香：妈妈，我穿着这件衣服出去走走可以吗？

安娜：可以呀，做好的衣服就是为了穿呀！

丁香跑到妈妈跟前亲了一下妈妈：妈妈，我美吗？

妈妈点点头：美，太美了，可是你打扮得这么漂亮出去给谁看呀？

丁香想了一下：给莫愁看看，再让周可心看看，她总以为她们家有钱，她就比谁都漂亮。

13. 路上，早晨，外

丁香穿着她的新衣服，袅袅婷婷地走在路上。

可惜，时间太早了，路上还没有什么人。

路过一个早点铺子，丁香对一个卖包子的大妈：陈大妈您好！

陈大妈：你好！

丁香：吃早点的人怎么这么少啊？

陈大妈：哟——丁香，这么漂亮这是要到哪里去呀？

丁香：随便走走。

陈大妈：丁香，是不是要嫁人了？

丁香：看您说的，不是——

说着，丁香羞涩然而高兴地走开了。

后面传来陈大妈的声音：嫁人的时候告诉我，大妈可惦记着呢！当我们家媳妇！我们家本亮又好看，又懂事！

14. 楚渐离的家，早晨，内

楚渐离坐在窗前看报。

妻子的画外音：你看这是谁家的姑娘，大清早总在咱们家门口遛来遛去的。

楚渐离走到窗前，心头不禁一动。

窗外：丁香穿着一件美丽的衣服缓步朝前面走去，像一团红色的火焰。

妻子已经站在楚渐离的身边：挺漂亮的姑娘，你认识吗？

楚渐离：我怎么会认识？

妻子：真的不认识？

楚渐离：不认识。

妻子：那你脸红什么？

楚渐离急了：脸红，怎么脸红了？

妻子：逗你玩呢！这姑娘真是很漂亮！

楚渐离心烦意乱地在看报，脑子里却想起纸条的内容。

丁香的画外音：风儿柔和地吹过来，我看着太阳，想着你。我很高兴！高兴得想哭，不过我没有哭，你别以为我哭了，我不过觉得心里舒坦就是了。你别去打听是谁写的，因为反正你也问不出来，我要永远保守着这个秘密！

15. 学校操场更衣室，上午，内外

丁香沿着"老的"路径，跑到教师更衣室。她又把一张纸条放进楚渐离的衣兜里。

丁香走出更衣室的门。

楚渐离的画外音：丁香，等一下。

丁香的脸泛起了红晕：楚老师……

楚渐离和声细语：你把什么东西放到我的口袋里去了？

丁香的眼睛显出吃惊的神色，头立刻低下了。

楚渐离：我刚才什么都看见了，那边的木墙上有个缝！

丁香低着头一声不响。

楚渐离：加上这次，你给我的口袋里放过四次纸条。我早就猜到了是你写的，不过想亲自证实一下。字条我都看过了……你怎么那么胆大呢？这简直是胡闹。不可能的事情。你这么小，还是个学生，况且我都成家了……好，丁香，咱们今天就这样说定了，从今天起，你就把这些乱七八糟的东西扔掉……这件事情我不和别人说，你也不要和别人说，到此为止，将来我还要吃你的喜糖呢！好，上课去吧。

眼泪从丁香的眼睛里流下来，她忽然失声哭起来，朝教室的方向跑去。

后面传来楚渐离的喊声：丁香——丁香——

林雨卉："停——"

宋姗姗和江河朝摄影机走来。林雨卉赞许地说："不错，丁香和楚渐离都演得不错。"

江河补充了一句:"丁香尤其演得好!"大家鼓起掌来。宋姗姗激动地给大家鞠躬:"谢谢大家,谢谢大家鼓励……"说着,宋姗姗不好意思地跑出了屋子,迎面碰上了陆见川。

"怎么样?"陆见川问。

"谢谢你!"

"哈!谢我干什么?"

"谢谢你让我清醒了很多。"

罗丹看着宋姗姗对陆见川热情有加的样子,心里又有些不自在。他走上前将一瓶矿泉水递给宋姗姗,不料宋姗姗接都没接,转身跑回去,边走边说:"对不起,导演要找我了!"

16. 学校操场,日,外

丁香从更衣室跑出来。

摄影机俯拍跟摇丁香从更衣室跑到小街上,镜头降到丁香面前。

天上下起了细雨,丁香在细雨中发愣。

(画外)丁香,丁香——

(周可心入画)周可心:丁香——我是周可心——下雨了。

丁香:风信子都开花了!

雨停了,阳光绚丽。

丁香站在阳光下高兴地笑了。(淡出)

三

回宾馆的路上，大家坐在汽车里。

上车的时候，罗丹路过宋姗姗座位的时候，把一张叠成U字形的纸条递给宋姗姗。宋姗姗还沉浸在今天拍戏成功的快乐心情之中，将纸条顺手放在上衣的口袋里。

吃晚饭的时候，大家快快乐乐的。吃完饭，陆见川走出餐厅，恰好宋姗姗也走了出来，她走到陆见川跟前："陆见川，有事吗?"

"没什么事。"

"我们散散步好吗?"

陆见川点点头，和宋姗姗信步朝宾馆大门外走去。宾馆朝右拐一直往前走大约一百米有一片小树林，一座小小的庙宇出现在他们面前。那庙虽说破旧，但还算完整。

"也不知道里面还有没有和尚。"陆见川说。

"你怎么知道是庙，没准还是尼姑庵呢!"宋姗姗说。

说着两个人又朝前走，就在这时，他们看见罗丹站在庙的跟前。

"哟! 你也在这儿呢?"陆见川主动地问候了一句。罗丹没有回答，表情却有些尴尬。他直瞪瞪地看着宋姗姗。宋姗姗高兴地说："你也发现这儿了? 你知道里面有什么吗?"

罗丹笑笑："你们好好看吧。不但有和尚，也有尼姑……"说着，他头也不回地朝宾馆方向走去。望着罗丹的背影，陆见川说："罗丹有点怪怪的。""就是呀!"宋姗姗说。

他们一起往前走了两步，宋姗姗说："坏了——"陆见川奇怪地看着宋姗姗："什么坏了？"宋姗姗这才想起罗丹上车的时候给她的纸条，她急忙展开一看，纸条上写着："姗姗，晚饭后，出宾馆右拐往前走有个小庙，我在那里等你！想和你聊聊！谢谢！不见不散！"

"你要早一点看就好了！"陆见川说。

"他不会那么小心眼吧？"

"不是小心眼的问题，他一定以为你带着我是向他示威的。"

"是吗？坏了！"宋姗姗也感到事情的严重。

"你说，他怎么不发短信呀？我真的把纸条的事情给忘了……"宋姗姗拍着脑袋说。

第二天，一个流言开始在学生演员中传播：

"咱们这个组里有一位先生是……梁上君子。"

"梁上君子？"

"就是三只手。"

"当年，罗丹的相机就是被这位君子顺手牵羊拿走了。后来这个人被学校开除了，去修理汽车……这个人是谁呢？他就是姓陆的先生。"

那一天晚饭后，陆见川走到房间门口，他听见有人提到他的名字，那是尹小航和任强在说话。

"我觉得陆见川不是那样的人……"尹小航说。

"不管他是不是，我把东西锁起来以防万一。"

陆见川只觉得脑子"嗡"的一声。他推门走进去，尹小航和任强都愣了一下，显得很尴尬的样子。那天晚上，陆见川到了十二点钟才睡着。一夜无事，转眼到了第二天的中午。

那天还是在小街的外景地拍摄。中午休息，吃完盒饭，林雨卉稍稍闭闭眼，手里还拿着空餐盒。大家坐在面包车前面聊天。李涛拿着空塑料垃圾袋，小心翼翼地把林雨卉手中的空餐盒拿过来。林雨卉睁开眼睛。

李涛点点头："林导——打扰您了。"

"哎，李师傅。"

"饭菜还可口吧？"

"还行，就是别太咸了，盐多了对身体不好。"

"好哩，我回去就按你说的办。这不，今天我按你的吩咐熬了绿豆汤，绿豆汤解毒又去火。"

林雨卉坐直了身子说："李师傅，你是有什么事吧？"

李涛说："哦，我就是来给你提个醒，怕你忘了，也不知道合适不合适……小贤那个角色……她到现在还被撂着呢……我知道你事太多，忙不过来，孩子倒是能等，可我这个当爹的有点着急啦。"

"哦，我已经给小贤找好了。你看，多亏你提醒我了。"

"我不是看你忙嘛，就不好意思打扰你。小贤是太爱电影了，是真心想演戏……"

林雨卉从一边拿过剧本，打开："喏，你看，在这儿呢。"就在这时候，李小贤走到爸爸跟前："爸，导演休息呢。你怎么啦？"

林雨卉笑笑："没关系！小贤，他们都说你对电影特别熟悉，我想问你一个问题。"

"我不知道——"李小贤脸上浮起了红晕。

"还没有问，怎么就说不知道呢？来，陈宇星，过来，你把那个问题问问李小贤。"

陈宇星拎着个马扎走过来。

"电影《天堂电影院》有段非常简洁而又洗练的镜头，我只记得主人公当兵射击的画面，还有什么镜头来着？"

李小贤停顿了一下："让我想想……哦，你说的是青年萨尔瓦托在军中的那一段吧？"

"就是那一段。"

李小贤说："那个段落一共是用七个镜头，三十四秒的长度完成了青年萨尔瓦托参军、打仗、爱情失败的叙事过程，那可表现了导演托纳多雷驾驭镜头的非凡功力。"

"没错，没错。他是怎么拍的呢？"

李小贤接着说："第一个镜头：一双军靴的特写。第二个镜头：萨尔瓦托向军官报告：第三营第九队列队完毕！第三个镜头：一只大手向邮箱投入一封信。第四个镜头：萨尔瓦托给家乡朋友打电话，得知女友离开。第五个镜头：萨尔瓦托躺在床上，有人将信扔在他面前。第六个镜头：一封退掉的信写着地址不详，萨尔瓦托把信放在枕头下，枕头下已经有一打退回的信，显示了他对爱情的执着和无情的失败……"

"我想起来了……最后一个镜头是萨尔瓦托在举枪射击！"陈宇星大叫。

"一共是四声枪响。"李小贤补充说。

林雨卉忍不住插话说："小贤，你这些知识从哪儿来的？怎么记得这么清楚？"

"我看书，书上就这么分析的。然后我再对照着电影一点点地比照。"

林雨卉说："小贤，你真厉害啊，你就是一个小电影博士，不，我们电影学院的电影博士也不一定有你厉害。我才是一个硕士。你应该上电影学院考研呀！"

戚园园走过来："导演，该拍戏了！"林雨卉"哟"了一声站起身来。

下午是罗丹和梁铮的戏。

罗丹和陆见川站在林雨卉的面前。他俩都穿着戏中二十世纪四十年代的服装。罗丹是警察的制服，陆见川是便衣。

陆见川的眼睛一直盯着罗丹，一副虎视眈眈的样子，罗丹回避着陆见川的目光。他似乎有些心虚。林雨卉说："今天拍你们俩的一场对手戏，抗日战争爆发了，秦本亮当了警察，他的朋友袁山再也不和他来往。有一天秦本亮约袁山到一家饭馆，两个人言来语去话不投机，就打了起来，就是剧本上的第十八场，都背下来了吧？"

两个人点点头。

林雨卉说："你们先找个安静的地方对对词，酝酿一下感情。刚才的戏拍摄得很顺利，一会儿就看你们俩的了。你们俩的戏都不错，今天就要看看你们的水平了。"

陆见川说："知道了。"

罗丹回答："没问题。"

林雨卉看着两个人的样子，怔了怔：怎么这么无精打采的？于是问道："罗丹，你今天怎么了，平常不是挺能闹腾的吗？"罗丹话中有话地说："我没事，就看他了。"

陆见川看了罗丹一眼，没有说话。

林雨卉再一次嘱咐说："这场戏你们俩要酝酿一下情绪，一定要演出那种愤怒。可要打架的啊，当然不是真打，实拍的时候我会告诉你们打架的方法。"

17. 字幕：1937年

一组抗日战争爆发的纪录镜头。

18. 饭馆片场，日，内

袁山（陆见川扮演）：算了，算了，你走你的阳关道，我走我的独木桥！

秦本亮（罗丹扮演）：哎，咱不说什么阳关道，什么独木桥。我总比你混得好吧？

袁山：你好不好我不知道，我也不关心，我只知道投靠日本人，那也是遭万人唾弃的……你摸摸自己的良心——

秦本亮冷笑：我投靠日本人，你爸爸干什么呢？他帮日本人整车整车地拉东西，这算什么？

袁山：你今天找我来，到底要干什么？

秦本亮：和你叙叙友情。

袁山：叙叙友情，你不就是为了丁香吗？别说得这么冠冕堂皇的！你以为丁香会嫁给你这个狗腿子吗？

秦本亮：你以为你装出一副正义凛然的样子就能赢得她，我告诉你，她迟早得钻进我的被窝！

秦本亮演得一脸轻蔑和挑衅，直视着袁山。

袁山表情忽然变得平静，但是却让人觉得比愤怒的神色更让人心颤，他忽然扬起拳头照着秦本亮的脸上重重地打了下去！

猝不及防，秦本亮跌坐在地上，皱着眉头捂住鼻子。

林雨卉："停——"

张嘉兴和几个同学急忙围过来。

陆见川看着地上的罗丹，并没有去搀扶的意思。罗丹喘着气，指着陆见川："你真打呀！你公报私仇！"

宋姗姗扶起地上的罗丹。罗丹的手臂垂落下来，流出的鼻血染红了下巴。宋姗姗一脸焦灼地抬起头看着陆见川："你干吗，还真打啊？"

林雨卉关心地问："罗丹，没事吧？"

罗丹站直了身子说："导演，我都流血了，您看有事没事，你接着拍，他打了我，我也可以打他啊！陆见川，你过来，你才打我一拳，这不算什么，你来，再打啊。咱们一对一，谁怕谁啊？"

陆见川怔怔地看着宋姗姗掏出餐巾纸来擦着罗丹的鼻血。

林雨卉这才意识到出问题了："陆见川，怎么回事啊？"

陆见川低着头站在那里，沉默着。好一会儿，他忽然说："对不起……"说着，他转身走开了。

林雨卉大声喊道："陆见川，你回来！"陆见川头也不回地走了。

罗丹仰面在一把椅子上靠着，鼻孔里插着纱布，还渗着血迹。

张嘉兴走过来，拿着一块湿毛巾："来，这是凉毛巾，敷上——"冰冷的毛巾贴着受伤的鼻子，罗丹忍不住吸了一口冷气。

张嘉兴有些埋怨地说："你们也太不小心了，还真打啊。"

罗丹咧咧嘴："他是蓄谋已久的，这一架早打晚打都得打。我也饶不过他。"

张嘉兴急忙说："你敢？你要是再找茬打架，我就打你，你信不信？"

罗丹冷笑："张大爷，您要是真和我们打还不一定谁伤着呢，您甭管，这叫以牙还牙。"

张嘉兴摇摇头："这个陆见川，下手也不知道轻重，真是的。

梁铮，你把陆见川给我叫回来。"梁铮刚要朝那边走，林雨卉叫住了他："我去！"

罗丹拿下鼻子里的纱布，深吸了一口气。张嘉兴问："我看着你们俩这两天就不对劲儿，吵架啦？"罗丹掩饰："没有……起码我没有。"张嘉兴说："有没有你们自己心里最明白。"

"我当然明白，他假戏真做打我，他早有准备，这家伙真够黑的啊。"

林雨卉走到陆见川身边："陆见川，我问你，你参加剧组之前和罗丹就有矛盾，可那是过去的事情，怎么到现在还没完没了？"

陆见川想了一下反问道："你问我这些干吗？"

林雨卉说："什么叫我问干吗？从近处想，解决你和罗丹的矛盾，把咱们的戏拍好。从远处想，希望你一生能健健康康快快乐乐地生活。"

见陆见川不说话，林雨卉又说："我曾经看见这样一段话：每个人的心中都有一扇从里向外打开的门，别人无法打开它，无论是动之以情，还是晓之以理……这事还得你自己说实话。"

"不是我不想和他和解，是他不想和我和解。昨天他还在散布卧室梁上君子……"

"这就不像是一个男人办的事儿！往大了说，你这是公报私仇，往小了说，你就是一个小人。他说得再不对，你就是想打架，也不能在这个时候打啊。"

"我没想打架，只是我看着他那副嘴脸，我就忍不住了。"

"你怎么不为剧组想一想啊？"

陆见川无言以对。林雨卉说："陆见川，今天我跟你说的这番话，你再好好想一想，你会理解我的苦心的……"

四

　　下午的戏还算顺利，吃过晚饭，陆见川拿着篮球走下楼，他其实根本没有心思打球，就是不愿意在房间里待着。陆见川一个人在投篮。李小贤走过来叫道："陆见川。"

　　陆见川把球投在篮筐里回过头。

　　"你今天怎么啦？"李小贤小声问。

　　"什么怎么啦？"

　　"我知道你很难过，我也知道你不会做那种事。"

　　"什么事？"

　　"谣言——"

　　"混蛋！"陆见川骂了一句，"行了，你别再说了！"

　　"不，我要说，罗丹再不对，可是你不该打人……而且是在拍戏的时候。"

　　陆见川脸色变得难看起来："是谁让你来跟我说的？"

　　"还用谁说，大家都知道了！"

　　"知道就知道吧。"陆见川说完，捡起篮球继续打了起来。操场上只听见"咚咚"的篮球撞击篮板的声音。

　　李小贤沉吟了一下："你再难过，也不能不吃饭啊。"陆见川还是不吭声。

　　李小贤走上前按住了篮球："我看见你就喝了半碗粥。我刚去厨房给你拿了一个包子，还热着呢，你吃了吧。"说着，李小贤举起手，一张餐巾纸上面放着一个包子，李小贤托在手上送到陆见川面前。

"我不饿。"陆见川心中有些感动。

"你不吃，我就这样拿着。"

陆见川迟疑一会儿，终于拿过包子大口大口地吃了起来，就像赌气一样。

李小贤微笑着看陆见川吃完包子，又递上一张餐巾纸："快擦擦你的油嘴巴。"说完，李小贤转身走了。

陆见川打球的时候，在宾馆外的花园小路上，林雨卉和罗丹在谈话。林雨卉和颜悦色地说："罗丹，你想过没有，如果你曾经有过一次过失，被别人揪住不放，你心情会怎么样？"

罗丹嬉皮笑脸地说："可惜，我这个人就是没有什么过失。"

林雨卉说："罗丹，我跟你说话，希望你能有点诚意！"

罗丹说："林导，我们是在谈怎么处理陆见川打我这件事，你怎么把话题转了？"

"没有啊，我们不是一直在商量吗？"

"我看你一直护着他，你和陆见川是亲戚吧？你是他姐姐吧？"林雨卉猛地一惊说："这是什么意思？谁说我是他姐姐的？"罗丹说："我这是打个比方，我觉得你挺护着他的。就是姐姐也不能这么偏心呀。"

林雨卉松了口气："你没觉得我也护着你吗？你离开剧组又回来，我要是不收你呢？"

"这和打人是两码事，性质不一样！真的，你准备怎么处理陆见川？今天他把我打了，我要是拍戏的时候再去打他，你肯定不同意吧？"

"那当然！"

"我觉得剧组在这个问题上一定要立场鲜明，宋姗姗出走回来，还开一个大会批评呢。"

"我问你，你在下面散布说陆见川是梁上君子，还偷过你的相机——有这事情没有？"

罗丹愣了一下："我不知道……"

"你说过没有？"

"没有——"罗丹梗着脖子说。

"万一证明有呢？你要负什么责任？"林雨卉说。

"就是万一有，他也不能在拍戏的时候打人——卑鄙！"

"你的意思是把他开了？"林雨卉看着罗丹的眼睛。

"我没有这个权力，但是一定要让他在全组大会上向我赔礼道歉。"

林雨卉想了想："好吧，我答应你。只是，我希望你们不要再为了个人的恩怨，影响了剧组的拍摄。"

"大局为重，这个我懂，他要是狂，我比他还狂，谁怕谁呀！"罗丹一副得理不饶人的架势。林雨卉让罗丹先回房间，转身在球场找到陆见川。

"陆见川，到我房间咱们谈谈。"林雨卉也扔了一下篮板球。陆见川接过球，点点头。

来到林雨卉的房间，坐在椅子上，陆见川一直低着头。

林雨卉没有说话，她也有些紧张，倒不是因为要解决让陆见川道歉的难题。刚才和罗丹谈话的时候，说到姐姐！林雨卉觉得心中的一个小孔被突然打开了。眼前的这个男生是她的同父异母的弟弟，不管怎么说，是她的亲弟弟。自从父亲跟她讲述了陆见川的身世，那个"弟弟"就像一颗种子埋在了她的心底。她的心里是复杂的，她想回避这个事实，因为这个弟弟伴随着一桩"不光彩"的关系。这个关系让她心头沉甸甸的不高兴。她排斥这个弟弟，可是，不知道是亲情使然，还是因为这个弟弟的外表和近几天的表现，让她有想迎接这个弟弟的愿望。

前几天，因为她对陆见川无缘无故的粗暴，晚上躺在床上想起白天的事情，她自己都觉得不好理解，伤害这个弟弟，自己都觉得有些脸红。所以当江河批评她的时候她无法反驳……几天下来，她发现这个不太爱说话，也不太愿意与别人交往的弟弟拍戏之余就是打篮球和陪他的小乌龟。是不是因为缺少父爱、母亲去世、那个关于相机引出的冤案让这个弟弟有些心理障碍？但是这个弟弟没有什么人格上的毛病，人还算正！陆见川的相貌有些像自己的父亲，比父亲精神……今天陆见川打罗丹，她开始有些吃惊，再听说了打人的原因，她没有对陆见川有什么反感……但是有一点是肯定的，拍戏的时候打人是不对的，也是可耻的！

林雨卉说："陆见川，你知道我找你为什么吧？"

"知道。"陆见川低声说。

"我不想再费口舌了，你说这事怎么办吧！"

陆见川还是不说话。

"你倒是有个态度啊！"林雨卉提高了嗓门。

"什么态度？对于这样的人难道不应该好好教训吗？"

这句话刚一出口，林雨卉就觉得他不像自己的弟弟了："怎么回事，说来说去，你还有道理了？"

陆见川又说："当初，你同意我来剧组，后来又拒绝我，不也是因为相机这个事？"

林雨卉愣了一下："是的，但是我相信你是无辜的，我知道你和罗丹有矛盾，而且这两天他又说了你的坏话……这我早知道，可是你打人了，我们现在要谈的是你打人的问题。"

陆见川声音高起来："为这件事儿，他毁了我的一切，我真后悔我就打了他一拳，就算是打他十拳也不解恨！"

林雨卉缓和了口气："陆见川，我理解你，希望你也理解我，明天你在全组会上检讨一下自己的错误并向罗丹道歉就成，就几分钟！"

有人敲门。林雨卉答应着开门，江河走进来。

看见陆见川，江河说："不打扰吧？要不我一会儿再来。"

林雨卉摆摆手："不打扰，你坐吧。"回身对陆见川说："你怎么了，你倒是有个态度啊！"

陆见川大声说："我没有什么可检讨的，也没有什么可道歉的。"

"陆见川，你要是这个态度，我就把你开了，你信不信？"林雨卉火了。

陆见川毫不退让："让我去，让我留，你随便吧。"

李小贤看着导演叫走了陆见川，心里有点不踏实。坐在宿舍的床上，她心里还猜测着陆见川和导演说话的情景。心里着急，她不由得来到楼道里，眼睛看着窗外，耳朵却关注着导演的门口。

李小贤一个人站在楼道里，她刚才分明听见陆见川在导演屋里大声说话。是不是和导演吵架了？李小贤想。

导演的房门开了，陆见川走了出来。李小贤小声叫住了他。"怎么啦，陆见川？"李小贤瞪着大眼睛问。

陆见川把刚才导演让他道歉的事情说了一下："我就是咽不下这口气，另外我不知道导演为什么总和我过不去，没有这件事情我和她也处不好。"

"别看导演对你这么严厉，她是为你好啊，我能看出来。"李小贤说。

"为我好，笑话！你怎么看出来的？"

"你看，家长管教自己的孩子总是声色俱厉的，对别人家的孩子就客客气气。"

陆见川笑了："你可真的会安慰人，行了！明天见！"说着，陆见川朝前走去，身后传来李小贤的声音："陆见川，你千万别走，我会很难过的……"

陆见川停下脚步，摇摇头，又往前走了。

"你找我什么事？"陆见川走了以后，林雨卉问江河。

江河给林雨卉倒了杯水："我就是来给你提个醒，你应该把我的戏尽量往前排，因为我的下一个剧组筹备很顺利，大概会按期开机。这样，你得留出一个保险的系数。"

林雨卉显得很烦："你不是早说过了吗？"

"我可没有催你的意思啊。"

"没催我？那这是干吗？"

看见林雨卉这么烦，江河不自觉地又以大哥的口气说起话来："不是我说你，你现在不是小青年了，逮谁跟谁发火。恕我直言，别的孩子犯了错误，你就可以放他一马，对陆见川你却不依不饶，你这样做是有失导演水准的。"

林雨卉瞪大眼睛："我有失水准？我这样严格要求他还不是为他好啊。我爸跟我说一定要管住他……"

"你爸？"江河一愣。

"哦，我爸也认识他爸。"林雨卉急不择言。

江河说："你爸说的不是这个管法吧？我说得不好听，我现在怎么看，你都像是一个虐待狂。"

林雨卉长出一口气："哟，这是什么话？你也别自以为是。"

"我自以为是，你才自以为是呢，第一次当导演，就这么盛气凌人……"

"你不也就刚演过几部戏吗？人啊，三十年河东，三十年河西，要不是剧本好，你在银幕上也就是一个晃来晃去的皮影儿。"

"林雨卉，你这是什么话？你只有指导演员表演、调配职员工作的权力，没有侮辱我们的权力。"说完，江河开门走了出去。

房间里顿时显得很安静，林雨卉为了稳定自己的情绪，走进洗脸间，打开水龙头洗脸。她抬头凝视自己。今天这是怎么了？突然，林雨卉的手机响了，她拿起一看，原来是个短信，她本以为会是江河发来的，不料却是陆见川的。

　　导演，您说得对，我打人不对，我决定道歉……
　　　　　　　　　　　　　　　　　　　　　　陆见川

看着这条短信，不知道为什么，林雨卉突然想哭。

不可思议遇见你

雪丁香

第十二章

为「姐姐」打架

◇◇◇◇◇◇◇◇◇◇◇

一

那天早晨，剧组的全体人员都在吃饭。

林雨卉端着打好的饭菜刚坐下，发现江河坐在对面，起身就走，在一张空桌旁坐下来。江河端着碗走到林雨卉桌前坐下吃起来。林雨卉问："有事吗？"江河笑笑："没事就不能陪你吃饭吗？"

林雨卉刚要说话，却看见另外一张桌上的陆见川站起来。陆见川大声说道："各位老师，各位同学，我向大家检讨！"

所有的人都愣住了，目光投向陆见川。陆见川接着说："我昨天在拍戏的时候，打了罗丹，我不对，我在这里向罗丹同学道歉，向林导道歉，向所有的剧组演员职员道歉，我不应该公报私仇，不应该出手打人，不应该和导演斗嘴，不应该为所欲为。我一定改正。请大家看我的实际行动。谢谢大家！"

说完，陆见川坐下了，继续吃饭，就好像什么事情都没有发生过一样。

所有人都被陆见川这突如其来的举动蒙住了。

任强拍起了巴掌。大家都朝他这里看，也不知道该不该鼓掌。林雨卉跟着鼓起掌来，紧接着大家也都鼓掌表示欢迎。只有罗丹面无表情地坐着。梁铮看看罗丹。罗丹低声说："哎，你说陆见川今天这是检讨还是示威？"

梁铮歪歪头："怎么，人家都道歉了，你还这么想？"

"当然要想，你说这不明不白的……"

"我说老罗，得饶人处且饶人啊，你累不累啊？"

罗丹说："看这架势，是我错了，还是他错了？"

"得得得，你有完没完啊，真絮叨啊。"

罗丹绷着脸："好了，我不说了。我和陆见川扯平了，从今天起，我听你的，当一个动手不动口的君子，行了吧？"

"你说什么？"梁铮听出罗丹话里有话，他知道罗丹和陆见川还没有和解。

罗丹笑笑："跟你开玩笑呢。我要宽容大度，大到别人想追赶我追不上，嫉妒我到了嫉妒不着的程度。"

梁铮知道，现在罗丹的情绪最好。因为接下来的这几天，应该是罗丹最得意也最高兴的时候——这几场戏不但都是他扮演的秦本亮的，而且都是和宋姗姗的对手戏！

人逢喜事精神爽！

19. 学校操场，早晨，外

丁香的画外音：听说来了日本教官。有一天又到了体育课的时候，大家发现是另外一个人，一个脖子上挂着哨子、拿着体操棒的小胡子站在了楚老师经常站的地方！

丁香这个班的同学们列队操场。

小胡子在给大家训话。

丁香的主观世界，没有声音，只看见小胡子的胳膊挥舞，只看见小胡子的嘴唇在动，却全然没有一点声音。

丁香不时地朝更衣室的方向张望……

丁香的画外音：楚渐离消失了，什么地方也找不到他，他的家也搬走了，就好像他从来没有出现在这个世界上一样。以前的事情难道是场梦吗？

伴着丁香的画外音，丁香走过操场上的单杠，走过跳箱。丁香忍不住抚摸着跳箱的表面……丁香走进更衣室，那个总挂着楚渐离衣服的钩子……楚渐离家门口，那扇窗子……丁香一个人走在街上显得很孤单。

丁香的画外音：许多高年级的学生都离开了学校。他们有的进了关里，有的退学，还有的当了警察。

20. 丁香家，中午，外

丁香在家里干活。

安娜走过来：丁香，怎么不去上学啊？

丁香：妈妈，学校停课了。

安娜惊讶地：停课了，什么时候停课的？

丁香：好几天了……妈妈，我想走。

安娜：走，上哪儿去？

丁香：我想到关里去。

安娜：到关里去干吗？

丁香：他们说关里可以上学，关里有抗日的部队。

安娜：傻孩子，你什么时候有这样的念头？可不能瞎说，这里到处都有日本人的警察，知道你说这样的话是要被处死的。再说你还这么小！

丁香：我不小了！

有人敲门。

母女俩一惊，没有应声。

又有人叫道：安娜大妈在家吗？

安娜打开门。

秦本亮穿着一身伪警察的制服站在门口。

安娜疑惑地：你是谁？什么事情？

秦本亮：您不认识我了？我是丁香的同学。

安娜奇怪地：丁香的同学，丁香的同学怎么会是警察？

秦本亮微笑着点点头：家里不好混了。干点差事养家糊口吧！

安娜：你有什么事儿？

秦本亮：丁香在家吗？

安娜犹豫一下：对不起，丁香不在家，有什么事情可以告诉我吗？我来转告她！

秦本亮从身后拿出一个点心盒：这个是送给您和丁香的。

安娜吃惊地：啊！现在连橡子面都吃不饱，你还有这样精美的点心送给我们？

秦本亮：一点小意思，表达我的情谊。

安娜：谢谢你，但是我们不能要这个点心！

21. 丁香家，室内，中午

丁香：他就是开包子铺的陈大妈的儿子！他们家现在把包子铺改成西点铺了。

安娜：他是你的同学吗？

丁香：他是高年级的同学。

安娜：你认识他吗？

丁香：他还托人给我写过信呢！

安娜：你喜欢他吗？

丁香嗔怪地：妈妈——

安娜：孩子，有人追求总是好事嘛！况且是这么漂亮的女儿。

丁香：我不喜欢他。

安娜：啊！这个问题有答案了。

丁香：什么答案？

安娜：我明白他为什么要送蛋糕了……

22. 路上，黄昏

夕阳西下。

丁香走在路上。

背后传来秦本亮的声音：丁香——

丁香回过头。

秦本亮身着警服从后面赶了上来。

秦本亮：干吗去呀？

丁香：你是谁？

秦本亮笑眯眯地：不认识我了？我是你的师兄啊！

丁香摇摇头：师兄，什么师兄？

秦本亮：我比你高两个年级。我还托梁家桢给你写过信呢！

丁香摇摇头，不置可否的神情。

秦本亮：前两天，我还去给你们家送过蛋糕呢！

丁香：噢——没有听说！

秦本亮：我们家就和你们家隔一条街，我们家开糕点铺子。

丁香：我知道，那是陈大妈家开的铺子。

秦本亮高兴了：对呀，你说的陈大妈就是我妈呀！

丁香点点头：知道了……你怎么穿这么一身衣服呀？

秦本亮：怎么，不好看吗？

丁香：不是不好看，是有点恶心。

秦本亮一愣：你怎么这么说？

丁香：你不上学，怎么当警察了呢？

秦本亮：现在像我这样，谁还上学啊！哎，我跟你说呀，刚才你那句话可不敢瞎说啊！也就是我，你要是碰上别的人，告你一个反满抗日的罪。送到宪兵队，灌辣椒水，可不管你是男的还是女的……

丁香咬着嘴唇不说话。

秦本亮缓和了口气：你们现在年龄还小，国家大事也不懂……这么说吧，咱们是同学，又是老街坊，你有什么事情就来找我……

二

宋姗姗重新回到摄制组以后，对李小贤的态度明显地好了起来。平时嘘寒问暖，拍戏的时候也经常说自己当主角是遇到了好机会，如果有个人物适合李小贤，她肯定也能成为女一号。

林雨卉这些天在和李小贤的接触中也发现这个孩子身上有许多闪光的东西，她决定给李小贤加戏。除了恢复以前剧本中李小贤的戏份之外，还给她增加了新的内容。

那天中午她对李小贤说："小贤，你在剧本里是这样一个孩子，平时不言不语，也显得很柔弱，但是当丁香被日本鬼子抓去以后，大家都不敢去看望她，只有你敢去，而且帮助丁香和楚渐离逃出监狱……"

"剧本里没有啊？"李小贤瞪大眼睛。

"原来剧本中有的，后来怕冲淡丁香的戏，删了。现在我们又恢复了，而且加了内容。你记住，这是很重要的角色，戏越往后，她就显得越重要，懂吗？"

李小贤眼睛里闪闪发光，点了点头。

今天要拍小街的群众场面，大概故事内容就是日本兵打死了一个卖菜的青年，集市上群情激愤，人们又敢怒而不敢言。

空场上来了许多候场的群众，有学校的学生，更多的是附近的农民。大约有上百号人，大家第一次拍电影感到很新鲜。尤其是看着坐在升降机上的陈宇星和穿着日本兵服装的演员，立刻就围过去上下打量。

人多就带来许多麻烦。与当地协商的结果，每个群众演员半天给三十块钱，一个盒饭，一瓶矿泉水。现在是上午十点，一个镜头还没有拍，水已经发完了。有些人贪小便宜，一个人领了两三瓶水。王小斌没有思想准备，场面有些混乱。

摄制组的演员走下车，已经没有水可发了。张嘉兴很着急，但是却毫无办法。

戚园园手里拿着个电喇叭走到摄影机跟前："林导，群众演员来了，可以拍了。"

林雨卉说："你先把演员和学生集合起来，重申一遍纪律，要不然拍摄现场太乱了。"

戚园园应声道："好的。"说着走到一个农用排子车前，跳了上去。

陈宇星坐在升降机上大声喊："林导，我是升到顶再摇，还是边升边摇啊？"

林雨卉也大声回答："升到顶再摇。注意升的时候一定要带前景啊。"

周可欣撑起了一把小阳伞说："哎哟，烦死了，这得候到什么时候啊？"宋姗姗说："拍大场面就这样，有时半天还拍不上一个镜头呢。"李小贤说："我想喝水，水来了吗？"说这话的时候，她的脸色很白。

"好像没有。"任强说。陆见川想了一下走到张嘉兴跟前："张老师，今天的水到了吗？"

"估计是给群众演员分光了。"

陆见川走到一个小青年身边，那个家伙手里拿着两瓶水，屁兜里还插着一瓶。

"给瓶水。"陆见川说。

"五块——"

"不是发的吗？"

"你找人发去呀！"

陆见川掏出五块钱买了一瓶，快步走回来隔着汽车窗子把水递给了李小贤。那个"卖水"给陆见川的家伙走到跟前搭讪："喂，哥们儿，你拍这个电影能挣多少钱啊？"

陆见川白了那个人一眼："你是干什么的？我凭什么告诉你呀？"那人一笑："我们是群众演员，等着拍戏的。"

"那你就等着拍吧。"

"哥们儿别生气,我再送你一瓶水!"

"不要——"

"这是发的……我叫大奎,就是旁边村里的,我可喜欢电影了,你穿的这是什么年代的衣服呀?"陆见川犹豫了一下:"上个世纪四十年代的,你当群众演员,怎么不换衣服呀?"

大奎拎过个塑料袋:"马上就换!你们一个月挣多少钱呀?"

陆见川想想:"不多,够吃喝的了。"

"你这话说的,是一大够吃喝,一个月够吃喝,还是一年够吃喝啊?"

"一天刚够吃饱!"

大奎"嘿嘿"笑着说:"还装穷呢!我们早知道了,你们剧组有好几千万呢!"

大喇叭响起来:"同学们马上到升降机前集合,扮演市民的群众演员到旗杆下集合。"

还在车上的同学们挤着下了车,车厢很快空了。只剩李小贤待在角落里,她居然"睡着"了。

远处陈宇星指挥场工在架升降车,近处戚园园在给学生整队集合:"大家站好,我重申一遍片场的纪律……大家互相看看,还有谁没到?"

同学们例行公事地说:"都——到——了。"

"李小贤还没来。"陆见川扬扬手。戚园园问:"是不是把她落下了,没通知她吧?这孩子……"周可欣说:"没有啊,我们刚才在车上是坐在一起的。"戚园园说:"陆见川,你去看看,怎么回事?"

陆见川跑到面包车跟前,他发现李小贤睡着了。"小贤,小贤，集合了。"陆见川喊道。

李小贤依旧睡着。陆见川有些紧张，伸出手推李小贤："小贤，小贤……"李小贤醒了："怎么了？"陆见川说："集合了，就等你呢。"李小贤起来就跑，她脚下一软，跌倒在地上。陆见川忙扶起她："你的手怎么这么热？"

"我……我有点难受。"李小贤的声音很微弱。

李小贤被送进了附近的医院。李涛也赶了过去。

医生很吃惊："孩子病成这样，你怎么不早带她来看啊？你知道她什么病吗？"

李涛点点头："来拍电影前做过一次化疗，本以为……都怪我这个当爹的，太粗心了。她不要紧吧？"

医生说："应该不会有太大危险，只是一定要注意休息，不能太累……这孩子以前有什么病吗？"

李涛低声说了小贤的病情："大夫，这病就我和孩子知道，你就别在剧组的人面前说了，要说就说是感冒吧。"

医生大吃一惊："你疯了，你这个父亲怎么当的？"

"我不想让大家跟着操心。"

"好吧。你自己看着办吧……反正我们医院也治不了这个病。"

大家都在现场忙碌。李小贤的位置被一个当地中学生暂时顶上。

医院里只有李涛陪着女儿。看着躺在床上的女儿，李涛的眼泪不知不觉地流了下来。

23. 县城门口，日，外

县城城关，来往的人车水马龙，熙熙攘攘。

丁香和周可心、莫愁在路上行走。

丁香：周可心，跟你爸爸说说，就把那个演书童的小伙子给放了吧！

周可心有些着急地：我跟你说，我爸不管这事，放人不放人都得日本人说了算！现在局势这么紧，谁敢多说一句话啊！

莫愁：丁香，那孩子跟你有什么关系呀！他有他的师傅管。你别操心！

丁香：我就是看着他可怜！

身后路边突然响起了嘈杂的声音：赶快散开！闪开——闪开——

丁香她们回身观看，只见几个骑着马的日本兵押解着十几个犯人走过来。犯人的旁边还有几个伪警察在吆五喝六地维持秩序。

镜头停在了一个警察的身上。

丁香吃惊的脸。

那个警察就是秦本亮。秦本亮已经不是以前那个笑容可掬的样子了。

秦本亮押解犯人走过大街。

丁香三个女同学惊讶的神情。

莫愁：你们看，那不是秦本亮吗？

周可心：谁是秦本亮？

莫愁：就是咱们学校最帅的那个，怎么当了警察了？

周可心：我在学校见过他，丁香，你认识他吗？

丁香：不认识！

　　晚上，林雨卉和同学们都来到医院看望李小贤。李小贤很激动，她知道导演是百忙之中来看望她的。大家不住地安慰李小贤，还不停地夸奖李小贤，不过临走的时候大家还以为她得的就是感冒。

　　大家走了以后，李涛对女儿说："小贤，化验结果不太好……白细胞太高了。"

　　李小贤接过化验单很内行地说："爸爸，这还算高啊。我高的时候是这个数字的几倍呢。我没事，就是这两天觉睡得少了。还有大概是早上凉，我穿得少。"

　　"那你应该住院好好治疗几天。"

　　"爸爸，你就别操心了，我是怎么回事，我自己知道的。"

　　"爸爸不是怕你……你要是有了危险，我这个当爸爸的得后悔死。"

　　李小贤使劲让自己笑笑："爸，你说我是不是不该来剧组啊？"

　　李涛点点头："我不知道这是爱你，还是害你……"

　　李小贤勉强坐起来："你怎么能这么说啊？来这儿多让我们长见识啊。爸，我告诉你，我还有一个重要的角色呢……也许林导会为我担心吧，怕我不行。其实，我肯定会演好的。"

　　"你不用急，我看了安排，你的戏都在后边呢，只是时间不到，要不明天我跟林导说说，早点拍？"李小贤焦急地说："别！爸，这事可不能强求，人家林导有林导的想法。咱们得为剧组着想，要是你求了林导，她先拍我的角色，那不把整个计划都打乱了吗？那剧组的损失就大了。"

三

这一天晚上，任强看看房间里没有别人，他悄悄地走到张嘉兴的床底下，拉出了一个纸盒子。纸盒子虽说是张老师的，可是这里却有任强的一个秘密。刚到摄制组的第二天，任强在床底下找东西，看见了那个纸盒子。他知道这是张嘉兴的，就对尹小航说："你说张嘉兴这个破纸箱子有什么贵重的东西，还不让咱们动！"

尹小航拿着脸盆从任强身边路过："你别瞎动人家东西啊！"

任强说："我又不偷他的东西，我要看看成人世界的秘密！"看尹小航走出房门，任强打开纸箱子。最上面是一件衣服，衣服下是几本书，把书拿开，一盒包装精美的巧克力出现在眼前。任强当时可能太馋了，也可能觉得吃块巧克力也不是什么大错误，他快速地打开盒子，一块块带着金色包装纸的巧克力排列在衬纸上。

任强拿起一块，剥开，放进嘴里。糖很快吃完了，任强手里拿着糖纸，眼睛看着那个"空洞"发愣！他环顾四周，忽然看见桌上的半个剩馒头。任强飞快地从自己的书包里拿出一把刀子，又跑到桌前，用刀子把馒头切出一个与巧克力一样大小的方块，仔细看看，然后小心地用糖纸把馒头块包好，放进铁盒中，然后把纸箱子收拾好。就这样，任强不知道已经吃了几块巧克力了，今天他的嘴又有些犯馋，所以拉开了纸箱。

他又拉开抽屉，拿出那个剩馒头，用小刀仔细地切下一个小方块，然后迅速地打开张嘉兴的纸箱子，拿出那盒巧克力，用手数，一、二、三。然后他拿出一块剥开，把糖放到嘴里，把手里的馒头块包好，放进铁盒。当他从床下爬出来时，一个人站在身后，抬头一看，正是张嘉兴。

"你干什么呢?"

"好像有一只耗子跑进去了。嗯……我去玩啦。"任强站起来转身要跑。

"你给我回来。"

门开了，宋姗姗几个同学拥了进来。任强傻了。张嘉兴对宋姗姗说："都来了吗? 你去通知全体同学，我有重要事情要宣布。"

一会儿的工夫，房间里坐满了男生和女生。

张嘉兴故作严肃："有一个同学偷偷摸摸，隐瞒了大家一件事!"

任强顿时紧张起来，脸有些涨红，额上冒汗。

罗丹和梁铮跑进来："什么事啊? 大家都在这儿?"

张嘉兴说："任强，你自己说!"

任强支支吾吾地说："张老师，我这也算不上什么大错误，我们可以谈个条件，往后我一定听您的话! 其实……我……我不是成心的……"

张嘉兴微微一笑："我就直说了吧，今天是任强同学的生日!"

屋里的人都愣住了。任强也愣住了，每次他生日的时候，爸爸妈妈提前就张罗了。这次到剧组来因为忙乱，他居然给忘了。现在张嘉兴一提，他心里很感动。

张嘉兴说："大家出门在外，又都是独生子女，挺不容易的，现在让我们大家祝任强生日快乐!"大家鼓起掌来。

"您要早一点说就好了，我们也好给任强准备礼物呀!"梁铮说。

张嘉兴笑笑："你们每个人填考试登记表的时候，我就注意到了! 今天我们摄制组特意为任强同学准备好了一样礼物!"大家叫起来："什么礼物？是能一起吃的吗？"

"可以，不过能不能吃就看任强的意思了。"说着，只见张嘉兴走到自己床铺跟前，抽出一个纸箱子。大家有些好奇，任强却傻了。

张嘉兴打开箱盖，拿开上面的书，从下面拿出了那盒巧克力糖。任强呆住了，一时间他不知道如何是好。不过他心里还有点高兴，这盒巧克力如果是给他的礼物，那前几天也就不算偷吃了。

张嘉兴把巧克力盒交到任强的手里："祝你生日快乐！"

尹小航说："任强，这盒巧克力是你的了，可是我觉得这第一块巧克力应该给张老师吃……"

大家一起鼓起掌来。任强傻眼了。张嘉兴犹豫了一下说："对，今天我就吃一块，难得。"

罗丹也说："张老师，你一定要吃。给你巧克力，是代表我们大家的心意，对吧，任强？"

任强一愣，顿时紧张起来："对，当然对，可是……"

罗丹上前一步："任强，你可真是抠门了，吃一块巧克力，怎么就跟吃你身上的肉那么难受啊！"任强大叫："不是啊！"尹小航说："不是啊，你就是抠门，你要是不答应我们就全给你分了！"

任强把巧克力盒子递过去，张嘉兴笑着打开巧克力盒的盖子，任强一脸紧张地注视着他的动作。张嘉兴拿出一块巧克力，郑重其事地剥开。

任强紧张得闭上眼睛，心想，伸头缩头反正都是一刀。

耳边传来张嘉兴的声音："这巧克力还真是好吃……"

任强心中一阵狂喜，绝处逢生一般！

张嘉兴将巧克力糖盒递给任强。罗丹和其他男孩儿叫了起来："嗨，让我们也尝一块！"

说着，几个男生就上前要抢，任强慌张地紧紧抱住巧克力盒子，拔腿就往门外跑去！几个男生紧紧地追了出去。

任强在跑，大家在追，他跑得很快，摆脱了一个又一个的追逐。尹小航拦住了任强，一下抱住了他。任强拼命挣扎："我劝你们还是别吃了吧！哪天我到外面请你们吃火锅！"

梁铮说："任强，我真没想到你这么抠门啊，本来我不想吃，今天一定要吃一块！大家抢着吃你的巧克力是看得起你！"任强说："好好好，我告诉你们，我会变魔术你们信不信？"

"别废话了！把盒子拿过来！"罗丹说。

任强急忙虚头巴脑地做个抓空气往盒子里装的动作，说了声"变"，就把盒子交给了眼前的罗丹。罗丹二话不说，打开盒子抓了一块，其他的人也各自抓了一块，把盒子还给任强："给，自己吃独食去吧！"

任强把盒子放在一边，笑着看着大家。大家剥开金色的糖纸，看都不看，糖就进了嘴里。

尹小航首先叫起来："这是什么糖啊？怎么跟馒头渣子一个味儿啊？"罗丹叫道："这是什么东西，怎么跟肥皂一样，又辣又涩！"陆见川和梁铮也咧着嘴。梁铮说："我们都着了任强的道了！"

林雨卉和江河恰好走过来。林雨卉看着大家的样子很好奇："怎么啦？你们怎么都在外边？吃什么呢？"

任强高兴地说："林导，今天是我的生日，我收到了剧组给我的礼物，我正请他们吃呢，我真高兴啊。"

林雨卉说："给我吃点。"任强拿起盒子撒腿就跑。陆见川一把抓住任强说："导演，您尝尝他的巧克力，您从来没有吃过！"林雨卉走过来："任强，祝你生日快乐！"

任强说了声谢谢，挣脱了陆见川还是跑掉了。还没等林雨卉反应过来，那几个男生也跟着跑了。

林雨卉摇摇头。江河笑笑："咱们跟他们也有代沟，他们不愿意跟咱们玩！"

"你说，要是你在他们几个当中选一个弟弟，你会选谁？"林雨卉忽然问。江河愣了一下："这个问题有点怪，女孩子一般都想有个哥哥，你想要个弟弟？"

"你有弟弟吗？"林雨卉问。

"没有，我也是独生子女。你应该和我一样的啊。我一直在想，我要是有一个妹妹多好啊，没有妹妹，弟弟也行。"

"这几个哪个合格？"

江河想想说："要是好玩嘛，我选任强，要是……能说点什么嘛，我选……"

"选谁？"

"我选陆见川。"

林雨卉有些莫名其妙的高兴："为什么选他？"

"说不太清，这孩子身上有些正义、耿直的东西，比如你要遇到点什么事儿，他会帮你……"

"你真的这么想？那家伙有点倔呀，要生活在一起，还不把你气个半死啊？"

江河说："那我也高兴。男孩子要是太油滑，也不正常吧？"林雨卉没有说话。

"怎么着，拍完戏，认个弟弟带回去？""行——"林雨卉笑起来，"聊聊天可以，带回家可不成！"江河也笑了："你这叫叶公好龙啊！"

四

这一天还是群众场面的戏，不过是校园的戏。这些群众演员有点难弄。因为在校的中学生不能耽误太多的课，眼下是从附近找来三十多个小青年，穿上二十世纪四十年代学生的服装，站在操场上做操、走步、聊天。

拍了一条，林雨卉总觉得假模假式的，休息一下以后，她让戚园园给大家说说戏。

戚园园说："大家听好了，刚才拍的那一条没有通过，因为你们走路太僵硬了，大家放松点，平常你们走路胳膊和腿都不打弯吗？这样有点像僵尸……"

大家笑了。戚园园说："一定要自然，就像生活中一样，两人一组的可以找些闲话聊啊。"

那个叫大奎的小青年说话了，前天他演一个卖菜的农民，今天他演学生："哎哟，这都走了多少遍了，早知道这样，我们就不演了，干耗一天才给三十块钱，你们也太黑啦。再说，昨天的钱还没给呢。"

另一个名叫拴柱的小青年附和说："就是嘛。你能不能再给我们加十块钱？"

戚园园瞪了他一眼："我跟你们谈表演呢，谁跟你讨价还价啦！"

大奎嬉皮笑脸地学着戚园园的口气，却把话倒着说："我们跟你讨价还价呢，谁跟你谈表演啦！"大家哄笑起来。

戚园园急了："你叫什么名字，你出来！"

"我叫什么你管得着吗?"大奎说。

"哎,我们叫什么跟你有什么关系,你以为你是谁呀?"拴柱说。

戚园园大声说:"你们太不像话了,你们是来拍戏的,不是来逗嘴玩的!"

"你看你火什么啊!大不了我们不演了,你另请高明吧。"大奎说。

"你还有理啦?"

"我们哪有什么理啊!但是我们有自由。"说着他对其他的同伴一招手,"都把衣服脱下来,还给他们。"

张嘉兴看看这里在吵嘴,急忙走过来打圆场:"小伙子们,我想你们都是为了电影艺术来的,这电影艺术可是……可是挺……挺神圣的事啊,咱们不能盯在钱上啊,你们想想,这个电影全国放映的时候,你们都出现在银幕上,那是什么样?"

大奎说:"嘿,你这人还挺会忽悠啊!"

张嘉兴认真地说:"这怎么是忽悠?电影一放,你们说不定一不留神成了大腕儿明星呢。"

拴柱说:"电影是艺……术,可是你们也不能铁公鸡不拔毛啊!"

"谁是铁公鸡?我们给你们的劳务费是事先讲好的。你们要这样临时撂挑子可不仗义!"

大奎说:"你们剧组有几千万,可是每天就给我们发三十块钱,也太……抠门了吧?"

张嘉兴哭笑不得:"几千万?谁说的?"

大奎抬起头:"就是你们自己人说的——"他指着罗丹:"对!就是他说的。"

罗丹愣住了,他脸上有点挂不住,那天聊天的时候他为了吹牛，随便就说了这个电影投资少说也有几千万。不料，说者无心，听者有意，谁想到现在成了他们"罢工"的理由。罗丹急不择言说："你……你放屁!"

大奎走上前："你才放屁呢，就是你说的。"

摄制组的几个学生早就看不过刚才大奎的态度，现在一起拥过来。罗丹看看这阵势，更来劲了："闭上你的臭嘴! 我抽你信不信!"

大奎冷笑一声，上前一步举起拳头几乎贴在罗丹的鼻子上："就是你说的!"

罗丹哪受得了这种侮辱，举手就推了大奎胳膊一下，说实在的并不重，而且是打在肩膀上。没有想到，大奎立刻还了罗丹一拳，把罗丹打了个趔趄。

大奎的几个伙伴也围上来，摄制组的学生顿时处于弱势。看见这边有点乱，林雨卉急步走上来，对双方训斥道："都给我住手!"

大奎开始耍浑了，他明知故问："你是干什么的? 躲开!"

"我是导演!"

"导演，一个女的当导演，都说你们拍电影有潜规则，女导演怎么潜规则呀?"

这话一出，大家都愣住了。

刚才大家争吵的时候，陆见川始终冷眼旁观，听见这句话，他上前一步，一句话没有说，只是一拳打在大奎的下巴上。大奎仰面跌坐在地上。不但大奎傻了，林雨卉也愣住了。罗丹咬着牙大声喊了个"好"。

大奎爬起来，看看陆见川，他没有想到这瘦小子有这么大的力气："好小子，要打明着来，别偷偷摸摸的。"

陆见川说："明着来也行，怎么着?"他的话还没有说完，拴柱从背后给了陆见川一下子。陆见川转身冲上前，却被张嘉兴死死抱住。张嘉兴抬头和对面的群众演员说："不能打架，小伙子们，千万不能打架，不用你打他，回去我揍他，我一定狠狠揍他。"

大奎也渐渐平静下来："大家看见了吧？什么演员，就是一帮流氓，他骂咱们，咱们在这大太阳底下晒着，还要挨他们打，这活儿怎么干啊？"

拴柱说："是啊，不能干啦。"

大奎说着开始脱衣服："走啊，谁留下演他们的戏，谁是王八蛋。"

大奎和拴柱一走，其他人也都脱下衣服跟着走了。剧组的人被晾在片场上。

林雨卉呆住了。王小斌恰好不在，只有张嘉兴叫喊着维持秩序，现在可好，人都走了，秩序也不用维持了。

陆见川这一拳让林雨卉非常惊讶，她没有想到，可就是这一拳让她保持了尊严。当有人对她说着侮辱的话语的时候，这一拳比什么反驳都来得更有力量。她有点喜欢这个弟弟了。可是，她是导演，她是这个剧组的领导，当着自己的部下，她不能表示欣喜。同时，面对这些学生演员，她必须不动声色。她是成年人，她是家长，和人家的孩子打架，她要管教自己的孩子。

林雨卉走过来对罗丹说："罗丹你没事撑的，胡说什么啊？哪来的几千万？"

罗丹说："我没说。你怎么能信他们的话，太愚昧了！"

林雨卉继续说："你们没说他就凭空捏造啊？咱们拍的不是《泰坦尼克号》，咱们拍的是《丁香》。几千万，你们真有想象力！"

"你们怎么能动手呢？"张嘉兴说。

"是他先动手的，他先打我的鼻子。"罗丹说。

林雨卉又转身对陆见川说："这件事情和你有什么关系？你也上手去打架，让人家骂我们是流氓，我的脸往哪儿放呀！"

看见大家都不说话，林雨卉缓和了口气："下面的事情都不用你们管，明白吗？"

大家点点头。

挨了导演一顿训之后，同学们聚在一起还有些愤愤不平。回到宿舍，任强说："今天真郁闷，这叫什么事啊，那小子不是欺负人吗？幸亏陆哥秀了一拳，真他妈给力！"

罗丹说："这事不算完，这一拳不能白挨，我早晚有机会找回来。"接着他埋怨尹小航说："尹小航，你那满身的武功呢，关键时刻你怎么不上啊？"

尹小航摊开两只手："我刚闻到火药味，你们就散场啦。"罗丹冷笑一下："这个时候谁能不出拳头？不出拳头的人就是孙子了。"

尹小航看看大家没有说话。

不可思议遇见你

雪 丁 香

第十三章

发电车惹祸

一

24. 断壁残垣，废旧的房屋，黄昏

莫愁和丁香手里拿着个袋子，边说边朝废旧的房屋走去。

莫愁：都被炸毁了，这里原来是个仓库。

丁香眼睛一亮：什么仓库？

莫愁：不知道！

丁香：会不会是放粮食的仓库？

莫愁：丁香，你要饿死了。

丁香：怎么饿死了？

莫愁：我听人说，人要饿死的时候，眼睛就发蓝，眼前就会出现好多好多好吃的，鱼、肉、香肠、大列巴（面包）……

丁香：我什么也没有看见，怎么就饿死了？

莫愁：你刚才说你看见了放粮食的仓库。

两个人边说边走进了废旧的房屋。

25. 仓库内，内，日

几缕光线从毁坏的窗户照射进来。

破损的门。屋里空空荡荡的，给人一种恐怖的感觉。

两个人在屋里走了几步，环顾四周。什么也没有。

莫愁：丁香，我们走吧！

丁香：莫愁，你说，这里面会不会有老鼠？

莫愁：你别说老鼠，我一听老鼠身上就起鸡皮疙瘩！我们快走吧！

丁香：你怕什么？如果真的有老鼠，那还是我们的福气呢。

莫愁：为什么？

丁香：如果真的有老鼠，我们可以把老鼠打死来吃。

莫愁：多恶心！

丁香：我看你还是不饿！

莫愁：饿死我也不吃老鼠。

丁香：如果我们能再找到老鼠的洞，说不定还能找到粮食呢！

莫愁：我害怕。我们走吧！

丁香：你胆子小，出去吧！我还要找一找。

莫愁走了出去。

26. 场景与上场同

丁香沿着屋角查看有没有老鼠洞。

一个角落里，地板上有块微微翘起的木板。

丁香发现了木板。她走了过去，仔细查看着。

特写：木板原来是一个正方形的木盖子，说不定这是地下室的入口。

丁香回身喊道：莫愁——莫愁——

没有人应声，莫愁不知道跑到哪里去了。

丁香硬着头皮去掀那块盖子，盖子没有动。

丁香换个姿势，双手去掀。

盖子打开了，下面出现了地下室的入口。

丁香沿着木梯小心地走下去。

地下室里黑黢黢的，只能隐约感到里面也是空荡荡的。

靠着入口射进的光线，似乎看见一个麻袋形状的东西靠在墙边。

丁香小心翼翼地走过去。

那"麻袋"忽然动了一下。

丁香惊叫：啊——

丁香转身就往外跑。

那个"麻袋"说话了：别怕，我不是坏人！

站在木梯旁的丁香转过身来：你……你是谁？

麻袋：丁香，你是丁香？

丁香惊讶地：你是谁？

麻袋：丁香，我是你的体育老师，还记得吗？

丁香脸上急速变化的表情。

麻袋：我是楚渐离，体育老师……记得吗？

丁香微微点点头。

丁香疑惑地：你怎么会在这儿？

"停——"林雨卉大声叫道。

远处传来迪斯科音乐。

林雨卉大声问："张老师，这哪来的音乐？现场制片，现场制片干什么去啦？"

"在那边拦人呢。导演，你稍等片刻，稍等片刻，我去看看。"

张嘉兴说。

林雨卉扭头对戚园园说："你去跟丁香说，让她走得有点变化。现在她的惊讶应该大于她的羞涩，和在操场更衣室前的戏不一样。"

戚园园答应着。林雨卉的目光从戚园园转向张嘉兴。

张嘉兴来到场外，走到围观的群众面前。他看见大奎提着一个录音机。那音乐声放到了"捣乱"的音量。

张嘉兴笑着说："小伙子，你把它关了吧，我们是同期录音，你这么一弄，音乐全录进去了。"

大奎也笑着说："我专门来给你们配乐来啦。"

张嘉兴哭笑不得："谢谢，谢谢，我们电影有自己的音乐，再说你这迪斯科在故事发生的那个年代也没有啊。"

"没有才新鲜啊，是不是?"他周围的小青年响应着。

张嘉兴严肃了："看来你们是故意来捣乱的啊。你们快给我走，要不我可要找警察了。"

拴柱说："我知道你是在吓唬我们，嘿嘿。"

张嘉兴强压怒火："你们不能欺人太甚吧?"

大奎说："我们是来要欠款的，你们那天欠我们的钱还没给呢。"

"要是说起要钱，我们得跟你们要，那天你们捣乱耽误我们多少时间啊，你们让我们赔大发啦!"

大奎一听这话，把录音机开得更大了。拴柱说："大奎，算了吧。你这……你这太给咱村丢人啦!"

就在这时，陆见川走过来："你关了。"

大奎说："你小子来了，好呀! 我正找你呢! 那天我白挨你一拳，还没还回来呢。你让我打一拳。"陆见川慢慢向大奎走过去。

张嘉兴拉住陆见川。

大奎还得意地扭了起来。张嘉兴看看这个架势，急忙拽着陆见川往回走。陆见川就是待着不动，两眼死死地盯着大奎。大奎还在挑衅："你来啊，看你这细皮嫩肉的样子，我一脚就能把你踢趴下，让你跟我叫爹。"

幸亏这时候，一个小青年带着村主任赶来了。村主任三步两步跑到跟前："大奎，你太不像话了，你怎么还敢到这儿来捣乱？"

看见村主任，大奎收敛了许多，显出一副可怜的样子："主任，那天是他们先打我的。他们欠我们的工钱。"

村主任瞪了大奎一眼："我不管这些，人家剧组可是带着红头文件来的，县里下到乡里，乡里下到村里，配合剧组拍电影，这是现在咱们村最最重要的事！你再这样闹，我让公安局的把你抓起来，你信不信？"

大奎大叫："我不信，我又不是没见过公安局的。我不管什么文件，我就受不了这口气。他们凭什么不给我们钱啊，他是人，咱就不是人？谁爱干谁干，我不干！"

"你们都甭给我废话，配合人家把那场什么群众戏给我拍完，人家不会欠你们钱的。"

"我就不拍！"

村主任大叫起来："你说什么？你个王八犊子，打小我看你就不是一个好种。你敢走，我找你爹算账去！"大奎还是头也不回地走了。拴柱也跟着大奎走了。

村主任声嘶力竭地喊道："拴柱，你给我回来，大奎是你爹啊？"

村主任转头对张嘉兴说："你先别急，咱农村人就是这样，等我再好好做做工作。"

　　张嘉兴叹了口气，回到林雨卉跟前。宋姗姗和江河正在那里休息，看见张嘉兴回来，大家一起问怎么回事。张嘉兴实话实说。江河叹了口气说："唉，又是小半天过去了，真急人啊。"

　　宋姗姗："我觉得他们计划有问题，我的上一个组，拍摄计划前三天就下来了，而我们……有时明天拍什么还不知道呢。"

　　"怎么不知道，昨天的群众戏他们捣乱没有拍完，今天才拍你们仓库的戏，谁想到他们又来捣乱。"林雨卉说。

　　江河摇摇头："不是计划问题，是资金问题，这些村里人以为是他们的地面，他们荒着没有人管，可你在他地面上拍戏，他就眼红了！俗话说，强龙压不过地头蛇。有一些景，剧组不花钱，就得老老实实听人家安排。人家高兴，你才能拍；要是不高兴，你就得跟人家说小话，就得等。特别是这几天，这雨把计划全打乱了……"

　　就在这时候，江河的电话响了，他接过电话："喂，我是江河，你好你好，我这边……快了，他们正抢我的戏呢，提前肯定是不可能，没想到你筹备得这么快，这个戏是我同学的，我不能拆她的台啊……我当然希望能跟你合作一次，而且我这个角色也比较有挑战性。你放心，我争取按时到达就是了。"

　　江河说这些话的时候没有故意让林雨卉听，但只言片语也让林雨卉感到很大的压力。她转身对张嘉兴说："张老师，要不你去买两条烟，看看村主任，问问人家有什么要求？"

　　张嘉兴说："咱们不是有制片主任吗，我可不擅长干这个。"

　　林雨卉苦笑说："咱们人少，又都年轻，你的社会经验比他们多，你就帮帮忙……"张嘉兴叹了口气，勉强点点头。

二

那个大奎闹事表面上看起来是个独立的现象，其实他的想法代表的是整个村民的想法。当地的生活相对闭塞贫穷，但是大家却都有致富的愿望。怎么致富呢？村里没有什么乡镇企业，只能靠大家八仙过海，各显神通。今天从城里来了个拍电影的，城里人多有钱呀！拍电影多有钱呀！没有钱拍什么电影呀！拍电影的能到村里来百年不遇，机会难得！怎么也得从他们身上赚一点吧！

这一两天的遭遇，让林雨卉知道了光有文件不成，还得和村主任沟通一下，"沟通大使"就委派给了张嘉兴。

张嘉兴陪着村主任进了村委会的院子。村主任说："我真没想到，拍电影这么麻烦，要是知道是这样，我说什么也不会答应。"

张嘉兴赔着笑脸："不会吧，您老北京城都去过好多次了，世面见得大了去了，这点小事儿算什么啊！"

"别说北京城，北京天安门城楼子我都上去过。"

"就是就是，我还没上去过呢。"张嘉兴连忙说。

"拍电影都这么慢？不是说三天两天就完吗？"

张嘉兴摆摆手："原想是这样，可是拍得不顺啊，就说那几个小青年吧，这几天因为他们根本就没拍出什么。我们导演快急疯了。"

村主任做了个暂停的手势："我也快急疯了，你们耽误了我们多少事啊？"

张嘉兴连忙说："是是是……真是给您添麻烦了。"说着话，村主任带张嘉兴进了办公室又问："导演是什么级别啊？"

张嘉兴："导演有大小，他们按职称，分级……"

"你就换算成官位和我说吧。"村主任点起一支烟。

张嘉兴想想说："大的导演部长也要给他鞠躬，就是最小的，能独立拍电影的这个——我看起码是个副处级吧！"

村主任很惊讶："有那么大？那和我们副县长一个级别啦。"

张嘉兴说："有。要是低也低不过副处了。"

村主任说："那你们那个导演官还真不小呢。女娃娃当导演行吗？反正我们这一带十里八村没有一个女娃娃当村主任的，当个妇女主任还行。"

张嘉兴苦笑一下："所以她就找我们这些男的来帮忙嘛。我们总不能看她急出毛病来吧？"

村主任塞给张嘉兴一支烟，点上："那是。女娃娃在家带孩子行，到外边做事不行。我看你当导演行。"

"我？我可是不行。"

"你是谦虚啊。你坐啊。"

张嘉兴这才坐下："村主任，我来找你不是来找你办事的，我是来问问，你们村上有没有什么困难，我们剧组能帮忙解决的。"

村主任翻着手里的报纸："好多年轻人都进城打工了，解决什么困难？你们会种地吗？"

"不不不，种地我们可是外行。"

村主任说："对了，我看你们那个发电车挺有劲的，这些日子，我们村里总是停电，田里的水稻要水呢。水上不来，弄不好，今年要减产。你们能给我们带一带水泵吗？"

张嘉兴心中一亮："没问题，什么时间用你尽管说，只要不和剧组冲突就行啊。"

说着，张嘉兴又递给村主任一个报纸包，里面是两条硬包的中华烟。村主任放下报纸笑了："我说你能当导演嘛，你就是能当导演啊。"

就在张嘉兴和村主任谈判的时候，拍摄现场安静了许多，也没有人来捣乱了。林雨卉抓紧时间接着拍仓库的戏。

27. 仓库门外，黄昏，外

莫愁不安地在外边走来走去。

莫愁：丁香——丁香——你找到老鼠了吗？我们走吧！

28. 仓库地下室内，黄昏，内

楚渐离：丁香，我原来的公开身份是体育老师，我真正的身份是抗日部队的军官。前几天我到这里来侦察，被日本人发现了，我的腿被打伤了，逃到这里……枪也不知道丢到什么地方了。

丁香哭了起来。

外面传来莫愁的声音：丁香——你在哪儿？我们走吧！

29. 仓库门口，黄昏，外

莫愁：丁香——我们走吧！

30. 仓库地下室，黄昏，内

楚渐离：我的事情和谁也不能说。你帮我一个忙，找到我的妻子，她现在住在娘家，你告诉她，她会想办法的。以后你就不用再管了，也不要再来了。

丁香：我不能把您一个人丢在这儿……

楚渐离：你这就是帮我天大的忙了。见到你真高兴！

丁香：你吃什么？

楚渐离没有说话。

当天晚上，发电车就停在田边的公路上，开始给村里浇地。发电车隆隆作响，水田里，水泵飞转，水沿灌渠流向远处。

村主任笑得合不上嘴："老张啊，你真是一个大好人啊，真没想到你们的发电车还能带水泵。太好啦，这下给我们村解决大困难啦，今年稻子要是丰收了，我们村上北京给你们送喜报去。"

张嘉兴连忙说："这是应该的，这是应该的。"

村主任又说："我说你能当导演嘛，你比导演还行哩。"张嘉兴总觉得村主任这句话里有玄机，是不是懂人情世故的意思呀？

几个同学听说张嘉兴晚上要用摄制组的发电车去"浇地"，非常好奇，跟着张嘉兴来到地头。他们听了村主任的话虽然有点不懂，但是觉得很好玩。

张嘉兴给村主任点上一支烟说："村主任，这回我得求你帮我了。"

"不就是那几个孩子的事吗？你们什么时候拍戏，我去就是了。我就在那儿坐着，他们要是再敢闹腾，我非把他们的屁股打烂不可。"

陆见川爬上了发电车，凑到司机的旁边递上了一支烟说："师傅，您教教我。"

"没什么难的，叫你弄，你也能行。听说你会修汽车？"

陆见川看看车上的发电机点点头。

张嘉兴推着大家往回走："行了，别在这儿凑热闹了，回去吧，你们是来学拍电影的，不是来学农的。早点睡吧！"

还有几分钟就十二点了，江河站在楼下看见林雨卉的房间还亮着灯，于是走上楼去，敲门走进林雨卉的房间。

果然林雨卉也在为进度发愁，墙壁上有张被画得乱七八糟的进度表。

"我知道你就在这儿发呆呢。"江河说。

"不发呆也没有事做啊。"

江河拿过一沓纸说："喏，我把我还没拍的戏全拉出来了。"

林雨卉说："不用你惦记，组里有计划的。"

江河揶揄地说："是吗？我倒是觉得好像没有计划似的。"

林雨卉把一个文件夹摔在江河面前："你自己看。"

江河翻翻夹子里面的内容说："既然这样，你们怎么不拍夜戏啊，这一个晚上就白白耽误啦？"林雨卉说："发电车给村里发电带水泵浇地呢。"

江河大吃一惊："什么，什么？你说什么？"林雨卉回答："发电车不仅仅能发电拍电影，还能浇地！"

江河叹了口气："太业余了，这不是开玩笑吗？"林雨卉："是啊，还是一个认真的玩笑呢，为了拍戏的时候得到村民的支持！"

江河说："你怎么利用你的条件都行，但是你拖期了！"林雨卉点点头："原来还存在幻想，可是现在怕是真的来不及了。"

"他们今天要是不来电话，我也不会来找你。"江河说。

林雨卉半天没有说话。

江河叹了口气："我们这是毕业以后的第一次合作，我一直等待着这个机会。不要紧，我还能坚持一周，我们一起加油，说不定就把我的戏拿下来了……你按照我的计划试试!"

"万一完不成呢?"

"我还是那句话,我该走的时候我得走,我不是发电车!"

林雨卉摇摇头:"早知道这样,我为什么自找麻烦拍一部这样的电影呢。我真是自作自受啊。谢谢你的进度表,不过我有自己的安排,你放心,时间一到,你就走。我不会耽误你一分钟。"林雨卉缓缓转过身,拿过江河的进度表看了一会儿,一句话也没有说。

三

31. 丁香家,晚上,内

昏暗的烛光下。

丁香把一卷纱布和一些药瓶子放到书包里。

丁香把几个混合面的饭团子放进去。

丁香走到一个罐子前面,用碗从中盛出一碗棒子面,犹豫一下倒回半碗,想想又盛满一碗,仔细放进一个小布袋……

丁香把自己的床褥子掀开,从下面抽出毛毯,叠好。

隔壁传来妈妈安娜的声音:丁香,还不睡觉啊?

丁香慌乱地:我在做功课。

安娜:不是不上学了吗?

32. 一幢房子的面前,日,外

丁香走到房门跟前。

丁香四下看看，上前敲门。

一个面貌凶悍的男人开门：你找谁？

丁香：请问您，孙大妈住这儿吗？

男人：孙大妈？哪个孙大妈？

屋里传来一个女人的声音：孙大妈去世了。

丁香心中一紧：她女儿呢？

女人的画外音：走了，找她丈夫去了。

丁香：这不是她的家吗？

男人严厉地：这是我们的家。

话还没有说完，门就被关上了。

丁香愣愣地站在那里。

丁香去敲隔壁家的门。

我们看见丁香在和一个老妈妈说着什么。

丁香沮丧地走在路上。

33. 仓库地下室，晚上，内

一支蜡烛的火焰衍射出一圈圈彩色的光环。

光环中，丁香坐在楚渐离的身边。她从家里带来的东西——摆在地上。

楚渐离斜靠在墙上，大口吃着丁香带来的混合面团子，偶尔喝一口水。看得出来，他的神色非常凝重。

丁香：你不要着急，我再打听打听！

一把剪刀将裤腿剪开。丁香微微有些发颤的手。

楚渐离受伤的小腿显露出来。

丁香惊讶地：啊——这么严重呀！

楚渐离：你把蜡烛给我。

丁香把蜡烛递给楚渐离，楚渐离把剪刀放在烛焰上烤着。

楚渐离：你回过头去。

丁香：干什么？

楚渐离：我把上面的脏东西去掉！

丁香不由得倒抽一口凉气。

楚渐离：回过头去。

丁香：我来——

剪子在伤口上游走。

楚渐离不由得发出轻轻的呻吟。

丁香：没有消炎药，只有两片阿司匹林。

楚渐离：没有关系！这时候能有两片阿司匹林太难得了。

丁香：吃下去吗？

楚渐离：碾成末放在伤口上。

丁香：管用吗？

楚渐离：我想管用，反正是能消炎……

34. 丁香的家，晚上，内

丁香上前推门。

门是锁着的。

丁香敲门。

安娜从里面问道：谁？

丁香：妈妈，是我——

妈妈安娜给丁香打开门，等丁香进来后急忙把门关上。

丁香：妈妈，怎么这么紧张？

安娜：丁香，你怎么忘了敲门的暗号？现在治安很乱！

丁香：我敲门了。

安娜：我听见你敲门了，坏蛋也会敲门！你要这样敲门，咚咚咚——咚——三短一长……

丁香笑了：好！咚咚咚——咚，三短一长。

安娜：不是开玩笑。

丁香笑着说：我没有开玩笑。

安娜：丁香，和你说一件重要的事情。

丁香警觉地：什么事情？

安娜：陈大妈来给你提亲啦。

丁香惊讶地：给我提亲？

安娜：就是……

丁香：你现在就要把我嫁出去？

安娜：不是妈妈要把你嫁出去，是许多追求者要把你娶过去。

丁香生气了：我一辈子不嫁人。

安娜：好好，我们一辈子不嫁人，可是你想不想听听是谁想娶你呀？

丁香：不想听！

安娜：好好，妈妈就不说了。

丁香顽皮地：你想说吗？

安娜也顽皮地：你想听吗？

丁香：你要想说就说，我可以满足你。

安娜：明明是你好奇，却说为了满足我，好好，为了满足我说话的欲望，我告诉你，想娶你的人是陈大妈的儿子秦本亮。他妈妈说你们还是同学呢！

丁香的脸沉了下来：您说完了吗？

安娜：说完了，听说那个小伙子很聪明，也很漂亮！

丁香：我什么也没有听见。妈妈我告诉你，他不是我的同学，他是日本人的警察！

安娜：啊——是不是就是那天给我们送点心的那个小伙子？

　　这两天戏拍得很顺利，大家都很高兴。林雨卉脸上也便有了些喜色。这一天傍晚拍完戏，几个男生说要走着回宾馆，林雨卉也就答应了。

　　走着走着，天渐渐黑了下来。任强看着天上刚刚出来的星星感慨地说："我喜欢剧组的生活，不用上课，也不用做作业，多好啊。"

　　梁铮也说："我现在想以后报考电影学院了。"

　　"要是这样，我就是你的领路人啦。"罗丹总不忘自己对别人的恩惠。

　　陆见川默默地走着。他忽然拽了身边的尹小航一下："你们快看！"大家奇怪地顺着陆见川的目光看去，只见大奎带着七八个孩子从路边的树丛里走到了路中间，他们拦住了剧组孩子们的路，手里都拎着棍子。

　　两边的孩子对视着。陆见川走上前："你们要干什么？让开！"

　　大奎笑着说："我们可是在这儿等你们好长时间了。"

罗丹说："你们要干什么？"

"干吗？教训你们，让你们知道在这个地方谁是大王，谁是小王！"陆见川脱下了外衣，拎在手里："要打，你们对我一个来，你不就是恨我吗？这和他们没关系。"

"嗬，你还挺……挺仗义啊，我打的就是你的仗义！"拴柱说。

尹小航说："我们赤手空拳，你们都拿着棍子，算什么本事啊？"

大奎回头对他的伙伴说："把手里的家伙都扔了。都上呀！"

村里的小子们都扔了手里的棍子。只有两个还拎着棍子扑了上来。俗话说，好汉难敌四手，恶虎难斗群狼。农村的孩子到底是身体结实，又加上人多，剧组的学生立刻显出了弱势。几分钟的工夫，剧组的学生就不成了。一开始两边的孩子打成一团，一根棍子打在陆见川的肩膀上，陆见川一屁股坐在地上……剧组的孩子人手少，很快都被打倒在地上。

大奎走到陆见川面前还要打，被拴柱拉住了："再打会出人命的。"

大奎冷笑一声："那我就饶了你，告诉你，这事还不算完，以后，我见你们一次，打一次。"任强在地上大声喊："我们都给你们地里浇水了，你们怎么还打人啊？"

没有人搭理他，大奎带人扬长而去。陆见川爬起来大声喊道："来啊，王八蛋，老子又爬起来了！"

大奎一边往回走一边说："怎么，不服啊？"

拴柱拽住他："你还要干什么，弄大了，就得进派出所！"大奎想了一下，转身走了。

任强看看天上的星星，还是刚才那个星星，心情却完全不一样了，他大声哭了起来。罗丹完全没有了刚才的气势，对梁铮说：

"拉我一下，屁股可能伤着了。"

陆见川看看大家都站起来，说："有受伤的没有？"

大家默默地摇摇头，陆见川说："我们打架的事谁也不许说出去。"

"那当然！"罗丹附和道。这时他看见陆见川眼睛里有种让人害怕的目光。

四

第二天上午，拍摄景地在县里的旧城区。今天是带群众场面的，拍摄前一切准备就绪。村主任亲自前来坐镇，他很认真地坐在林雨卉旁边的一把椅子上。林雨卉一挥手说："预备——"村主任也学着导演的样子一挥手："别吵啦，预备啦。"

林雨卉愣了一下笑了："主任，我喊了预备，你就不能再喊了。"

村主任："行，你喊了预备，我就不喊了。"

林雨卉再喊："预备——开始。"

35. 集市上，中午，外

丁香手里拎着个小包袱在前面走，后面不远的地方出现了秦本亮的身影。今天他没有穿警服。

丁香走到一个成衣小铺的跟前。秦本亮就走到对面的一个茶馆前面停下。

丁香走进了成衣铺子。

36. 成衣铺子，中午，内

看见丁香进来，老板放下手中的活计，招呼：小姐，是做衣服还是买衣服呀？

墙上挂着一些衣服，老板桌子上还摊着正在缝制的衣服。

丁香打量着墙上的衣服。

老板热情地向丁香推荐着女装。

丁香听而不闻。

丁香指着墙上的一套中式男装：这身衣服多少钱呀？

老板：小姐问这套衣服啊，两块钱！

丁香惊讶地：啊，这么贵！

老板：小姐，不贵呀，现在要不是兵荒马乱的，这身衣服怎么能卖两块钱呀！起码这个数。老板伸出手指，比画了个八字。

丁香：有没有便宜的衣服呀？

老板从一摞衣服里拿出一件男上衣：这件便宜，我一块钱卖给你。

丁香：有裤子吗？

老板又找出了一条男裤：一共一块五。

丁香：我没有钱。

老板有些嗔怪地：小姐，您没有钱买什么衣服呀？

丁香：我拿衣服跟你换。

老板：换？

丁香把手里的包袱放到桌上，打开。

丁香那件红色的衣服出现在眼前。

丁香：我拿这件衣服换你这两件。

老板拎起衣服看看，摇摇头：这样的衣服不实用，卖不了几个钱。

丁香：你到底换不换？

老板：我问你，你一个小姑娘买这样男人的衣服干什么？你们家大人呢？

丁香：你换不换？

老板：只能换一件上衣。

丁香把衣服包好拎起就走。

老板拦住她：好，我们再商量商量……

37. 成衣铺门口，日，外

茶馆门口的秦本亮看见丁香走出门，急忙躲在一旁。

38. 路上，中午，外

丁香走在路上，穿着警察衣服的秦本亮不远不近地跟着，似乎并没有回避丁香的意思。丁香停下来。

秦本亮笑容可掬地跟上来。

丁香：你总跟着我干什么？

秦本亮：不想让我跟着你是吗？

丁香：不想！

秦本亮：那你告诉我，你到哪儿去了？

丁香：我去哪儿为什么要告诉你？

秦本亮：我要对你的安全负责。

丁香生气了：你是谁？我凭什么要让你对我的安全负

责？我告诉你你不要无理取闹！

说着话，丁香就往前面走。

秦本亮：你不会着急去仓库吧？

丁香忽然呆住了。

片刻之后，她转过身：你说什么？

摄影机在轨道上移动着。大家在聚精会神地拍摄。

不可思议遇见你

雪丁香

第十四章

偷枪的后果

一

今天还是拍摄小树林里丁香和秦本亮的对手戏。这一场是秦本亮最后一次出现在影片里，因为再过一会儿，他就要被丁香打死了。

39. 小树林，黄昏

丁香走进小树林，偶尔传来一声鸟叫，丁香四处张望。

手里裹着布的锤子放进一个树洞里，她又把手伸进树洞摸了几次。

秦本亮出现在她的身后：丁香，你干什么呢？

丁香猛转身：你……什么时候来的？

秦本亮：我早就来了。

丁香：你看见我了？

秦本亮：是啊。

丁香：你……你看见我怎么不叫我啊？

秦本亮：我怕吓着你，你往树洞里放什么啊？

丁香忙搪塞：哦，我好像看见一只松鼠。

秦本亮：哈哈哈，想抓松鼠，用手可不行，得用笼子或者套子。你要是喜欢，我给你抓一只。哦，你想好了吗？你别傻了，楚渐离早晚得被日本人抓去。

丁香：只要你不告密，他就不会被抓走。

秦本亮：你同意嫁给我了？

丁香笑了一下，却不回答。这是一种努力克制才获得的平静。

　　秦本亮走近丁香。

　　丁香：你的鞋带开了。

　　秦本亮低头系鞋带，丁香飞快地从树洞里抽出锤子，用力砸下去。秦本亮无声地倒下。丁香飞快地从秦本亮身上拿下手枪，用包锤子的毛巾包好，转身就跑。

　　丁香在树林中穿过。

林雨卉大声喊道："停——"

扮演丁香的宋姗姗和扮演秦本亮的罗丹走到监视器前面。林雨卉说："拍得不错，罗丹，你走路怎么有点瘸呀？我们确定人物的时候没有给秦本亮这个特点呀！"罗丹苦笑了一下说："导演，昨天膝盖碰了一下，稍稍有点不得劲儿。还要重拍吗？"

"不用了，就这样！"

拍摄休息的时候，枪械员在擦枪。陆见川走过来。

枪械员刚把手枪从宋姗姗手里要过来，陆见川说："待会儿不是还要用吗，你要过来干什么？"

"你知道这是真枪还是假枪？"

"不知道。是仿真的吧？我再看看。"陆见川凑过来伸手拿枪。他看见这支枪罗丹已经拿了好几次了，罗丹扮演的秦本亮身上总带着这支枪。

枪械员："哎，别动，这可是真家伙。你以为这是你们小孩子玩的枪哪？这可是要命的东西。"

"这叫什么枪？是五四手枪吗？"

枪械员撇撇嘴："你们这些学生真是孤陋寡闻，四十年代能用五四手枪吗？这个叫马牌撸子，里面那支叫枪牌撸子……"他指指箱底的那支。

陆见川说："这枪用的子弹不是没有头吗？"

枪械员说："没有头也照样能伤人。需要的时候里面装上火药，叫空爆子儿，枪口能冒火，就跟二踢脚似的。我就遇到过，没看住枪，让演员拿着乱比画，结果走火了，把人打坏了。"

听枪械员的一番话，陆见川动了心思，若有所思地走开。他又停住脚步，回头看枪械员。就在这时，枪械员的手机响了。

枪械员大声通电话："喂，你啊，你怎么样？什么？在哪个组？哦，拍得顺利吗？你大点声，我听不见，我这儿信号不好，你等一下我换个地方。"说着，枪械员走到树林一片宽敞的地方。

陆见川左右看看，快步走到枪箱子前，打开箱盖，拿出那支箱底的枪牌撸子。他又拿了两颗空爆子儿，塞到了腰带上，然后用衣服盖上腰带。

40. 仓库门口，黄昏，外

丁香惊慌失措地跑过来。

丁香四下看看，走进仓库。

丁香扒开地下室的木盖，走了下去。

41. 仓库地下室，黄昏，内

楚渐离看见满脸紧张的丁香，立刻警觉起来。

楚渐离：丁香，你怎么了？

丁香打开书包从里面掏出一支手枪。

手枪特写。

　　楚渐离吃惊地：手枪，哪来的手枪？

　　丁香：我把他打死了！

　　楚渐离：慢慢说，怎么回事？把谁打死了？

　　丁香：秦本亮，我把秦本亮打死了！他知道你藏在这儿了。他说如果我不嫁给他，他就告诉日本人……这就是他的枪……

　　楚渐离：有没有别人看见？

　　丁香：没……没有……我们在小树林里……

　　楚渐离沉思片刻：丁香，别慌！我的伤好一点了，我今天晚上就离开这儿。

　　丁香：我一会儿再给你拿点吃的来。

　　楚渐离严厉地：你绝不能再来了，听见了吗？有了枪，就是遇到点情况也能对付！

　　丁香：你去哪儿？

　　楚渐离：你放心吧！

　　宋姗姗：你的伤还没有好，我怎么放心啊……你还会回来吗？

　　江河：我当然会回来。

　　宋姗姗：我舍不得你走。

当天晚上，吃过晚饭，陆见川把大家叫回宿舍，关上门。

大家看他神秘兮兮的样子，都猜不出他要干什么。

陆见川从腰里拿出那支枪牌撸子手枪"啪"地拍在桌子上。大家吓了一跳。

　　"我要让这帮家伙跪在地上向我求饶。"陆见川说。大家倒吸了

一口凉气。

"哪儿来的?"罗丹问。

"从那个装枪的箱子里拿的。"

"怎么带回来了,枪械员拍完戏不是马上就收吗?"

"我先借一下……"陆见川就是不说"偷"这个字。

任强伸手拿起枪,掂了掂说:"这么沉啊,这可是真家伙。不许动,举起手来。陆见川,你真行啊,这下我们有武器啦——不过,这……行吗?"

尹小航拿过枪:"我看这事不这么简单吧?"

"怎么了?我不过是吓唬吓唬他们。"陆见川说。

尹小航说:"陆见川,这可是真枪啊,偷枪和藏枪,都是犯法的啊。"陆见川说:"嘀,你还挺明白呢。"说着,罗丹把枪拿到自己的手里。罗丹说:"我爸爸有个同事的儿子,一个比我大五岁的男的,还大学生呢!去年就因为自己做枪,被公安局的带走了,听说为这事,他被拘留了好长时间呢。"

陆见川看看大家,虽然也有点心虚,但他觉得眼前这些人都是些"说大话,使小钱"的家伙,尤其是罗丹,咋咋呼呼地装横,事到临头就尿了。他硬着头皮说:"你们都别来掺和,只要保密就成。我一人做事一人担。看来跟你们在一起,什么事儿也成不了。昨天挨打你们都忘了……"

梁铮说:"这可不是胆大和胆小的事儿,这个仇咱们肯定要报,可是得讲究方法,我可不想因为报仇而失去朋友。"

"什么意思?"

"报仇归报仇,要是因为报仇偷枪,被抓起来了,那这个仇还能报吗?再说,你要是为这个出了事儿,那大家都得为你着急。"

罗丹也说："陆见川，赶快把枪送回去，要不你把枪给我。"

"我凭什么送回去呀，要没有用呢？给你干吗？"

"我给你送回去。就说我昨天拍完戏忘了交了。"

陆见川摆摆手："要交我就不拿回来了。"说着，陆见川从衣兜里拿出了那两颗"子弹"，大家又吓了一跳。陆见川笑着说："看来你们将来都不是做大事的人，一点魄力都没有……"说着，他把两粒空爆弹压入枪膛，然后把枪扬起来，对着窗外说："你们说，我要是用这枪逼住大奎那小子的脑门儿，他会怎么样？"

任强的声音有些发抖："那还用说，尿裤子呗，不过太危险了。"

"危险什么？肯定死不了人。今天晚上咱们就去，吓唬吓唬他，明天我就把枪还回去。"陆见川说。罗丹走过来严肃地说："陆见川，把枪给我。"

"干吗？"

"让我玩一下。"

陆见川把枪递给罗丹。罗丹看了看枪上的商标，他带过的那支枪把上有只狗，这只没有。

陆见川说："里面有子弹，快把枪还我。"

罗丹说："陆见川，我真是为你好，快去还给枪械员吧。"

"少废话，把枪给我。"

那天晚上，江河正坐在林雨卉的房间里讨论剧本，外面传来急促的敲门声。

张嘉兴和枪械员没等答应就进了门。王小斌紧跟在后面。

"什么事这么急？"林雨卉问。

张嘉兴指着枪械员："林导，出大事了！"林雨卉和江河愣住了。张嘉兴和王小斌一起说："枪丢了。"

枪械员把丢枪的事情从头到尾说了一遍。刚一说完，林雨卉就说："枪丢了？那赶紧报警啊。"王小斌和枪械员一起看着张嘉兴："是要报警了，可是张老师说……"

张嘉兴大口喘着粗气："我不是说不报警，我怕万一是咱们剧组的孩子为了好玩偷了枪，要是报警了，那麻烦就大了，警察要是查到枪，把人带走，咱们剧组就说了不算了，应该先在剧组里查一下。"

就在这个时候，远处传来一声枪响。

听到枪声，大家愣住了。枪械员大声说："枪声！这就是那支枪！"

大家急忙拥出门。

"好像是男生宿舍！"张嘉兴说。

原来，陆见川看罗丹不把枪还给他，过来就抢，抢夺中扣动扳机，枪响了。大家全都呆住了。

站在门口的尹小航说："不好，好像有人来了。"罗丹一愣。陆见川趁势把枪拿在手里。罗丹眼见他塞进了被子里。任强冲过去，关上了电灯。

王小斌、张嘉兴和枪械员走到男生宿舍门口站住，后边跟着林雨卉和江河。张嘉兴上前敲门，没有人答应，张嘉兴把门一推，门开了。

张嘉兴摆摆手自己先走了进去，只见同学们都躺在自己的床上。张嘉兴打开电灯，朝后面招招手，王小斌、枪械员、江河、林雨卉都走了进来。

"怎么睡了？"张嘉兴问。任强回答："是啊，刚睡。"

"睡了怎么还穿衣服啊？"

大家都不作声。林雨卉大声说："有紧急事情，大家都起床！"

大家掀开被子从床上爬起来，站在床边，一脸无辜和惊奇的样子。

"都别装了，我问你们，是谁偷走了那把枪？"张嘉兴说。

大家互相看看，不知道怎么回答。枪械员气急败坏地大声喊道："你们知道吗，这是要出人命的事啊！你们胆子也太大了。我差点报警，你们知道吗？不但你们要坐牢，我也要坐牢！谁偷的，赶快说！"

林雨卉点点头："要是警察干预了这事，偷枪人的结果就不好说了。"

罗丹凑到陆见川的床跟前，悄悄从被子下拿出枪。

张嘉兴说："现在这事还没捅出去，好解决，只要你们把事说清楚就行了。"

枪械员打断他的话："张老师，您还不能把事情说得这么简单，偷枪可是大事……"

任强笑笑："林导，你逗我们玩吧？有这么严重吗？"

张嘉兴大声训斥说："任强，你别在这儿装蒜，都什么时候了？"

"你们胆子也太大了，你们太不像话了，你们……说呀！"王小斌说。

没有一个人说话，大家也不互相看了，因为大家心里都有数了，就看陆见川这个时候的表现了。大家也做好了被搜查的准备。林雨卉说："好，既然你们都没有偷，那我们就只有报警了。"

江河又加重了语气说："枪在谁的手里，快交出来！因为这事报了警，不论找得出来找不出来，咱们剧组都可能停拍。"

大家沉默不语。一时间，林雨卉真的觉得这枪不是他们拿的。她真是一喜一忧。喜的是孩子们没有犯错误，忧的是这枪没有着落，下面怎么办。就在这时，罗丹举起右手说："枪是我拿的。"

　　大家都惊讶地看着罗丹。最吃惊的是陆见川，他下意识地把手伸到被子里，他清清楚楚地记得刚才是自己把枪塞进去的，可是现在他看见罗丹手里拿的就是那支枪牌撸子。

　　陆见川刚要说话，罗丹的手搭在他的肩膀上，手指还重重地捏了一下，陆见川不知道罗丹要干什么，要说的话咽到了肚子里。林雨卉吃惊地看着罗丹说："你偷的？你……你为什么偷枪啊？"

　　王小斌严肃地说："罗丹，你跟我们来一下。"

　　罗丹跟着王小斌他们来到了林雨卉的宿舍。罗丹把偷枪的原因说了一遍，大意是说这枪自己拍戏的时候一直带着，后来忘了还回去……就带到宿舍里来了。枪械员想了一下说："不对呀！我记得收回来了。"这个枪械员有些死脑筋，他认为如果按照罗丹说的，他没有收回来，那他就有责任了。如果是罗丹从他那里拿的，那责任就都是罗丹的。

　　"你没有说实话，那枪我明明收回来了。枪套还在我这里，而且是一支马牌撸子，现在这一支是枪牌的！你没有说实话！"

　　罗丹傻了，一时不知道如何圆这个谎。枪械员又说："除了枪之外还偷什么了？"

　　罗丹有些奇怪："没有什么！"

　　"刚才那一枪是不是你们打的？"

　　罗丹犹豫地点点头。

　　"子弹哪里来的？"

　　"枪里就有的呀……"

　　"那就更不对了，我给你带着的枪里根本没有子弹。"

　　罗丹现在只有两条路。一条路是实话实说，说是陆见川偷的。可是他怎么能这样做呢？刚才他仗义了一把，现在又在人家不在的时候告发人家。在陆见川的心目里，甚至在所有同学的眼睛里，那可真是要当一辈子的小人了。还有一条路就是自己承认是从枪械员的箱子里拿的。这一刻，他忽然想起了"相机"的事件，他有些理解陆见川了。

罗丹说："枪是我从箱子里拿的，子弹也是我从箱子里拿的。"枪械员马上对王小斌说："王主任，您听明白了……"王小斌明白了枪械员的意思，但也找补了一句："你也有保管不善的责任！"

接下来，王小斌又问："你没有全说实话，告诉我拿枪干什么！"

罗丹有些紧张，于是便把和大奎打架，半路上挨了打的事情说了一遍。自己咽不下这口气，于是偷拿了枪准备吓唬吓唬他们。都是实话，只是把偷枪的陆见川换成了自己。

听完这番话，大家更是吃了一惊。林雨卉和张嘉兴都出了一身冷汗。万一他们拿枪去吓唬人，那后果就不堪设想了，即便没有伤人，也会酿成大祸！这帮孩子真是太年轻了！

"你们胆子太大了！"张嘉兴喊了起来。罗丹装作十分委屈的样子说："就是咽不下这口气，他们凭什么那么打我们啊？"

林雨卉也激动起来："动什么也不能动枪，人命关天啊。你明天马上收拾行李，离开剧组。"江河一下子按住林雨卉的肩膀："我们研究一下再做严肃处理！"

罗丹傻了，他怎么也没有想到会有这样的结果。他本来想替陆见川"扛事"的，这时候他才发现把问题想简单了。可是事到如今，反悔也有些晚了，但是他心里有点欣慰，如果是陆见川来，也是这个结果。自己这样仗义，大家早晚都会知道的，他心里暗暗欠着陆见川的那笔心灵债可以偿还了……这么一想，罗丹有些踏实了，甚至有些大义凛然的感觉。

林雨卉的房门被推开了，陆见川和几个同学蜂拥进来。"导演，实话实说，那枪和子弹都是我拿的，一切责任在我。"陆见川说。

林雨卉冷笑说："罗丹拍了那么多镜头，就这么把他开除了，我还得想想损失有多大，你要是替他承担责任，这个问题就简单了。你说实话，事情真是你干的?"

陆见川点点头："没错!"罗丹大声说："他胡说，枪是我拿的，与他无关!"

罗丹这句话让陆见川心里还真的有些感动。他于是拍了一下罗丹的肩膀说："罗丹，你的心意我领了，不要再争了，又不是什么好事!"

眼前的这一切，林雨卉表面上不动声色，心里却感到十分欣慰。

林雨卉本来就是想吓唬吓唬这些少不更事的少年让他们吸取教训，现在看他们这样表现，有些欣慰但仍然绷着脸说："这件事情先不做决定，等制片部门开个会研究以后再说。"

二

为了缓和剧组孩子和村里孩子的关系，张嘉兴想出了个办法——打擂台!

这办法从理论上说绝对没有问题，但是实践机会很少。于是那一天下午，在村里的场院上出现了热闹的景象。

一边是大奎、拴柱等一拨农村小青年，另一边就是《丁香》摄制组的男生。旁边自然还围了些看热闹的老乡。

张嘉兴手里拿着个电喇叭，站到中间说："古时候好汉打架都摆擂台，都明打明地来，很仗义的，叫作以武会友。今天我给各位也摆下一个擂台，我希望大家这场比赛完了，也成好朋友。现在各位英雄好汉都在明处，可以好好展示你们的身手。在暗处靠打埋伏取胜不算英雄。我说得在理不在理啊？"

拴柱笑着说："在理，在理。可是明着来，他们也不是个儿啊。"任强不服气地大声说："你少废话，来啊，要是不带家伙，不使暗器，单挑你们根本不是个儿！"

农村孩子们大笑起来。任强被笑得火了，他边挽袖子，边走上来："你们来啊，谁上？"

农村孩子左推右搡，拴柱被推出来了。两人面对面站着，怒目而视。

张嘉兴说："你们又不是不认识，都是一个鼻子两个眼睛，好像打擂没有用眼睛盯的。开始吧，大家放心，我这个裁判保证公道。"

任强后退几步，大叫一声冲上去。拴柱借他的力，一闪身来了个扫堂腿，任强立刻摔了一个大"趴虎"。任强爬起来又要往上冲。

张嘉兴一边做手势一边大声喊："停！任强，你输了。"

农村孩子们欢呼起来。任强回到队伍里，不服气地看着拴柱："这不算，我还没准备好呢。"

张嘉兴摆摆手又吆喝说："按打擂的规矩，输了的下去，赢了的留在擂台上。下一个，剧组的谁上？"

"我——"罗丹走出队伍，他和拴柱对视着。一眨眼的工夫两个人抱在了一起，张嘉兴把他们分开再摔。结果一个人摔倒一次。因为两个人都没有练过摔跤，最后两个人趴在地上都起不来了，引得周围的人哈哈大笑。这场只能算平局！

接下来是大奎和尹小航对阵，看见大奎本来陆见川要上的，但是尹小航百般劝说，说他不能轻易出马，赢了还好说，万一输了，这有关己方士气的问题，陆见川这才答应了。

张嘉兴一挥手，尹小航上场了。

大奎咧嘴笑笑说："我听说了，你会点功夫，可就你这小样儿，会什么功夫也没用啊，算了算了，我不跟你打了，我跟你打是欺负你。"

尹小航眯缝着眼睛："你小看人啊，要说我会功夫是过奖了，不过咱们俩谁赢谁输，还真难说。"

大奎说："口气真大啊。我让你一只胳膊。"尹小航也说："那我让你一条腿。"

张嘉兴大声叫道："注意！这是打擂，不是打嘴仗啊。"

大奎和尹小航对视着，他们走到一块，彼此寻找攻击对方的时机。尹小航看见大奎左肩往后一动，知道他左边要进攻了，于是猛地一闪，抓住了他的右肩往后一拉，脚下一个绊子，大奎被尹小航重重地摔在地上。

尹小航笑笑："服不服？"大奎爬起来梗着脖子："不服。"说着又凶狠地扑向尹小航，没有想到再次被尹小航摔倒。

张嘉兴大声喊道："停！擂台赛到此结束。本场擂主是剧组的尹小航！"

孩子们全都欢呼起来。尹小航高兴地往剧组的孩子跟前走去。

大奎在后边突然朝尹小航扑去，所有的人都惊呆了。

尹小航意识到了什么，回头看去，大奎挥拳打来。尹小航仰面倒下了，站起来的时候鼻子淌着血。大奎也觉得犯了众怒，嘴里叨唠着："我以为你有准备呢……"

听说这件事以后，剧组马上开会。尹小航鼻子上粘着纱布。

林雨卉愤怒地说："张嘉兴啊张嘉兴，你这么大的人怎么带着孩子们出去打架呢？也亏你想得出来，还摆上擂台了。"

张嘉兴说："林导，我本想让孩子们以武会友，哪承想那个孩子搞偷袭……我对不起剧组，对不起孩子们，也对不起林导，还对不起……"

"行了，行了，我真不明白你们这是要干什么啊！是不是早有预谋，大人孩子一起来非要把剧组搅黄啊？"林雨卉摆摆手。

门突然被推开，村主任带着打擂的农村孩子闯进门。

村主任说："林导演，张……主任，我是带孩子们来道歉的。今天出了这事，让我太丢面子了。我刚才问明白，这几个浑小子一直在捣蛋，真不是东西啊。你放心吧，从今往后，谁再敢在剧组这里捣蛋，你告诉我，我就断他家的电。先教训他们的老子，再让他们的老子教训他们。大奎家的电我已经给断了。"

尹小航看着大奎，大奎也盯着尹小航。

林雨卉说："村主任，不用这样的，我们剧组也有问题啊，不能都怪孩子。"

村主任说："咱们不用客套，我就是为这事来的，再往后，你要是遇上什么麻烦，直接找我就行。你没空，就让张主任来找我。"

"村主任，谢谢你了啊。"

村主任："不谢，不谢，你们能在我们村拍电影，这是给我们村增光啊。我们照顾不周，这是我们的问题。你开会，你开会，我们走啦。"

林雨卉："村主任，你慢走。"

尹小航突然冲了出去。张嘉兴大喊："尹小航，你干吗去？"

尹小航追上了村主任和孩子们。尹小航对村主任说："主任大叔，你把大奎家的电接上吧，其实，我捧他那两下……也够重的。

我对不起他……"

村主任笑了:"你这个娃还真挺义气哩。"

"我师傅告诉我说,以德取胜为上等的武功。"

大奎愣了一下点点头,龇龇牙说:"兄弟,对不起!我服了!"
尹小航也笑了。

42. 丁香家,晚,内

丁香在刷碗,她的双手忽然停住了,站在那里痴痴
发呆。

安娜坐在房间里把一件旧毛衣拆成毛线。

厨房传来碗掉地上破碎的声音。

安娜:丁香,怎么了?

丁香:摔了个碗!

43. 旧戏院门口,早晨,外

袁山(陆见川扮演)急急忙忙走过剧场门口,忽然听
见有人招呼他。

袁山回头一看,原来是戏班子里的武生尹崇杰的徒弟
尹小杰(尹小航扮演)。

袁山:你是?

尹小杰:我是戏班子里的尹小杰。

袁山:找我有事吗?

尹小杰看看四周:借一步说话。

袁山跟着尹小杰来到一个房子的拐角处。

尹小杰:你记得楚渐离老师吗?

袁山：记得，教我们体育的楚老师。他离开学校快一年了，也不知道现在在哪儿。

尹小杰：他让日本人抓到宪兵队去了。

远山大吃一惊：什么时候？为什么？

尹小杰：听说是在一个仓库里被抓的，抓的时候他开枪打死了两个警察！

远山：真的？你听谁说的？

尹小杰：我师傅说的。

袁山呆呆地站在那里。

尹小杰：尹老师是多好的人啊！咱们得想法子救救他呀！

三

林雨卉从椅子上站起来活动着身体说："这条过了。这场戏拍完了，准备第三百五十八场。"

戚园园来到林雨卉身边低语："林导，这场戏拍不了啊，这是江河和李小贤的戏，李小贤不是病了吗？"

林雨卉皱皱眉头："江河的档期马上就到了，你给李小贤的父亲打个电话，跟他说明一下情况，这场戏早晚都得拍，李小贤要是能坚持一下，就坚持一下，用不了半天就能完。"

戚园园答应着就给李涛打电话。

李涛接戚园园电话的时候还在医院陪着李小贤。医生正在为李小贤做检查。

戚园园说："老李啊，有一个事我要求你了，你也知道江河的档期马上就到了，可是他的戏还差很多没拍完，今天就赶上了他和小贤的戏，你能不能和小贤说一下？"

听戚园园这么说李涛又兴奋又担心："没问题。没问题，没问题……你等我一分钟行吗？好……小贤，戚导来电话，今天拍你的戏，不，马上拍你的戏。"

李小贤高兴极了："太好了，台词我全背下来了。"

接完了电话，李涛问医生："您看下午再给她检查行吗？我们小贤马上要去片场拍戏。"

"这怎么行啊？小贤是好一些了，可是她必须得治疗几天才行，她太弱了，而且每天下午还有低烧……"医生说。

"可是剧组不等人啊。"李涛说这话的时候一点底气也没有。

李小贤拽李涛的袖子："爸，我行，咱们还是去吧，要不剧组都等咱们，多不好啊。"

"你们这是拿生命开玩笑！这孩子得的是什么病，你们是知道的。"医生冷冷地说。

李涛和李小贤都不吭气了。医生伸手要李涛的手机："我来说。"

李涛犹豫了一下："不不不，还是我说。"

李涛又拨通了戚园园的电话："戚导，刚才医生要和你说，我说，还是我自己和你说吧……小贤现在已经好些了，可是她太弱啊，要是平常，一个下午不算什么，可是现在一个下午下来……不知道她能不能顶得住啊，就是孩子这会儿顶住了，那明天她的病情就严重了……"

放下电话，戚园园和林雨卉说了几句。

化好妆的江河快步走过来说："怎么回事，还等什么啊？制片怎么不催场啊？"

戚园园赶过来说："哦，江河老师，你别急，是这样，李小贤病了。"

"她什么时候病的？"江河问。

"两天了。"

江河有些生气："那这拍摄通知单上怎么还有她的戏？你们……真业余啊！时间就是这样浪费的，你们怎么好像不心疼呢？"戚园园抱歉地说："江河老师，你别急，我们正在想办法呢。"坐在一边的林雨卉听到了他们的对话，她不知道怎么对江河说，心里也是十分烦躁，她向边上的录音师伸出手："给我一支烟。"

录音师把烟递给林雨卉，又给她点火。林雨卉说："我自己来。"

江河大声说："拍片都是计划在先，遇到麻烦再想办法，哪来那么多的应变措施啊？真是……让我说什么好呢？"

林雨卉的打火机打着了，小火苗燃烧着，却不点烟，她看着火苗，又把打火机还给录音师。她把手里的烟揉碎了，又打开剧本。就在这时，戚园园跑到林雨卉旁边。戚园园说："林导，我找到了一场戏，是楚渐离和丁香在街上相遇的一段对话，你看可不可以换到这里。我觉得挺合适的。"

林雨卉看了一下剧本："好，就拍这儿吧。"

戚园园大声喊道："第一百六十九个镜头挪到这里拍了，宋姗姗——"

"哎——"宋姗姗应道。戚园园递过剧本："你快看看一百六十九个镜头的台词。"

宋姗姗知道这是一场老师楚渐离和她在以前谈话的戏。

"先试一下！"林雨卉说。江河勉强地点点头，幸亏和李小贤拍的戏是同一个时空——不用换装。

44. 小树林，日，外

楚渐离（江河扮演）：你还是一个孩子啊。

丁香（宋姗姗扮演）：我不是孩子。

楚渐离：你不要任性，生活刚刚在你面前打开大门，你还不懂得什么是爱。

丁香：我不是孩子，我不是孩子！

楚渐离：丁香，我真的很感激你，你对我的感情是一件让我很意外的礼物，我会好好珍藏的，但是我绝不会纵容你做出荒唐的事。明白吗？

丁香：什么是荒唐的事？

楚渐离：这你很清楚啊！

丁香愣了片刻，跑开了。

林雨卉喊道："停——"

宋姗姗回到原位，化妆师给她和江河补妆。林雨卉走到江河面前。

林雨卉说："江河，我觉得你这段表演是不是有些太硬了？"

"什么意思？"江河歪着头。

林雨卉说："楚渐离是一个老师，在他拒绝丁香的爱情的时候，应该婉转一些，对于一个女孩子，太冷了，会伤害她的。"

江河说："林雨卉，我倒是觉得这个时候楚渐离不能有半点柔情，他如果真的疼爱丁香，就应该坚决地拒绝她。"

林雨卉说："你说得也有一定道理，这样吧，我们拍两条，这条按你的想法已经拍完了，再按我的意思拍一条，我做后期时，看哪条合适，就用哪条。"

江河摆摆手："我看这就没有必要了，时间这么紧，不能再磨蹭了。再说，为什么要拍两条啊？准确表达情感的方式，只有一种，不会有第二种。陈宇星，你准备下一个镜头的机位吧。"

林雨卉愣住了，大家面面相觑。江河看看大家："我说得有什么不对吗？"林雨卉说："好，就按你的想法拍。"

江河奇怪地说："这怎么叫按我的想法拍啊？这……你总得听听别人的意见吧？"

林雨卉没有说话，一个人朝前走到远处的一棵油松跟前，一个人背对镜头站着。这时，她显得很无助。

在李小贤的病房里，因为没有能够到场拍戏，李小贤心神不定的样子让李涛心里很难过，可是他又不知道有什么两全其美的办法。

李小贤说："戚导一定生气了。"李涛苦笑一下："不会吧，我跟她说的可是实话，身体不行，绝不能硬撑。"

"爸，你还是给戚导打一个电话吧，就说我能去。我咬咬牙，就能撑过去。不能因为我一个人影响整个剧组啊！"

"不行，小贤啊，你不想要你这个爸爸，我还想要你这个闺女呢。"

"爸爸，我不想因为我，耽误了大家的事。"

"我也不想啊。可是你这个样子……爸心疼你啊。"

"他们会不会把戏还给我留着呀？"

"放心，当然会给你留着……"

"那你再帮我说说台词……"

李涛心里一阵难过，他咬咬牙，不让眼泪流下来。李小贤和李涛开始对剧本上的一段台词：

◇◇◇◇◇◇◇◇◇◇

李小慧（李小贤背诵）：楚老师，你找我吗？

楚渐离（李涛念）：是啊，小慧，丁香怎么没来上课啊？

李小慧：哦，她病了。

楚渐离：怎么病了？

李小慧：我也不知道是怎么回事，总觉得她这段时间心里好像有事儿。我觉得她好像……好像……她也许是爱上什么人了。她有的时候是一副很幸福的样子。

楚渐离：她跟你说过吗？

李小慧：没有，也许不到时间吧，幸福有的时候应该是一个秘密吧？只能告诉心爱的人，不可以随便跟人说的。

楚渐离：呵呵，是啊，幸福是一个秘密，只能跟心爱的人说。

李小慧刚要张口。

楚渐离：你不用说，我知道你要说什么。

李小慧：是吗？

楚渐离：你是丁香最好的朋友，你一定要转告她，我很爱我的家。她以后一定会遇到比我优秀的男孩子。

李小贤说："爸爸，你落下了一句话：我很爱我的妻子，然后才是我很爱我的家。"

李涛说："可不吗？我落了一句话。"

李小慧：你是在回避吗？

楚渐离：这怎么是回避？

李小慧：可是丁香说她以后不会再爱了，她说……你是她一生中最爱的人，也是唯一的爱人。

楚渐离：她怎么这样说啊？她真糊涂啊。我大她整整十六岁，她现在正是花季年龄，也许……她还不懂什么是真爱。

李小慧：你……你怎么能这样说丁香？难道一个女孩子纯洁的爱情在你这里分文不值吗？

楚渐离：正因为这份爱太宝贵了，我才不能要，她应该把这份爱献给她最爱的人啊……

"停——"李小贤笑了，"爸爸，你演得真不错，其实你也可以当演员。"

爸爸摇摇头："会念书的人多了，哪能都当演员呢。"

"爸爸，你和我妈是怎么恋爱的？"李小贤笑嘻嘻地问。

"我们……是你妈追的我。"

"可是我妈说是你追的她。那个年代绝大部分都是男的追女的。"

"你这孩子，怎么什么都知道啊？"

李小贤神秘兮兮地说："爸，这是我妈妈说的……爸，恋爱是什么滋味啊？"

"这个嘛……我也说不好，反正心里挺幸福，挺舒坦的。"

李小贤抬起头："我也想恋爱。"

李涛摇摇头："傻孩子，这话哪有姑娘家自己说的！你太小啦。"

李小贤说："我比丁香还大一岁呢。以后不许说我小啊。"

就在李小贤和爸爸对台词的时候，剧组已经等不及了——说实在的，是江河的档期等不及了，林雨卉真的是欠不起这个人情。

刚拍完一个江河的镜头，化妆师在给江河补妆。

戚园园来到林雨卉旁边："导演，这个场景现在能拍的戏都拍完了，就剩李小贤的戏没拍了。"

林雨卉沉吟片刻说："你把莫愁叫来。不能再等了，让莫愁演李小贤的角色。"

"莫愁演的和李小贤是两个角色。"戚园园提醒林雨卉。

"本来剧本已经没有李小贤什么事情了，看她太执着，爸爸又给咱们打工，才设置了个角色。丁香有两个知己的朋友，现在合并了吧，只有莫愁一个吧！"

戚园园点点头："我怎么就没有想到呢？真的不能再等了。李小贤和江河一共是六场戏，全部拍吗？"

林雨卉："全部拍。"

"角色的名字都改叫莫愁，你和江河也说一下，咱们都是为他档期着想。"林雨卉说。

戚园园笑了："太好了，有的拍就好，要不我都有点不敢看江河的眼睛了，他的下一部戏在那儿等着，可是咱们的进度就是上不去……"

林雨卉："园园，你别说了行不行啊？"

"好的。我不说了，我这就去叫莫愁。"

一个下午，效率非常高，虽然拉了点晚，但六场戏都拍完了。

晚上，林雨卉没有吃晚饭，闭着眼睛靠在沙发上，此时她正陷在一种非常不好的情绪里。有人敲门，她没应。敲门声更响了，她睁开眼睛，说了声"请进"。

门被推开，江河走了进来。林雨卉看了他一眼，没有说话。

"看来是不欢迎我啊。"

"我不是说请进了吗？"林雨卉说。

"可是……你言不由衷呀！"

林雨卉站起来："好吧，你有事说事，没事就……我这儿正忙。"

江河笑着说："没有见过你这么说话呀！不高兴了？我能帮你吗？"

"谢谢，你已经帮了大忙了。"林雨卉话中有话地说。

"林雨卉，对不起，我知道你生气了，白天我说话太着急，事后一想……我是特意来给你道歉的。"

"不用——"

"用——"江河赔着笑脸。

林雨卉说："你这个人挺没劲的，在众人面前耍完威风，反过来在背地里和我道歉，你是不是太爱你的面子了？你是明星不错，可是明星的面子在我这里……你去忙吧。"

江河解释道："林雨卉，也许这是一个误会，我还不是为了把戏演好才和你争吗？其实我完全可以不和你争，我完成任务就是。可是我觉得那样的话对不起你，也对不起这部电影。说真的，近两年，我还从没有为一个角色的塑造，而和导演争过什么呢。今天我也不知道是为什么，我真的是……为这部戏啊。"

林雨卉说："你不用解释，别说你和我争，就是和我发火，我也只能受着啊。你又不是没和我发过火。我不怪你，我只是怪我自己。"

江河摊开手说："好了，我们现在已经不是讲理了，我们有些情绪化了是不是？"

林雨卉点点头："好，我们明天再聊。"

就这样，两个人不欢而散。

不可思议遇见你

雪 丁 香

第十五章

早来的爱情

一

第二天晚餐过后，江河把盒饭的盒子放进筐子转身走开。宋姗姗追上去："江河老师！"江河停住脚步，转过头。宋姗姗指指他的右脸颊。江河不解地用手摸去，是一点汤汁。

宋姗姗递过一张纸巾。江河接过来："谢谢。"宋姗姗随着江河往前走："江河老师，您喜欢咱们这部电影吗？"江河不假思索地说："当然喜欢……"

宋姗姗打断他："那您喜欢丁香吗？"

江河想了想："丁香这个人物，刻画得还是非常独特的，你也演得越来越好……"

宋姗姗再次打断他："我是说，丁香爱上了楚渐离，爱得那么刻骨铭心，最后为他付出了生命。我想知道，您要真是楚渐离，您会接受丁香的爱吗？"

江河一愣："姗姗，这是一部戏，是二十世纪四十年代的故事。"

宋姗姗说："可是我从一本书里看到，任何历史戏，都说的是人类现实；任何现实戏，都表现的是人类理想。您说对吗？"

江河笑笑："我记得有人说过，年轻人相信许多虚假的东西，老年人怀疑许多真实的东西。"宋姗姗不解地问道："什么意思？"

江河说："可能你长大了才能明白！"

宋姗姗看着江河的眼睛："江河老师，刚才戚导演说，明天第三十九场戏要重拍。"

"为什么？"

"焦有点虚……"

"真麻烦，台词都忘了。"江河说。

"我想跟你再对对词儿怎么样？行吗？"

江河一愣，但马上说："好啊。你台词还记得住吗？"

"背下来了，只是我怕情绪演得不准确。就是这一场。"宋姗姗翻剧本给江河看。

江河和宋姗姗两人在排练台词：

江河吃惊地：手枪，哪来的手枪？

宋姗姗：我把他打死了！

江河：慢慢说，怎么回事？把谁打死了？

宋姗姗：秦本亮，我把秦本亮打死了！他知道你藏在这儿了。他说如果我不嫁给他，他就告诉日本人……这就是他的枪……

江河：有没有别人看见？

宋姗姗：没……没有……我们在小树林里……

江河沉思片刻：丁香，别慌！我的伤好一点了，我今天晚上就离开这儿。

宋姗姗：我一会儿再给你拿点吃的来。

江河严厉地：你绝不能再来了，听见了吗？有了枪，就是遇到点情况也能对付！

宋姗姗：你去哪儿？

江河：你放心吧！

宋姗姗：你的伤还没有好，我怎么放心啊……你还会回来吗？

江河：我当然会回来。

宋姗姗：我舍不得你走。

宋姗姗一下靠到江河的肩膀上。她享受着剧中人的情感。

宋姗姗说："江河老师，你要是我的哥哥多好啊。"

江河意识到了什么，轻轻推开宋姗姗："什么？姗姗，你在说什么啊？"

宋姗姗不好意思地说："哦……我特想有你这样一个哥哥。"

江河有些严肃地说："我本来就是你的哥哥嘛。"

宋姗姗的脸羞红了："好，我知道怎么演了，我去玩了。"说着，宋姗姗急忙跑开了。

林雨卉站在窗前看着陆见川在球场打球。

罗丹走来，这是他第一次在陆见川打球的时候走过来。陆见川把球传给罗丹。罗丹投篮，球没有进。陆见川捡起球："罗丹，谢谢你呀。"

"谢什么啊？"

"那把枪……你不应该代我受过。"

罗丹摇摇头："无所谓，总得有人受过啊。不说了。"

陆见川拍着球："不管怎么样，那天的事，我挺感激你。"

罗丹接过球："真的没有什么……我这些天一直在想我们像从前那样该多好啊！"

"这只是希望吧。"

"我已经说了快一百遍了，要是知道结果是那样的，我还在乎那个相机干吗？"

"别说这事了，行吗？"陆见川把球投在篮板上，发出"砰砰"

的声音。

梁铮、尹小航和任强跑过来。任强大声叫道："来来来，分伙比赛，赢巧克力啊。"

林雨卉的手机响了，她的目光从球场收回。"爸，我挺好的。慢慢看吧，他还不错，就是个性太强，慢慢处吧，您别说这么多好不好，我有判断能力……您放心吧，我会照顾好他的。就是我太忙了……我都要忙疯了……"

电话是父亲打来的，除了慰问女儿之外，林雨卉听得出父亲话里话外希望女儿能和这个弟弟相认……说实话，从陆见川进组这些天，她嘴上不说，心里还总是比对别的孩子多一份观察，多一份操心。

打完球，大家回到宿舍，只见张嘉兴走来，手里拿着两封信："陆见川、罗丹，你们的信。"

这年头，用纸写的信可不太多了，两个人又同时收到，有些奇怪，该不会是小广告吧？两个人看着张嘉兴。张嘉兴说："是送样片的从电影厂里带来的，好像是国外寄来的。你们看这信封，一模一样啊。"

罗丹和陆见川接过信。陆见川打开信，愣住了！

见川：

　　你好！

　　陆见川，你肯定想不到我会给你写这封信，你一定会把我当成世界上最坏的人。听说你为我承担了偷相机的事情，被学校开除。我还听我妈妈说，你的母亲就在那个时候去世了……在这一年多时间里，我在国外的学习和生活条件都很好，我已经顺利通过语言考试，进入大学预科了。可是，我却没有一点幸福感。我的心一直被一种负罪感挤压着，因为我在你见川面前是永远抬不起头来的小人……

陆见川心里一阵激动，他看见罗丹也在读信。

罗丹：

　　你好！

　　罗丹，请你原谅我，你的相机是我偷的（我在这里没有用拿而使用偷字，就是表示我的诚意）。当初我只是好奇，偷偷拿来玩，没想到这事你告诉了老师，我想还也还不成了。当时因为出国，我只能请见川替我顶这个事了。我万万没有想到的是见川为我背上了黑锅，更没有想到我的一次恶作剧，竟然欠下一个善良的朋友的一笔账，这笔账也许我一生都还不清……现在我终于有勇气说出这一切了，不然我的心灵将永远不会安宁。

　　我已经把证明材料寄给了学校，我同样写了两封信，分别寄给了你们两人。

　　我再一次恳求你们能原谅我。

　　祝好！

你们的同学
康志远

陆见川抹了一下眼睛，回头望去，他看见罗丹眼睛里也浸满泪水。

那一天广播里说天上要有流星雨，在东北方向可能看到。大家不约而同地来到宾馆前的一片开阔地上。仰头望去，疏朗的夜空里，星星宝石般地闪烁。

罗丹大声说："这天上一共有八十八个星座，看见了吗？那是天鹅座。"宋姗姗说："看见了，看见了。"罗丹伸出手臂又说："看，那是北斗七星……那是北极星。"

戚园园说："罗丹，以为你光会咋呼呢，你行啊，还有点天文知识。"

尹小航说："我什么知识也没有，我看这夜空就是一个舒服。"

大家笑起来。宋姗姗看见江河和任强站在一起，于是走过去问江河："你认识星星吗？"

江河说："知道一点。"宋姗姗又问："天上最亮的是北极星吗？"江河说："不是，我们能观测到的应该是天狼星，它的亮度是负二等。"

任强吃惊地说："哇，江河老师，你挺专业呀！"江河笑笑："我小时候参加过少年宫的天文小组。"宋姗姗默默注视着江河，心中有种难以言表的感情。

陆见川一个人站在一棵树旁边。林雨卉走到陆见川的身边："陆见川……"

陆见川客气地说："导演，您也来看星星？"

"本来不想来，怕扫了大家的兴，结果来对了！"

一颗流星划过夜空，大家一起高叫。

林雨卉说："都说对着流星许个愿，就可以实现，你不许个愿吗？"陆见川摇摇头："我上初三的时候，天文预报说有一次流星雨，老师带我们到郊区去看，说对流星许愿就可以应验。我最大的愿望就是让我妈妈的心脏病早点好，可是流星雨却没有帮上忙，今天我又想起了我妈妈。"说到此处，陆见川眼里浸满了泪水。

林雨卉忍不住把手搭在陆见川的肩上："陆见川，小伙子不错。"

"凑合吧！"

"不是凑合，要努力，和别的同学随和点，我看你这些日子和罗丹还不错。"

"还行——在学校都认识。"

"过去了，一切都过去了，别人能原谅你，你也要学会宽容……另外，现在看，这事对你的人生也有好处，它让你更坚强了，对吗？"林雨卉像是在自言自语。

陆见川点点头，他发现林雨卉也有很细致很温柔的一面。

又有几颗流星落了下来。

宋姗姗忽然问江河："我想问你一件事。"

"说吧。"

"在流星雨前面可不能撒谎。"

"不撒谎——"

"你女朋友一定挺漂亮吧？"宋姗姗看着江河。

江河笑笑："你小孩子问这个干吗？"

"你又叫我小孩子。"宋姗姗噘起了嘴。

"对不起，你就是小啊。"江河说。

任强听见他们这样说话，慢慢走开了。

宋姗姗说："你还没回答我的问题。"

江河摇摇头："我没有女朋友。"

"我知道了，你们一般不愿意谈自己的女朋友，要不就没有神秘感了。"

"你这小脑瓜想什么呢？乱七八糟的。"

"我还想问一个问题。"

"姗姗，你有完没完啊？"

"那你恋爱过吗？"

江河笑了："对不起，我无可奉告。"

入夜了，宋姗姗睡不着，她起身下床，悄悄走出房门。

宋姗姗走过走廊，来到江河门口，她站住仔细听里边的声音。别的房间有开门的声音，她匆匆走开。她悄悄走下楼梯来到院子里，向江河房间的窗子张望。很久很久，灯光依然闪亮。他还在看剧本吧？不会！肯定在看电视吧？不会！他拍了那么多电影，还会在深夜里看那些烂电视剧吗？

江河起身挂窗帘，他看到了外边的宋姗姗的影子。

宋姗姗看见窗前出现了人影，急忙慌张地躲开。宋姗姗在一棵树的后面，看见窗帘拉上了。她慢慢回到宿舍。躺在床上，她依然睡不着，忽然想起什么。她悄悄打开手电筒，轻轻翻剧本，找到了其中的一页，仔细地看着，耳边响起了丁香的声音：

风儿柔和地吹过来，我看着太阳，想着你。我很高兴！高兴得想哭，不过我没有哭，你别以为我哭了，我不过觉得心里舒坦就是了。你别去打听是谁写的，因为反正你也问不出来，我要永远保守着这个秘密！

宋姗姗打开笔记本开始抄录这一段台词。

二

中午拍戏休息的时候，演员们都聚集在车前，蜂拥着上前拿盒饭。

李涛招呼着："慢点儿慢点儿，每个人都有啊！"任强第一个拿过饭盒，打开，忽然惊呼了一声："哇！肉饼！好香啊！"李涛笑呵呵地直起身子："每个人都有，不要着急。"

同学们都欢呼起来，拥挤着上前拿肉饼。李涛只好退出来，笑呵呵地看着同学们。

宋姗姗拿了一个饭盒，想了一下又拿了一个饭盒。她来到等在一边的江河面前说："江河老师，给。"江河笑笑："你吃吧，人人都有啊。"

"我给你拿了，你快点接着啊。"宋姗姗说。江河接过饭盒，一面说着"谢谢啊"，一面转身走到另一个地方。周可欣拿了两个饭盒小声说："姗姗，你怎么看江河老师啊？"

宋姗姗猛地回过神来："怎么了？"

"一往情深啊。"周可欣拉长了声音说。宋姗姗给了周可欣一下："去你的，不怀好意。"

罗丹拿了一个饭盒，转身刚要走，又挤上去拿了一盒，走到宋姗姗面前："给——"

宋姗姗说："我有了，我吃不了这么多啊。"周可欣大声地自言自语："哟，罗丹，真是无微不至啊！我们正在上演戏外戏，名字就叫作，落花有意，流水无情。"

罗丹用筷子指指周可欣的鼻子说："周可欣，你在我们这些同学当中，思想是最复杂的，你说是不是？"周可欣回嘴说："如果说我的思想最复杂，你的行动就最复杂！"

任强凑上来："罗丹，你别看你的嘴厉害，斗嘴你绝不是周可欣的对手。"

"我是军人，我不会说话指挥行动，她要再惹我，我一枪毙了她你信不信？"罗丹装作戏里秦本亮的口吻说。

"你毙谁？你早让宋姗姗一锤子打死了！"周可欣说。

同学们大笑。

林雨卉和张嘉兴、陈宇星等人从片场方向走了过来。李涛迎了上去："都忙完啦？"

"差不多了，声音也补录完了。"林雨卉接过李涛递上来的湿纸巾。李涛说："哎，那先吃饭吧，有肉饼，还热着呢。"陈宇星笑眯眯地说："哟，今天改善伙食啊，什么馅儿的啊？"

"都有，猪肉韭菜、茴香、大葱……"

陈宇星找了一圈没有找到什么肉饼，笑着说："李师傅，你可真能逗，好东西还藏着掖着的。"李涛一怔："啊？我就搁在车门口那个盆里呢。"陈宇星举着个锅盖："哪儿呢？没有啊。"

李涛连忙跑上去看，却见盆里已经空空的了，盆底油光锃亮。李涛皱起眉头："我……我做了好多呢，算好了咱们组里每个人都有的吃，我还……还算了几个个子大的，怕一个不够，多做了好多……我自己都还没吃呢，怎么……怎么就没了呢？"

林雨卉微微蹙起眉头："这帮孩子，只顾他们自己了。"

张嘉兴慢慢走到同学们跟前，大家都在吃东西，但身边都放着一两个饭盒。罗丹、尹小航、宋姗姗、周可欣等人无一例外。张嘉兴问："我说诸位，你们拿了这么多肉饼，吃得了吗？"

大家起哄似的说："吃得了——"张嘉兴说："你们这个拿法，别人没有的吃怎么办？"

莫愁把身边的一个饭盒递过来："张老师，我这里还有一盒，您吃了吧！"

张嘉兴摆摆手，脸色已经十分难看："我吃不吃没关系，林导和好几个回来晚的职员怎么办啊？"

除了莫愁，似乎没有人听他说话。尹小航还对罗丹说："昨天转播NBA，火箭赢了，姚明还真是长脸，投进了十五个……"张嘉兴走过来："尹小航，说什么呢？你们这些孩子，有没有想过别人啊？你们要撑破肚皮了，人家连油星子都没沾着！你们不想想，为什么做肉饼，为什么改善伙食？还不都是为了你们！可你们也不能不顾别人呀！"

同学们都不说话了。张嘉兴气不打一处来，他继续说："没让你们学人家孔融四岁让梨，不过你们好歹也想着点别人呀。"

任强打断说："行了张老师，别来老一套了，我也没想到他们都给拿光了啊，反正我不是最后一个——"他回头大声叫道："谁最后一个拿的，站出来！"

罗丹推了任强一下："瞧你那德行，就你吃得多！"

张嘉兴无可奈何地摇了摇头，转身走到林雨卉身边，看见林雨卉他们在喝水，每个人手里拿着个馒头。

"一个人两三盒，都给拿光了。"

"也不怕撑着！"陈宇星说。张嘉兴叹口气："都给惯坏了，心眼儿全长自己身上了！"

戚园园说："现在哪个孩子不是这样啊！我记得我有一次跟着

一个老导演去一个学校给孩子讲拍电影的故事，我们进去讲了一个多小时，愣是没一个孩子过来给倒杯水。"

陈宇星说："这种孩子就欠揍！"

他们正说着，只见任强远远地拎着一个塑料袋走了过来，随手从口袋里掏出一张面巾纸铺在地上，将塑料袋放在地上，转身就要跑。陈宇星上前拿起塑料袋，打开，只见里面放满了肉饼。陈宇星脸上一乐，上前一步拉住要逃跑的任强："好小子，你拿了这么多，还有没有窝藏起来的？"

任强边挣扎边喊："没有了，没有了，都在这儿了！哎哟！不是我一个人拿的，他们都拿了！"

林雨卉扫了一眼任强，扭过头："我们不吃，你拿回去吧。"任强怔怔地站在当场，不知道该说什么。陈宇星说："哎呀，算了，都拿过来了……""要吃你们吃，我不吃。"

陈宇星为难地看了一眼林雨卉，又对任强说："得了，拿回去留着吧。"

任强愣愣地站了一会儿，忽然拎起饼，转身跑走了。张嘉兴为难地扭头看着林雨卉："林导，别跟孩子生气了，他们这不都算认错了吗？"

林雨卉看了看张嘉兴，没有说话。

任强拎着袋子跑到大家吃饭的树下，气喘吁吁地说："不好了，林导怄上气了，快都过来！"大家看着任强急匆匆的样子，都愣住了。

林雨卉坐在送饭车那里生气，看见同学们正向这边走过来，每个人手里提着一盒肉饼。大家犹豫着上前走到林雨卉跟前："导演——"

林雨卉抬头扫视了一眼："你们这是干什么？"

尹小航说："听说你们还没吃饭，我们很不好意思，我们把多余的送回来了。"

林雨卉看着大家诚恳的样子，心里好过了许多，她看看四周忽然问："陆见川怎么没有来？"

"他就拿了一份。我们多拿的，都亲自送回来，表示我们都不对，自己拎着表示一点歉意……他没有多拿，也就不用表示歉意。"任强说。

林雨卉沉思片刻说："你们把刚才拿回去的又分别拿回来对不对？"

"就是就是。"尹小航说。

罗丹说："导演，你不至于生这么大气。气坏了怎么导戏呀？"罗丹说着，把自己怀里的饼塞到林雨卉手里。林雨卉生气地说："拿开，我不要！"罗丹尴尬地站在原地。

林雨卉说："在这一点上，你们就应该向陆见川和宋姗姗学习，要说能吃，陆见川肯定都比你们能吃，他为什么没有拿两份呢？"

林雨卉说完了，张嘉兴对孩子们使了个眼色："去吧，去吧，一会儿就拍戏了，你们让导演休息一下吧。"同学们急忙转身走开了。

张嘉兴感慨地说："导演，您是还没有孩子，要说眼下，刚才的那帮孩子就算不错了，还知道捧着肉饼给你送来。有些孩子管你生气不生气，才不理你呢！"

林雨卉点点头："其实我已经不生气了，就是想给他们留下点印象。"

罗丹他们回到大树底下，首先对宋姗姗发牢骚："导演真够狠，打击一大片，保护你们俩。我明明看见你也拿了两盒啊。"

宋姗姗说："我给江河了。"

罗丹撇撇嘴："我们拿两盒是多吃多占，你拿两盒是助人为乐学雷锋……"

"罗丹，注意啦，说话口气不对吧？"宋姗姗说。

周可欣侧过身来说："罗丹，这么说你也该算拿了一盒啊，你不是给宋姗姗了吗？"罗丹摇摇头："她没要。我就倒霉了。"

"你要是给我，我就要，可我知道，我没有这个福气，你们聊吧，我不打扰了。"周可欣酸酸地说。罗丹立刻回嘴："周可欣，你干吗啊？阴阳怪气的！"

周可欣说："开个玩笑何必当真啊！"

宋姗姗却说："还是我走吧，我有事呢。"说着她真的走开了，弄得罗丹和周可欣面面相觑。就在这时候，只听见戚园园大声喊："丁香，换夏装第二套——准备——"

宋姗姗上车，换好"夏装第二套"，然后打开自己的书包，拿出一个精制的小盒子。她走下车，悄悄走到江河那辆"森林人"跟前，拉开车门，把小盒子放在司机的座位上。

45. 学校，日，外

任国强（任强扮演）在双杠前面来回走动，不时地朝前面张望。

背后传来一声拖着长音的低沉的声音：任——国——强！

任国强吓了一跳急忙转过身。

丁香满脸顽皮地站在他的面前。

任国强：丁香，你吓死我了！

丁香：任国强，你找我干什么，快说！

任国强支支吾吾地：你不要着急嘛！事情是这样，我受人之托……我受朋友之托，问你一个问题！

丁香：你的朋友是谁？

任国强：秦本亮！

丁香：什么问题？

任国强：问你是不是爱上袁山了！

丁香一愣：袁山？

任国强：就是咱们学校百米冠军袁山呀。

丁香：我不想回答你的问题。

说着，丁香扭头就走。

任国强追了上去：哎——还有一个问题，秦本亮那么好，你怎么就不搭人家的茬儿呀？

丁香愤怒地：你是他们家什么人？你告诉他，我心里早有别人了……

三

下午的戏拍完了，大家纷纷上车。

江河打开车门，看见了那个小盒子。

江河坐在汽车里，满怀狐疑地把精制的小盒子打开。他看见一只折好的纸鹤，江河打开，里边是剧本里的丁香的一段台词：

风儿柔和地吹过来，我看着太阳，想着你。我很高兴！高兴得想哭，不过我没有哭，你别以为我哭了，我不过觉得心里舒坦就是了。你别去打听是谁写的，因为反正你也问不出来，我要永远保守着这个秘密！

江河看完，皱起眉头，一时不知道怎么办才好。

学生们上车比江河晚一点。大家都很疲倦，宋姗姗上来，坐在周可欣前边，闭上眼睛。此刻，落日还是血红血红地挂在天边，分外壮美。

周可欣大声说："我发现了一个秘密。"没有人理她。大家都在看那美丽的落日。周可欣又说："这是一个关于爱情的秘密。"宋姗姗睁开眼睛："你说什么呢？"

周可欣笑笑："你应该知道啊！"

"你有话直说。"

周可欣突然放低了声音："做事都躲躲藏藏的，直说不太好吧？"

宋姗姗缓和了口气："可欣，你干吗？"周可欣用几乎听不见的气声说："你是不是爱上他了？"

"你说谁？"

"谁看不出来啊？"

宋姗姗一愣："这不是戏里的台词吗？"

"我说的不是戏里。"

就在这时，一个高大的身影突然出现在面包车的窗前，司机已经发动了汽车。宋姗姗愣了一下，她看见江河站在车门口。司机急忙打开车门："江河老师，您要坐这辆车？"

"不，叫宋姗姗，宋姗姗今天你坐我的车走，我跟你有话说。"

大家一片嘘声。

宋姗姗迟疑了一下，又惊又喜地说："来了。"

车门一关，周可欣大叫："哈哈，我的直觉没有错。千真万

确，我就是大师！"

罗丹拍拍周可欣的肩膀："你发什么神经啊？"周可欣就像演话剧似的大声朗诵："丁香爱上了楚渐离，有错吗？"

陆见川走到周可欣的跟前："你给我站起来！听见没有，站起来！"周可欣吓了一跳。她看见陆见川愤怒的目光，有点慌了："你干什么？你要打人吗？"

陆见川"嘿嘿"一笑说："你慌什么？我让你往里坐，我要坐在你身边让你给算算命！"

大家看着江河的车拉着宋姗姗开走了，一片欢呼。没有想到车门再次打开，上来了导演林雨卉。这一下又是一片寂静。每次林雨卉都是坐江河的"森林人"走的。

"森林人"在公路上行驶着。宋姗姗低着头，不说话，也不敢看江河。就这样大约过了十分钟，宋姗姗有点心慌。

江河说话了："我也送给你一段台词。"

> 这简直是胡闹。不可能的事情。你这么小，还是个学生，况且我都成家了……好，丁香，咱们今天就这样说定了，从今天起，你就把这些乱七八糟的东西扔掉……这件事情我不和别人说，你也不要和别人说，到此为止，将来我还要吃你的喜糖呢！好，上课去吧。

宋姗姗的头更低了，几乎要碰到自己的腿。

江河说："听见了吗？"他的声音里没有任何温情，冷冰冰的，让人心寒。

"我要下车！"宋姗姗说。

"剧组的车可能走了。"

"我要下车。"

车停住了。宋姗姗打开车门走下去。

这里离他们拍小街的外景地不远。宋姗姗站在江河的车外，眼泪流了下来。江河也下了车，从另一侧走到宋姗姗面前："我的话你听明白了吗？我知道你的这份纯洁真诚的感情，可是你还小，我不想让它打扰我的生活和剧组的工作。"

宋姗姗忽然仰起脸激动地说："我知道我有很多缺点……我慢慢会改的，我会长大的啊。"江河说："成长是漫长的，很难说在你长大的过程中，是不是还会爱我，也很难说我就会爱你了。你做我妹吧，做我的妹妹不是很好吗？"

"妹妹，妹妹，妹妹……在我们中间，我讨厌妹妹这两个字。"

"那就做路人吧，我们擦肩而过。"

宋姗姗愣了一下："没想到你这么狠。"

江河笑了："我生来就这样，改不了啦。"

"真的？"

江河点点头。宋姗姗说："原来你是这样一个人。我再也不理你了。"

江河从心底笑起来，他不再紧张了，于是和蔼地说："不会的，怎么可能呢？"

宋姗姗伤心地哭起来，一面向前走去。江河大声喊："姗姗，你听我说。"宋姗姗头也不回。江河无奈地看着她走远，只好驾车在后面缓缓地跟着，幸好这里离宾馆已经不远了。

夜深了，江河躺在床上无法入睡。他起来拿起手机发短信。

宋姗姗躺着，手机响了，她拿起来看。

　　姗姗，你的这份感情，应该送给你最值得珍爱的人，长大了，你会遇到他的。

　　宋姗姗把手机握在手里，慢慢睡着了。

　　第二天，晴空万里。林雨卉高兴地欢呼："太好了，今天拍太阳雨那场！"

　　在小街前的空地上，县里消防中队的消防车停在旁边，他们今天的任务不是救火，而是人工降雨……

　　46. 小街，日，外
　　雨天，丁香一个人打着伞在走。（大全景）
　　丁香打着伞在走。（近景跟移）
　　丁香的一双行走的脚。（近景跟移）

　　林雨卉喊道："停——非常好！"

　　宋姗姗一下扔了伞，张开手接天上下来的雨水，一边说："不要停啊，太阳雨！"

　　"太阳雨——"莫愁叫着跑进了雨中。

　　罗丹也跑进了雨中。

　　林雨卉大声喊："姗姗，别淋病了。"

　　宋姗姗说："我喜欢！"说着，宋姗姗伸开双臂。

　　任强也走到了雨中。

　　大家互相看看，也都走到了雨中。同学们欢快地跑跳起来。

　　陈宇星坐在升降机上，镜头升起来。

在雨中，宋姗姗的脸上分不清是泪水还是雨水了。

江河注视着宋姗姗。宋姗姗也发现了江河，她看着他愣住了。

江河心情复杂地看着宋姗姗。

宋姗姗突然转身和同学们泼水打闹起来。

一道人工彩虹出现在大家头顶上。

四

陆见川一个人在玩篮球，他还特意带着脸盆下来，里面放着小乌龟。林雨卉走过来，看了一会儿说："陆见川，别玩了，陪我出去走走。"

陆见川觉得有点突然，他拍着球说："好吧。"林雨卉说："别抱着篮球跟我散步啊，把它放下吧。"陆见川想了一下，跑了几步跳起来，把篮球塞到了篮筐上。林雨卉大笑："你真行啊。"

陆见川说："别人拿不到，我回来取就是了。"说着，陆见川拿起小乌龟，放在口袋里。

林雨卉有点奇怪："你就这么把它放在口袋里？"陆见川点点头。林雨卉又说："你真有意思，来拍电影还带着它。"

陆见川拿出乌龟比画着："当时它那么小，也就像现在我大拇指那么大。我很小的时候，在路边捡到了它，就把它带回家了，一晃就是八年。它像我弟弟一样，现在和我的手差不多大了。"

"你小时候就挺调皮吧？"林雨卉说。陆见川摇摇头。林雨卉又问："小时候挺乖的？"

"不瞒你说，我小时候有个外号叫二丫头。"林雨卉笑起来：

"怎么有这么个外号?"

陆见川有点不好意思:"我小时候特害羞,邻居有个姐姐,他们家叫她大丫头。他们就开玩笑地叫我二丫头,叫着叫着就习惯了。"

林雨卉笑起来。这一刻,她特别想问问陆见川母亲的事,但是太敏感了,因为听父亲说过,陆见川已经知道了自己的身世。她只好把话咽到肚子里。

"陆见川,你穿多大号的鞋子?"

"42号。"陆见川一愣说。

第二天中午,江河把陆见川叫到自己的房间,拿出一件T恤和一双鞋:"你试试这件衣服和这双鞋。"陆见川有些奇怪:"是戏里的服装?"

江河笑着说:"怎么会是戏里的?你戏里要是穿这种衣服,我们的电影不成了荒诞电影了吗?这是我送你的。你不是爱打篮球吗?得有一双好鞋。再穿上这件T恤,就更像运动员了。"

陆见川急忙把衣服和鞋递回去说:"我不能要您的东西。"江河说:"那我白买了?你看这颜色,挺好看的。一双鞋算什么呀!"

"我真不要,江河老师,你……为什么给我买衣服啊?"

江河想想说:"想买就买了。你不试试?"

"不能要。"陆见川说。

"实话告诉你,这不是我买的,这是导演给你买的。她知道你不会要,就让我送给你。"江河说。陆见川愣住了,没有再说话。

"换上试试!"江河说。

陆见川脱下自己的T恤,换上新的T恤,又换上鞋:"大家都有吗?"江河摇摇头:"又不是发制服,就是给你一个人买的。"

说来奇怪,听说是导演给他买的,陆见川有种异样的感觉,他不再觉得突兀和陌生，好像家里人给买东西一样。他没有刚才那种强烈推辞的感觉了。

江河说："你看，多帅啊，真让我嫉妒！我送你就不要，导演送你就要，她是不是你姐姐呀？"听见这话，陆见川心里一动。他急忙说："你要这么说，我就不能要了。"江河哈哈大笑："跟你开玩笑呀！你有这么个姐姐不是挺好吗？"

陆见川不知道为什么，鼻子忽然一酸，他说："有个姐姐当然好，但不能要当导演的姐姐，脾气都被搞坏了。"

江河低声说："哎，这话可不能让导演听见啊……"

陆见川点点头。江河又说："同学问起来就说是你自己买的好不好？"

陆见川又点点头。

第十六章

明星与粉丝

一

这两天的首要任务还是赶拍江河的戏。今天村主任也被邀请作为嘉宾在一旁观看。

场记一边打板一面喊道："四十七场第一镜第三条！"

摄影机的马达发出微微的"嗡嗡"声。

47. 日本宪兵队刑讯室，日，内

镜头从楚渐离脸上拉开，看到屋子的全景。

屋里放着各种刑具。两个凶神恶煞般的打手。

楚渐离被吊着拷打。

宪兵队长：你告诉我们，这枪是哪儿来的？

楚渐离不说话。

宪兵队长：好，我们不说枪，你的毯子和衣服是从哪儿来的？

楚渐离：我告诉过你，我随身带的。

宪兵队长一挥手。

一个打手拿着一个烙铁按在楚渐离的身上。

楚渐离昏了过去。

一桶水泼在楚渐离的脸上。

一个警察走进刑讯室。

警察：报告队长，一个女学生要见你。

宪兵队长一愣。

林雨卉画外喊："停——过了。准备下一场。"

回头看去，村主任已经在旁边的椅子上睡着了。林雨卉看着村主任笑了："村主任，村主任，天太热，你喝水啊。"

村主任大声喊："日本鬼子！"

"日本鬼子卸妆了，没事了！"戚园园开玩笑地说。

村主任睁开眼睛说："这回我知道什么叫拍电影了，这比我们村搞水利会战还累啊。你说这个抗日英雄，就这么捆着，大热天的，多受罪呀！要是你们在我们村，个个都是劳模。"

林雨卉递给村主任一张餐巾纸："大叔啊，我看这样，村子这么大，你管的事又这么多，不能就这样搁着工作，来陪我拍电影啊，您还是回去忙吧。要是遇上什么麻烦，我们让张老师去找你。"村主任点点头："好吧，你们有事一定要去找我。"

正忙碌的陈宇星看着"伤痕累累"的江河："江河老师，太压抑了，你刚才没有感到真的痛苦吗？"江河点点头，又摇摇头，估计表达的都是一个意思。

林雨卉站起身挥挥手说："房子里太热，大家出去透透气吧。"

在"宪兵队"门口，人们散坐着，林雨卉、江河、戚园园等人走出来。

李涛在为大家分矿泉水，一面喊着："水来喽——"走到戚园园身边，李涛说："戚导，小贤今天好多了，我刚给她打了电话，让她打车来剧组，在这儿候着，等拍她的戏。"

戚园园抬起头："不用了，她的戏已经拍完了。"

李涛大吃一惊："什么？拍完了？不可能啊，她一直在医院里啊。"

戚园园点点头："李师傅，是这样，任务急，莫愁把她的角色演了。"

"你是说我们小贤的角色没了？"

戚园园说："这也是没有办法。李小贤那么弱，感冒一直不好，我们又要赶江河的档期……所以，临时决定让莫愁替代了她的角色。"

李涛急了："这这这……你们拍小贤的戏怎么不跟我说一声啊？"戚园园不高兴了："李师傅，你这是什么话啊？我前后跟你说了多少次啊？"

李涛说："可是这次你没有通知我，说要把小贤的戏给拍了啊？"

戚园园说："这是我们导演组临时决定的。李师傅，我知道你很疼爱你的女儿，可是不能这样疼爱啊。你的小贤还不是什么明星大腕儿呢，要是成了明星大腕儿，还不得让我们用手捧着啊。"

李涛生气了："什么？明星大腕儿？你们拿我们小贤……你们……我们什么都不是，我们连个场工都不如啊！"

林雨卉一直听着戚园园和李涛说话，这时她突然把水瓶蹾在桌子上："李师傅，你可不能这样说，这是你们的不对还是我们的不对啊？"

看见林雨卉生气了，李涛连忙赔着笑脸："林导，别价……你别火啊，小贤早就说要过来，都是我让她待在医院的，你们要怪就怪我吧，千万别怪小贤啊。她做梦都在想着她的戏，你对我怎么样都成，千万不能伤了孩子啊。"

林雨卉说："你早干什么了？她的戏拍完了，你又反过来求我们。没办法，拍完了，就是拍完了。"

"林导，我求你，看在我给你们做了这么多天饭的分上，你们别说她的戏拍完了，你们就说让她等等，你有办法的，给她一个小角色，让她演一场，哪怕是最小最小的角色……你是一个好人，你一定能想出办法的啊。"李涛可怜巴巴地说。

李涛看见站在一旁的江河，就像找到了救星："江河老师，您帮忙给说说。"

江河叹了口气："李师傅，你是一个好父亲，你爱你的小贤，我们整个剧组的人都挺感动的，可是剧组和家里不一样，赶周期、资金短缺。你光想着自己的女儿上镜，可病了谁也没有办法呀。说实话，天底下没有不爱女儿的父亲，可是你对李小贤的爱是不是太过了？"

李涛愣了一下："江河老师，你怎么能这样说啊？"

江河说："全组为她一个人，计划改了又改。我们是一个集体，要是每一个人都这样对待集体的事情，那这剧组不就完蛋了吗？她不就是一个感冒吗？"

李涛摇摇头说："江河老师，你说得对，你批评得有道理。可是你没有想过吗？我李涛再溺爱孩子也不至于把工作停了，请了长假来陪小贤吧？林导、戚导还有大家，你们都是好人，我本想把我们父女俩的秘密一直隐瞒下去，可是……我还是告诉你们吧。小贤是一个将不久于人世的孩子，她已经得了不治之症啊。"

大家都愣住了。

他们说话的时候，李小贤已经坐在了出租车上，还不住地在咳嗽。

司机说："哎哟，你这孩子，带着病拍电影，可是真不容易啊。"李小贤说："因为我都把大家耽误了。真没想到偏偏要拍我的戏的时候，我病了。"

"是吗？那也不能带病拍电影啊。"

"没事，现在好多了。"

"听说你们组里有一个大腕儿演员叫江河，报纸上电视上都有关于他的消息。我挺爱看他的戏……"李小贤笑了："我也是，他有个性，有特点，这两天我要和他演对手戏呢。"

司机说："听说像他这样的大腕儿，一部电影挣的钱，我一辈子都花不完。"

李小贤说："这个我倒是不知道，我只知道我们是一个挺穷的剧组，来这个剧组的人都不是为钱来的。"

李小贤下了出租车，她匆匆向片场赶去。

听李涛说了李小贤的病情，大家一时不知道如何是好，戚园园让李涛坐下，听李涛继续说。

"其实我不是望子成龙，也不是望女成凤，我就是为了让她在有限的时间里活得快活。她从小就是一个电影迷，她梦想着长大考进电影学院当一名演员或者电影工作者，可是她等不到这一天了。为了圆她的电影梦，我才做了这样的决定，带她参加你们剧组，哪怕演一个跑龙套的小角色……"李涛眼睛里已经浸满泪水。

"李师傅，你这……你为什么不早说啊……"林雨卉说。

"我要是告诉你事情的真相，我们就来不了剧组了，你们会要一个得了绝症的孩子进剧组吗？我只能撒谎，我是一个从不撒谎的人，可是为了小贤……我只能撒谎了……你能让我们小贤进剧组，你不知道她有多高兴啊！"

"李师傅，你别说了，这些情况……你应该早告诉我们啊……"

李涛有些激动了："导演，你让我再说两句吧，说出来，我心里也会痛快些……当初，我没有想到剧组这么器重我们小贤，给了我们这么一个好角色。本来她这病是撑不到现在的，她隔一段时间就得做一次化疗。可这次她为了拍戏硬撑着……我们怕剧组担心，她每天都在偷偷地吃药……她说她能挺到拍摄结束的，哪想到她的戏还没拍就又病了……"

戚园园小声对林雨卉说："导演，李小贤来了。"

大家立刻安静了。李小贤笑吟吟地看着林雨卉："导演……我来了。"

"来啦，先休息一会儿。"林雨卉一时不知道说什么好。

李小贤深深鞠了一躬："对不起了，我对不起大家……对不起导演……对不起江河大哥，让你的戏拖了这么久。"

林雨卉拉着李小贤的手："小贤，别哭啊。身体好些了吗?"李小贤说："我不哭，我不哭……不过……在剧组这些天我过得很快活……真的很快活……我为什么要哭呢?"

"你先等一下，我们商量个事情。"林雨卉把江河、戚园园叫到了"审讯室"。

"咱们看看，有没有地方再给李小贤加一场戏。"林雨卉一面翻剧本一面说。

"刚才我也想了，没找到小贤能拍的戏。"江河拍拍脑门。

林雨卉苦笑着说："刚才这事是在电影课上没有的课程，听李师傅讲，我的心特难受。"

"我看实在不行，我们俩现在就给小贤编两场戏，给她拍下来。"江河说。

林雨卉摇摇头："这怎么行呢? 我的思绪太乱，没法创作，给她编的戏怎么样才能融进剧本中啊? 如果拍了根本没有用，对孩子的打击不是更大吗?"

"总不能让小贤白跑一趟,她现在还在发烧呢。要不马上让张嘉兴给她写两场。"

林雨卉摇摇头:"张嘉兴又不是神仙,这怎么也得半天呀!"

戚园园说话了:"我有个主意,还让李小贤拍那段莫愁替她拍的戏。不要告诉李小贤已经拍过了。第一,这台词她已经背得滚瓜烂熟;第二,可以安慰李小贤;第三,万一李小贤拍得好我们还可以用。麻烦的是要耽误时间,浪费胶片。江河要马上化装成在学校当老师的模样。景不能在学校,就在旁边的小路上就成。"戚园园话音刚一落地,江河就举手:"我同意,不怕麻烦!"

林雨卉也点点头:"就是实在不能用,到时候送给她,留作纪念。"

二

李小贤说:"导演,你们要拍我的戏是吗?"

林雨卉点点头。

李小贤说:"戚导演,我和江河老师先走一遍戏,不实拍,你用DV先录一遍成吗?"戚园园点点头。

这是一场楚渐离让李小慧劝丁香的戏。

小树林前的小路。

楚渐离(江河扮演)站在一棵树下。

李小慧(李小贤扮演)快步走过来:楚老师,你找我吗?

楚渐离：是啊，小慧，丁香怎么没来上课啊？

李小慧：哦，她病了。

楚渐离：怎么病了？

李小慧：我也不知道是怎么回事，总觉得她这段时间心里好像有事儿。我觉得她好像……好像……她也许是爱上什么人了。她有的时候是一副很幸福的样子。

楚渐离：她跟你说过吗？

李小慧：没有，也许不到时间吧，幸福有的时候应该是一个秘密吧？只能告诉心爱的人，不可以随便跟人说的。

楚渐离：呵呵，是啊，幸福是一个秘密，只能跟心爱的人说。

李小慧刚要张口。

楚渐离：你不用说，我知道你要说什么。

李小慧：是吗？

楚渐离：你是丁香最好的朋友，你一定要转告她，我很爱我的妻子，我很爱我的家。她以后一定会遇到比我优秀的男孩子。

李小慧：我这么说她会明白吗？

楚渐离：我想她会明白。

李小慧：可是丁香说她以后不会再爱了，她说……你是她一生中最爱的人，也是唯一的爱人。

楚渐离：她怎么这样说啊？她真糊涂。我大她整整十六岁啊，她现在正是花季年龄，也许……她还不懂什么是真爱。

李小慧：你……你怎么能这样说丁香？难道一个女孩

子纯洁的爱情在你这里分文不值吗?

　　楚渐离:正因为这份爱太宝贵了,我才不能要,她应
该把这份爱献给她最爱的人啊……

　　李小慧:楚老师,那我走了……

"停——非常好——实拍——"林雨卉说。

李小贤走到林雨卉跟前:"导演……"

林雨卉说:"小贤,还有什么事情吗?"

李小贤说:"我想跟您商量一下这场戏行吗?"

"你说。"林雨卉觉得李小贤有些异样,她真怕李小贤现在就会
倒下。

　　李小贤却说:"导演,我知道这场戏,莫愁已经替我演过了……"

　　全场一片唏嘘,大家以为李小贤还被蒙在鼓里,现在没有秘密
了,大家心里空落落的。李小贤接着说:"我非常感谢你们这样关
心我,让我拍这场戏,你们是为了我写的,现在也是专门为我重
拍。我真的感激你们……"李小贤哭了,"我已经知足了,我在戏
里有了自己的角色,能和江河老师拍戏,而且已经用DV拍下来
了。我已经很高兴了。谢谢导演,要是有来世,我会好好报答您
的,还做您的演员……"

　　全场的人都愣住了,林雨卉大声说:"小贤,你说什么啊?"

　　"导演,你现在拍这个戏,不是在浪费时间,浪费胶片吗?再
说江河老师的档期就要到了,你应该抢时间呀!你可千万别管我,
我已经把大家耽误了……"

　　林雨卉流下了眼泪,她大声说:"孩子,你以为这是在浪费时
间吗?我们用这么点时间互相关心,互相温暖,给你献一点小小的

关心和情谊，多宝贵多值得呀！这不是金钱可以买到的！"

"说得好！"陈宇星在升降机上高声大喊。

没有了一点声音，全场的人都流下了眼泪。

那天晚上，李小贤又回到了医院。这次不是她一个人回来的，许多同学都在那里陪着她。晚饭的时候，江河还特意给李小贤喂汤。江河说："好啦，喝了这碗汤，出点汗，体温就会降下来。"

李涛欣慰地说："这是小贤今天吃得最多的一顿饭了。江河老师，谢谢你！"

林雨卉在一旁开玩笑地说："大明星，就是不一样啊。你喂了汤能治病呀！"

"什么？你这不是骂我吗？"

大家都笑起来。李小贤从来没有像今天这么快活。她也不好意思地笑了。江河捧起李小贤床头的一个花瓶，一束鲜花好像是刚刚买的，花蕾含苞欲放。江河忍不住说："真漂亮啊。"

李小贤说："这是同学们刚刚送的。"

"花瓶也很漂亮。"江河伸伸大拇指。李小贤指着李涛说："我老爸给我买的，从北京带来的……"

从医院出来，林雨卉坐上江河的汽车。

江河说："林雨卉，我看你一直太忙，也没有跟你谈，我的档期大后天就到了。"

林雨卉"噢"了一声："你要走了。""我知道我要是一走，这部电影就得停。"江河看着林雨卉的眼睛。林雨卉问："你下一部戏要拍多久？"

"合同是三个月。"

"三个月……那我就三个月以后再建组。"林雨卉自言自语。

江河说："三个月以后？你在开国际玩笑。你既不是张艺谋也不是陈凯歌，你这点钱就已经捉襟见肘了。剧组解散再重建，那开销可就大了去啦。"

"那怎么办，我们得按游戏规则办事啊。再说，对方给你的劳务费可是不低，不像我们组，不仅我不好意思……"林雨卉长长地叹了口气，"合同到了，你有你走的理由啊。"

江河说："下一部戏，导演已经建组了，正在选外景呢，而且主要演员都基本定了。我的意思是……我跟他们商量一下可不可以跨戏。"

"好像不大可能，剩下的几乎都是你的戏了。总不能你在那边演戏，我们就在这边耗着吧？"

汽车缓缓行驶在路上，两个人相对无语，他们面前摆着一个谁也没有办法逾越的障碍。

三

今天还是拍在日本宪兵队的戏，一场是丁香和宪兵队长的戏，一场是尹小航与江河的戏。

48. 宪兵队长办公室，日，内

丁香走进来。

丁香坐在宪兵队长对面的椅子上。

丁香：你们不要再折磨他了。人是我打死的，枪是我拿的……

宪兵队长疑惑地看着丁香：小姑娘，你今年多大？

丁香：看不出来吗？

江河要离开的消息一阵风似的传遍了整个剧组。

吃过晚饭，男同学们商量着怎么挽留江河。在这些同学中，大家公认任强和江河的关系最好。江河不喝可乐，剧组每次发可乐的时候，江河都把可乐送给任强，任强都不喝，当作文物保存下来。他还有个特殊的办法，江河送他可乐的时候，他就拿出一个铁钉子，让江河在可乐的红底子上刻下名字。要是其他演员早就烦了，面对任强，江河却特有耐心，他不但刻上名字，还刻上编号……

吃过晚饭，大家簇拥着任强到了江河的房间门口。

任强还在推辞："你们……你们疯了！我怎么能行？"

陆见川说："你小子别废话了，江河可是最看重你，你收藏了他那么多可乐，冲这个，他也不会驳你的面子啊。"罗丹一本正经地说："任强，这是一个任务，而且是最艰巨的任务，我们这部电影一定要拍下去。我们现在是一个集体，不管怎么说，我们得想办法让江河留下来，我们要共同拍完这部电影。全靠你了。"

任强吸了一口气，鼓起勇气敲门。江河在里面答应着。任强进了门，手脚都觉得不知道怎么放了，异常拘束。

"不会是找我聊天吧？"江河说。

"嘿嘿，就是聊天……嗯……我就想跟你聊聊……聊聊……"

"我可没有时间陪你聊天啊。这几天都在抢我的戏，我在看剧本呢。你看你这孩子，有话直说啊，你平常不是挺能侃吗？"

"我是想说，你能不能不走啊？"

"我没走啊！"江河笑着说。

"我是说……你拍完这部电影再走。"

江河的表情变得严肃了:"你回去吧,这事和你们小孩子没有关系,这是我和摄制组的合同的问题,人要有诚信,我已经做到了。"江河又说:"任强啊,你的心情我理解,你们的心情我也理解。可是在这个圈子里是有游戏规则的啊,大家要是都不遵守游戏规则,那不就全乱套了吗?"

任强说:"你要是走了,剧组肯定会乱套。"

江河摇摇头:"不会的,导演给你们先拍别的。"

任强说:"你别糊弄我们呀!大家都说了,你一走说不定什么时候回来,我们剧组就垮了,你要去的那个组几千万的投资,我们这个组才几百万,你肯定不会来了。"

"这些都是谁跟你说的?"

任强又说:"你别走,把你的戏拍完再走,你知道……我们剧组,我们大家多爱你吗,你知道你在我们的心中多么……多么……"

江河站起来摸摸任强的头:"任强,你要说什么,我都知道,我谢谢你们对我的信任和好感。有些事情,你长大了,就会明白了。我现在讲给你听,你也不会懂……天不早了,明天有我的十场戏呢,给我点时间,我要研究角色。"

任强竖起五个指头比画说:"我们给你算过,你还有七十场戏,你还有两天时间,林导就是累死也拍不完的。你走了,她怎么办啊?"

江河说:"她自然有办法。她还有制片主任。"

任强大叫:"她没有办法!眼瞅着就是没有办法!"

江河一下愣住了,但他真的没有更好的或者两全其美的办法。

江河走的那天,天气很晴朗。张嘉兴跟江河带着行李走出宾馆的大门，张嘉兴帮江河把行李放进车里。江河已经上了车，又走下来，回头看了一眼空荡荡的宾馆大堂。

"江河，你真的还能回来吗？"

"怎么也得回来一下，还有几场重要的戏呢！"

"拍完了再走不成吗，这样一来一去的多麻烦呀！"

"按合同规定，今天就是去那个剧组报到的日子，要是不去，人家也不好办呀！"

"还罚钱吗？"

江河笑笑："违约金也是一定要罚的。"

张嘉兴叹了口气说："哦，林导说了，她今天上午要拍别的戏，不能来送你了。"

江河说："我已经不好意思了，就别耽误她的时间了。抱歉啊！"

张嘉兴说："瞧您说的，您也是按合同办事，没有什么抱歉的。您放心走吧，我跟林导解释就是了。希望您那儿一有空就赶快过来拍咱们的戏。"

江河说："那是一定的。"江河的手机突然响了。张嘉兴说："准是那边来电话催了，您快上车吧！"江河说："不是呀，林导回来了。"他们正说着，只见剧组的大巴车响着喇叭开到宾馆大门口。车门打开，林雨卉带学生们"呼啦啦"地走下来，顿时站满了半个院子。江河心里一阵感动。

林雨卉走上前来："下边的戏不用抢了，我和同学们来送送你。"江河说："你不是说拍戏不来了吗？"

林雨卉用手一指："我倒是不想来，他们非要来，戏都拍不下去了。崇拜你的人太多了，你不会惊讶吧？不是我要来的，是孩子们，他们嚷嚷着闹着要来送你。"

江河的目光和孩子们那纯净的目光相遇，他一下不知道说什么好了。他双手合十向大家作揖："谢谢大家来送我，谢谢。我的电话林导那里有，我们回北京再聚啊，我请大家吃饭。"

宋姗姗大声说："江河老师，怎么是北京见呀，您不是还回来吗？"

江河连忙说："我说错了，回来回来。"

"什么时候回来？"许多同学一起问，"你能不能抓紧时间回来啊？"

江河连连挥手："我一定抓紧回来。再见啦！"

李小贤走了过来，递给江河一个盒子说："你不是喜欢我那个花瓶吗？送给你啦。"

江河打开盒子，漂亮的花瓶在阳光下显得更加光彩夺目。江河说："小贤，你送我这么珍贵的礼物！"李小贤说："你只要喜欢就好。看见它你就会想起有个李小贤。"

江河把花瓶递给李小贤："谢谢你的情谊，你的心意我领了。可是这是你爸爸给你的珍贵礼物，我不能要！但是我非常感谢你。"

李小贤着急了，连连推让说："不不不，这是送你的。你一定要收下。"

江河摇摇头："真的，我已经很不好意思了。小贤，我认识你真的很高兴，但是我真的不配接受你的礼物啊。"江河再次把花瓶递给李小贤，没有想到李小贤突然一收手，花瓶落在了地上，碎了。

江河连连说："对不起，真对不起！唉，我不是故意的，我这是怎么啦……"

李小贤使劲咬住嘴唇，不让自己哭出来。此刻，江河已是万分的后悔，他下意识地蹲下去捡花瓶的碎片。没想到，李小贤也蹲了下去捡。两个人的头碰在了一起。李小贤笑了起来，江河也笑了："小贤，以后，我再给你买一个更好的，一定！我说话算话，啊！"

李小贤不住地摇头说："我会把花瓶粘起来，我盼着你能早点回来，我再送给你。"

江河点点头。

江河拥抱了每一个同学："再见了。"大家一起说："再见。"

大家目送江河的车开走。汽车已经看不见了，只有李小贤和宋姗姗还望着江河的车开走的方向。罗丹说："看出来了，男女有别，我也是江河的崇拜者，我就没有两位女生对他的痴情。"

宋姗姗说："罗丹，你是不是嫉妒我们啊？"

罗丹笑笑："不是嫉妒，是羡慕你们的痴情，江河走了，我不能没有崇拜的偶像。从今以后，我罗丹改为崇拜你们。"

宋姗姗挺胸抬头说："这还差不多。"

陆见川在一旁说："我也加盟。"

四

江河走了，大轿车把大家又拉到外景地。

49. 树林中的空地，黄昏

丁香被几个日本兵押解着走过来。

宪兵队长：你说，在哪里？

丁香走到一个树木稠密的地方，用手拨开。

秦本亮的尸体显露出来。

宪兵队长：凶器在哪里？

丁香：不是凶器！

宪兵队长：你用什么打死了他？

丁香走到一棵树下，伸手从树杈上掏出一把锤子。

"停——"林雨卉说。

戚园园问林雨卉："下面拍哪场？"林雨卉递给了戚园园两张纸："秦本亮有个妹妹，和丁香也是同学，在学校大群众的场面里出现过，李小贤也在其中。后来就没有再表现，昨天晚上，我给她特意加了一场戏。"

戚园园飞快地看了一遍，拍手叫道："好，导演！你太有才了！"

50. 日本宪兵队的牢房，日，内

秦小妹（李小贤扮演）来到一个囚犯见面的地方。丁香满身伤痕地躺在铁栅栏后面的稻草上。

警察画外音：丁香，有人来看你！

丁香站起身来。

秦小妹：丁香，我是秦小妹。

丁香：秦小妹，你怎么来了？

秦小妹：我来看看你……

丁香：你的哥哥是我打死的，我也觉得挺对不住你妈妈和你的。

秦小妹：你怎么这样说啊？

丁香：他毕竟是你的哥哥啊。你……是不是很恨我？

秦小妹：这怎么能怪你啊？他自己走错了路。他不仅

连累了你，也连累了楚老师。听说楚老师被他们拷打，受
了不少折磨。

　　丁香：因为我交代了，现在他们不折磨他了，我们就
等着那一天了……（丁香看到了秦小妹头上的花）你头上
的这朵花真好看啊。

　　秦小妹听了就把自己头上的花摘下来给丁香戴上了。

　　秦小妹：这朵花送给你了，你戴比我戴好看多啦。

　　丁香：是吗？谢谢你啊。

　　丁香向秦小妹伸出了手。秦小妹拉住了丁香的手。

　　两个女孩子的眼泪下来了。

　　"好——"林雨卉一面说着一面鼓掌，大家也都开始鼓掌。林
雨卉从导演椅上站起来，走过去，在李小贤面前站住："小贤，谢
谢你，虽然你只有一场戏，可你是我们这个剧组里最优秀的演员。"

　　李小贤这时已经是满脸泪水了："谢谢导演，谢谢大家！"

　　林雨卉说："只是给你这个角色的戏太少啦。"

　　李小贤说："导演，我知足……我真的很知足……"

　　就在这时，掌声又响起来，大家回头一看，原来是江河。

　　"江河——"几个男生一起喊道。

　　大家都愣住了。

　　江河走过来，他张开双臂拥抱了李小贤。江河说："小贤，
你……你让我无话可说……"李小贤羞红了脸："没有啊，你可是
我崇拜的大明星。"

　　江河回转身又拉过宋姗姗："也得祝贺你，这样两个身份不同的
同学，心情那么复杂，你们都给表现出来了，我真是很替你们高兴！"

李小贤和宋姗姗一起问："你怎么回来了，落了东西吗？"

江河点点头："落下了。"

"落下什么了？"

"舍不得你们呀！"

片刻的沉默之后，大家一片欢呼。

剧组的人也都围了上来。江河说："我的车开到县城的时候，我给他们打了个电话，问他们能不能晚一个星期。"

"他们怎么说？"大家一起问。

"他们说，如果那样可就要交违约金了。我就开玩笑地问，那得交多少钱呀？"

"多少钱呀？"同学们一起问，"我们捐款帮你交违约金吧！"

江河苦笑说："我就掂量呀，一头是与你们的情谊，另一头是违约要罚钱。其实还不光是个钱的问题，如果光是钱的问题也就好办了。你们长大了就会明白，人的一生总是面临着选择。哪头重哪头轻，就凭直觉了。"

陈宇星大声重复着他那句老话："森林里有两条路，我选择人迹罕至的一条。"

"对！现在我的直觉告诉我，人迹罕至的一条就是我们追求爱的那一条！"

同学们面面相觑，还不太理解江河说的话是什么意思，但他们知道江河是为他们而留下的。

那一天晚上，江河与林雨卉坐在宾馆的咖啡厅里聊天。林雨卉感动地说："江河，这回，我真没想到……"

"因为有你。"

"这是台词？"

"现在不是。"江河说。

"你一走，我的心就凉透了。可是我一听孩子们喊你的名字，我的心一下就跳起来了。"

"人啊，真是此一时彼一时，现在的你和片场的你完全是两个人。"江河说，"你变得优雅了……当然，片场和生活不可能是一样的。"

林雨卉笑笑："你们男人就是喜欢女人小鸟依人的样子，不过我知道自己绝对不是一只小鸟，也做不成小鸟。"

江河看着窗外依稀的树木说："月明星稀，乌鹊南飞，绕树三匝，何枝可依？"

林雨卉说："江河，也许我们只是彼此吸引，并不一定合适，虽然你是唯一——"说到这里，林雨卉低下了头。

那一晚他们谈了很久，谈的什么似乎都不记得了，他们只是为了把谈话继续下去。

那天晚上，陆见川和罗丹、梁铮坐在一起聊天。

罗丹说："我昨天看到林导的房间，满墙的场景表都画红了一大半了。江河一回来，剧组一下就像活了起来，我估计咱们剧组的戏半个月就能结束了。"

陆见川说："是啊，真快啊。回去以后你第一件事要干吗？"

罗丹想了一下："也许还得去英国读书，不过我对出国真不感兴趣……对了，我要先和老爸老妈一块去吃西餐。你呢？"

"我还得回到我的工厂去当技工。"

"你应该去上学啊……我本来就对出国不感兴趣，去那儿的学费够我们俩人在中国读几个大学的。我出钱帮你读书，我们还做同学。"罗丹激动地说。

梁铮不满地说："唉，你怎么不提我呀？我的学费你也得出，我伺候了你半辈子呀！"

大家笑起来，陆见川也很激动："谢谢你的这份心意……我还是自己挣钱吧。"

罗丹说："唉，你这人啊！得，我知道我说服不了你。那你一定要加油啊。我们去电影学院再做同学。我可不是说着玩的。"

"要是当不了同学呢？"

罗丹说："怎么会当不上呢？在学校你的学习成绩可是比我好多了。"陆见川说："电影学院的大门不是人人都能敲开的。"

梁铮说："你怎么总说什么电影学院？不上也没有关系呀！无论做什么，我们都可以当好朋友，一生一世的好朋友。"

陆见川和罗丹一起说："对，一生一世的好朋友！"

不可思议遇见你

雪丁香

第十七章

痛苦的时刻

一

第二天中午，吃过饭，大家席地而坐，天南地北地神吹胡侃，只有周可欣的目光好奇地追随着陆见川的身影。陆见川正在和江河、林雨卉聊天。

任强对周可欣说："哎，他们聊什么呢？"

周可欣说："还能聊什么，林导和江河老师就是两个戏疯子，见谁跟谁聊角色。"

任强说："可是他们怎么就没跟我聊过呢？"

周可欣笑着说："你一个跑龙套的，跟你聊什么啊？你们发现没有，最近林导对陆见川好像格外关照。"

尹小航："这不是明摆着的吗？你们看，吃肉饼那天，咱们全都多拿了，就是陆见川没多拿，从那件事开始，我觉得导演就对陆见川另眼看待了。"

周可欣说："就是，害得我们挨批评！"

尹小航摇摇头："我觉得挨不上边，陆见川就算是也多拿了肉饼，我们还不是一样挨批评。"

"那可不一样，就因为有了陆见川的好，才显出我们不好呗！"

"你这可有点小心眼啊！"

周可欣说："要我说，导演对陆见川好，也不光是从肉饼那天开始，你看他几乎每天都在现场给导演倒杯水，多有眼力见儿呀，我要是导演，我也喜欢这样的人。"

"你们别在背后说这么多好不好？一会儿陆见川来了，你们跟他当面说。"罗丹说。

"这话怎么能当面说哪，罗丹你和陆见川是好哥们儿，你应该说说他。"

"我觉得一个人想干什么就干什么，别伤着别人就是了。人家陆见川不一定像你一样想那么多……"任强说。

"罗丹，陆见川在学校一定是干部吧？"尹小航说。

"恰恰不是。"

任强有些不耐烦："这有什么关系啊！周可欣，你又多事，对吗？"

周可欣给了任强一巴掌说："你才多事呢……"

周可欣忽然说："哎，我们做个游戏怎么样？"

"什么游戏？"莫愁问。大家也饶有兴趣地看着周可欣。

周可欣神秘地说："这个游戏也是个试验，也是个玩笑。我们这个游戏的主人公不能在场，他本人更不能知道。现在恰好陆见川不在场……"

"快说，什么游戏？"任强催促说。

周可欣说："我们大家一起说好，待会儿陆见川回来我们谁也不和他说话，谁也不许理他，记住啊！有一个人理他这个游戏就没有效果了。大家坚持三个小时。你们观察陆见川的表情，特别有意思！"

"他要看出来我们是在做游戏怎么办？"任强有些犹豫。

周可欣说："那也没有关系，还是坚持不理他。我告诉你们，这个游戏特酷！"几个同学都应声："同意——"只有任强没有说话。

"任强，同不同意？"

尹小航说任强和陆见川是哥们儿。

周可欣说："你们要是和他说话，我们也白玩！"

尹小航劝道："任强，这是做游戏，又不是干别的。"

周可欣又动员说："任强，大家都同意了，就看你的了。这是游戏！"罗丹说："你们玩你们的，我不参加。"周可欣急了："为什么啊？"

梁铮举手："我表示理解。支持罗丹，两个人刚刚和好如初，上来就开这种玩笑不合适吧？"任强说："你真不愧是罗丹的秘书啊。我也表示理解。"

周可欣没有办法只好说："那你回避可以吗？凡是陆见川在场的时候，你就想办法离开。"

罗丹想了一下："好吧，我回避。"

宋姗姗、李小贤，包括尹小航，他们都不知道这个游戏的后果，以为一定很好玩，于是也笑眯眯地答应了，只等着陆见川出现。

陆见川从远处回来了，他显得很高兴："嘿，你们知道我干吗去了吗？"

没人说话。

"嘿，你们怎么了，怎么都不说话？"陆见川走到任强跟前坐下，"喂，你知道吗？林导并不像我们想象的那么严厉，她挺温和的。"

任强居然歪过头对尹小航说："尹小航，你们艺校学费每年多少钱啊？"尹小航说："没多少钱。"陆见川不高兴了："任强，我和你说话呢，听见没有？"任强继续和尹小航说话："你们参加演出有没有补助？"陆见川不解地看着任强。他站起来走到李小贤跟前："李小贤，你说任强是不是出毛病了？"李小贤站起来，走到莫愁的身边："哎哟，还在等什么啊？怎么还不开机啊？"莫愁说："林导要拍一个移动镜头，挺复杂的。"

　　陆见川似乎意识到什么。他笑着站起来："哈，我知道了，你们大家算计好了和我开玩笑，这个坏主意是谁出的？谁是主谋，谁是胁从？李小贤，我觉得你是他们当中最厚道的一个，你不应该为虎作伥啊！"

　　李小贤对莫愁说："你玩过《完美世界》吗？"莫愁问："什么《完美世界》啊？"李小贤回答："就是一个网络游戏，挺有意思的。"

　　陆见川很尴尬地站在那里，心里明明知道是玩笑，却是非常的恼火："我一会儿挨着个和你们说话，考验你们的时候到了，看谁在错误的道路上越走越远！"

　　没有人理陆见川。陆见川走到周可欣的跟前："周可欣，不要装了，让你一分钟不说话你都忍不住，你的心里就能憋住这样残酷的阴谋吗？"周可欣却对宋姗姗说："一会儿可能是咱俩的戏，对对台词吧！"

　　宋姗姗说："好，你把本子拿来。"周可欣又说："不用，我都背下来了。"

　　陆见川脸色变得很难看，他站起身，朝十多米外的一棵大树走去。而大树下的罗丹却绕过陆见川又回到了同学中。

　　陆见川一个人坐在树下，他心里很奇怪，明明知道他们在开他的玩笑，心里却真的很愤怒。为什么？说不清！

　　看着远处的陆见川，几个同学忍不住小声笑起来。任强说："真好玩！"

　　李小贤问："差不多了吧？"周可欣却说："什么差不多？刚刚开始！"

　　罗丹问："周可欣，这个游戏叫什么名字啊？"周可欣专家似的解答："有人管它叫'憋死你'，有人管它叫'烧烤三小时'！这个

游戏只能在这个场合玩，在学校玩不了，你要让那么多人同时不理他太难！只要有一个人理他，这个游戏就没意思了！"

"他不会玩急了吧？"莫愁担忧地说。宋姗姗说："听这名字就够残酷的，烧烤三小时，谁发明的？"

周可欣说："他怎么急？他跟谁急？真急了那样效果才好。"

陆见川孤独地坐着，一直到下午拍戏结束。

晚饭的时候，大家都围着一张桌子吃饭，有说有笑。陆见川走进来，他找了一张空桌子独自坐下。他以为会有人凑过来，结果没有。

李小贤又捅捅身边的莫愁。她们一起扫了陆见川一眼。

陆见川吃完饭，独自一个人走出了餐厅。

大家注视着陆见川的背影。任强说："我觉得咱们的戏有点过了。我看陆见川心里特难受！"李小贤说："我们赶快去哄哄他吧，我觉得他特可怜特孤单！"

周可欣用手指"嘘"了一下："你们这些人太没有出息！玩这个游戏不能心软！再说陆见川是一个男子汉，连这点玩笑都经不住，还叫什么男人啊！"

莫愁笑笑："就是，他给导演倒水，大家说他拍马屁的时候，他一点都不在乎！"

梁铮看看表："三个小时差不多了，还差一刻钟！"罗丹说："你说这个游戏最后怎么结尾啊！"

周可欣解释说："我也是第一次做这个游戏，听他们说当你和他说话的时候，他会有三种表现，有一种是根本没有把这当成一回事，你跟他说话，他也跟你说，根本不生气——如果这样我们就输了，什么效果也没有，这个人不是感情型的人；第二种就是把你臭骂一顿，我们就连连道歉，表扬他是一个很重感情的人；第三种就是不和你说话，你怎么跟他说他也不理你！我们怎么哄他他都不理你，这个劲儿一两天都缓不过来，这种人虽然重感情，但是缺乏幽默感……"

宋姗姗说："陆见川没有事吧？"周可欣说："告诉你们，在我们这些同学当中，陆见川的心是最硬的，他才不在乎呢！他就是我说的第一种人。"

"那我就放心了。"李小贤说。

"哎，我们一会儿玩'杀人游戏'怎么样？"周可欣说。

此刻，陆见川呆坐着。他忽然将自己床下的箱子放到另一张床的地下。用拖把将自己床下拖了一下，又垫了两张报纸，然后他全身钻了进去，躲在了床下，然后竖起耳朵听着外面的动静。

外面传来脚步声，接着是钥匙转动的声音、开门的声音，陆见川看见几只脚在他眼前走来走去。罗丹的声音："任强，你去到女生那屋看看她们准备好了没有？"任强的声音："好吧——"

任强的脚步声渐渐远去。罗丹又说："尹小航，你的那本书到底有没有啊？"尹小航的声音："给你，你是不是以为我骗你啊？给，就是这本！"又传来脚步声。任强的声音："哎，都过去吧，她们那边准备好了。"梁铮说："别忘了，你把你那副扑克带上。"

屋里传来杂沓的脚步声。房门被重新关上了。

陆见川从床底下爬了出来。外面忽然传来脚步声，陆见川急忙重新爬回床下。

尹小航拿了一个茶杯，又匆匆走出房门。

陆见川在床下又躺了一会儿，不时地侧耳倾听，此刻，他多么希望有人来找自己！

　　小乌龟笨笨地从盆里爬了出来，来到他的身边。陆见川把它拿起来，放到胸脯上，轻轻抚摸它。最后，陆见川从床底下爬了出来。他站起身，打量着房间的每一个角落。屋里空空荡荡。

　　这个时候，他发现自己从来没有这么软弱过。他不希望刚才的一切都是真的。他带着小乌龟走出门去。陆见川从房间里走出来，走出大堂。陆见川一个人孤独地走在寂静的道路上。此刻他忽然想起他在剧中扮演的角色袁山。

　　当时陆见川问过："导演，我演的袁山后来怎么没有交代呢？"

　　林雨卉说："怎么没有交代？他参加了抗日部队，开赴前线了。你看，在这儿……你的剧本呢？哦，这一稿里没有，如果有钱的话，可以拍一个大场面，袁山走在抗日的队伍里。"

　　陆见川孤独地走着。

　　忽然，陆见川听见远处渐渐响起整齐的脚步声。脚步声越来越近。陆见川回头。

　　一支抗日部队列队向他走来。月光下钢盔闪着寒光，威武而悲壮。

　　整齐的步伐。

　　陆见川看见自己一身戏装走在队伍当中。

　　陆见川看着走在队伍当中的自己。

　　部队在陆见川面前走过。

　　队伍走远，消失在月光里。

　　陆见川呆呆地站在那里。那样真切，那样雄壮。虽然是幻觉，但那一刻，陆见川觉得自己长大了。

　　除了陆见川之外的几个男生和所有的女生在玩杀人游戏。李小贤回到爸爸那里休息。游戏好像进行到中间，担任法官的罗丹煞有介事地说："夜幕降临了，大家都睡觉了，大家闭眼。就在这个时候，'杀手'出现了，他趁着月色来到旅馆……"

有人敲门，进来的是张嘉兴。大家吓了一跳。

"陆见川呢？"张嘉兴问。

大家愣了一下，突然想起了还在"烧烤"中的陆见川。

"坏了！"任强大叫一声，跑出门去。几分钟之后他跑了回来："陆见川不见了。"宋姗姗说："咱们去找找他吧！"周可欣说："这局还没有结束呢，你们不玩啦？没有事儿，他能上哪儿去呀？"

"你看看几点了？"张嘉兴说。

大家慌乱地看表，一片惊讶："哇——都十一点半了。"

任强在给陆见川打手机，停了一会儿放下手机："关机了。"张嘉兴忙问怎么回事。开始大家说不知道陆见川为什么没来玩，在张嘉兴一再追问下，大家说出了事情的原委。张嘉兴说了句："这是一种迫害！"

大家都愣了。张嘉兴来不及多说，指挥大家去找陆见川。

女同学都在宾馆范围里找，男生到宾馆前面的街上去找。

一个小时过去了，没有任何结果，女生们聚在大堂里，张嘉兴也有点沉不住气了。

周可欣说："还是告诉导演吧。"

"等男生回来再说。"就在这时候，罗丹、梁铮、尹小航、任强四个人从宾馆的大门外走进来。女生们迎上去："怎么样？"任强摇摇头："我们找了好几条街，连个人影也没有。"

梁铮说："周可欣，你的这个憋死你的游戏可是玩大了。"

周可欣说："什么叫我的憋死你的游戏，这是咱们大家一起玩的呀！"

张嘉兴问:"谁说要玩这个的?"

大家不说话,眼睛都看着周可欣。张嘉兴有些明白了,他严肃地说:"我告诉你们,这不是个游戏,说轻一点这是个恶作剧,说重一点这是一种对人心理伤害的办法。孤立一个人是件很残酷的事情。尤其是受到大家的孤立,它对人的精神是种打击。有时候它比对人肉体的伤害还要大……对朋友对同学做这样的事情不是与人为善的举动!十年前,我的一个同学就是因为这样的游戏而受到深深的伤害,设身处地地替别人想一想,被孤立是什么感觉?好,我只想说,如果你不想伤害一个人,那就不要做这样的游戏。"

周可欣低下头不说话。

就在这个时候,大家看见陆见川从宾馆大门外走进院子。大家又惊又喜,急忙围上去问长问短。

陆见川一言不发径直朝楼上走去。

回到房间,陆见川不说话,大家也不敢说话。

深夜,陆见川躺在床上脸朝着墙,几个男生悄悄走到他的床周围。任强小声说:"陆见川,你没事吧?"

陆见川翻过身,看见床前几个身影愣了一下:"睡吧!"

二

51. 茶馆,中午,内

袁山(陆见川扮演)坐在一个陌生人的面前。

陌生人(王小斌客串)背对着我们,我们看不见他的
面孔。

袁山：我不认识您，您找我有什么事情？

陌生人：我是你爸爸的好朋友。

袁山：我爸的事情和我没有关系。

陌生人：你爸被日本人暗杀了。

袁山惊讶的神情：他给日本人做事，日本人会杀他？你胡说！

陌生人：我今天就是要郑重地告诉你，你爸爸是抗日部队的地下工作者。这次为了营救楚渐离，日本人发现了他的真实身份……你爸爸曾经对我说，他为中华民族而死，死而无怨。但是他最难过的就是他的儿子不理解他！孩子，我今天就是要告诉你，你父亲不是汉奸，是抗日英雄！

眼泪从袁山的眼睛里夺眶而出！

中午的时候，林雨卉接到父亲的一个电话。

"这么长时间，也不给爸爸来个电话？"电话那头林伟群分明带着埋怨。

"爸，不是给您打过吗？您也没有主动给我打！"

"我不是怕打扰你吗？你要是让我给你打电话，我可以天天打给你啊。"

"别别别，可千万别打，在现场我是不能接听电话的。等我拍完了，你随便打。"

"见川怎么样？还像你说的那样吗？你们谈过吗？"

"倒是聊过，人还不错……"

"趁着这个机会，多聊聊，爸爸没有别的愿望……"

林雨卉知道爸爸下面要说什么了，急忙说："爸，要拍戏了，我有空再打……"电话挂断了。林雨卉坐在那里出神，她抬头看看陆见川——她有点喜欢这个弟弟了。

林雨卉装作很随便的样子，走到陆见川的旁边。陆见川正在看一本书，看见林雨卉急忙站起来："导演，什么事啊?"

"没事。看什么书呢?"

陆见川拍拍封皮："《历史不忍细读》!"

林雨卉有些奇怪，她听说过这本书，讲些历史鲜为人知的细节，于是说："你喜欢这种书?"陆见川笑笑："瞎看。"

林雨卉说："有个事……我一直在想……现在想清楚些了……"

陆见川奇怪地看着林雨卉。林雨卉慢慢开口："你……你很有表演天分，你要是热爱表演，想走演艺这条路，拍完这部戏，就回学校上学吧，过一年你考北电或者中戏。"

陆见川有些奇怪地看着林雨卉："导演，你好像要跟我说的不是这事吧?"

林雨卉支吾着："哦……就是这事……怎么不是这事啊?"

陆见川点点头："这事你跟我说过的……我只是想问，学表演，不上学不行吗?"

林雨卉摇摇头："那你会走很多弯路啊。时代不一样了，许多当代的东西还是先从学校学，再说没个学历也不成呀。"

陆见川没说话。林雨卉又说："你不会为学费发愁吧? 对了，我一直没有问，你家里是干什么的?"这话一出口，林雨卉顿时觉得轻松了，多少天想问的事情终于开了个头。果然不出林雨卉所料，陆见川没有正面回答，他说："我上学不想靠家里，我要真想上学，我现在会修汽车，我好好干，争取让老板给我加薪，我争取慢慢攒钱，攒学费。"

林雨卉心想，从技校毕业再当修车师傅挣钱，得好几年。以陆见川现在的情况，不太现实。但她觉得陆见川这个想法很可爱。

鬼使神差一般，林雨卉忽然硬着头皮问："你妈妈还好吗?"

陆见川垂下眼睛低声说："妈妈去世了。"

"对不起……"林雨卉说，这一刻她觉得自己有点虚伪，明知故问。

"没事，罗丹、梁铮、宋姗姗都知道。"

"哦，现在和爸爸一起生活?"

没有回答，陆见川不知道怎么回答，也不知道该不该回答，说爸爸死了不对，说爸爸活着又开不了口。林雨卉看见陆见川的样子，开始觉得自己有些过分了。她觉得她不应该问这个问题。

沉默了一会儿，陆见川终于开口了："不好说。"

林雨卉马上说："没事，不说肯定有不说的难处……不过，陆见川，你这个人我觉得不错，有什么困难，包括演戏之外的，告诉我，我会帮你的。"

陆见川点点头："谢谢导演。"

三

本来陆见川和林雨卉谈得很好，林雨卉也感到很愉快，谁也没有想到第二天拍戏的时候发生了"意外"。

今天还是在小街拍戏，还是秦本亮和丁香的戏。

摄影机在跟移。

画外突然传来刺耳的电锯声。

录音师王磊急忙摘下耳机。

林雨卉抬了一下头："停——"

罗丹和宋姗姗恢复了平时的状态。林雨卉大声喊："张嘉兴——张嘉兴——"张嘉兴急忙跑过去。林雨卉指着发出噪声的方向："怎么回事？你去看看啊。"

张嘉兴答应着朝发出电锯声的方向跑去。

林雨卉疲惫地闭上眼睛。

一上午的戏就被这电锯搞得支离破碎。没有戏的同学在休息。陆见川和罗丹在玩一辆道具自行车。陆见川没有见过这种老式的自行车，感到很好奇："哎，这车干吗用的？"

任强解释说："戏里不是有个有钱人家的孩子骑自行车上学吗？那人就是本人，本人今天要骑车出场，比你们牛吧？"陆见川来了兴趣："让我试试。"

任强严肃地说："道具老师不让乱动的。"陆见川拉过自行车："这又不是纸扎的，不就是一个破自行车吗？要是碰坏了我赔。你知道来剧组之前我是干什么的吗？"

任强眨眨眼，一脸迷惑。陆见川说："我就是修车的。"

任强大惊小怪地说："真的？有长得这么酷的帅哥修自行车的吗？"陆见川笑笑："当然了，而且是修汽车的。"

张嘉兴气喘吁吁地从远处跑过来对林雨卉说："拍吧，没问题了。"

陈宇星说："林导，张老师也真不容易，全组上下一个人包了。张老师，你真棒啊，又是公关部长，又是内务部长，还是教育部长……"

张嘉兴说："哪儿的话啊，王小斌和戚园园都忙，我就是跑跑腿儿，人手不够嘛。"

张嘉兴跑到林雨卉跟前："一个小饭店在装修……好说歹说，才算说好了。"

林雨卉大声说："我们重排刚才那场戏。各部门好了没有？"

有关人员急忙就位。场记打板。林雨卉强打精神："开始——"

电锯声又响了。

林雨卉有些急了："张嘉兴，你怎么跟人家说的？这场戏又拍了一半儿！你这么大岁数了，这点事情都办不利索！"张嘉兴连忙说："对不起，对不起，我马上去看看。"说着，一路小跑。

"大家先休息，不要走远。"林雨卉又习惯地拿起身边的杯子。杯子依然是空的。前几天每次到这个时候，陆见川都会给她倒水。她抬起头，看见陆见川正在远处和任强玩自行车。

林雨卉生气地把杯子倒扣过来放到凳子上。

江河走过来："导演，这样不行，得有现场制片啊，不能让张嘉兴跑来跑去，他盯在这儿，那制片部门的其他事就会耽误，这样又误工了。"

林雨卉有些不耐烦："我知道。"江河接着说："另外现场又开始乱了……这样下去，剧组就又没有章法了。"林雨卉加重了口气："我跟你说，我知道。"

"我没有别的意思……"江河说。

林雨卉把剧本摔在腿上。江河摇摇头不高兴地走开了。

陆见川骑着自行车朝这边驶来，车骑到离摄影机不远的地方停下来。

陆见川一脚蹬地，扶着车把站在一个灯架的旁边："导演，我们悄悄把他们的电线铰了吧！"

林雨卉郁闷地挥挥手："你说这些不都是废话吗？我们能干这种事吗？"

"开个玩笑嘛。"陆见川说。林雨卉心中一愣，她发现陆见川有些没大没小了。林雨卉挥挥手："快走吧，我烦着呢。"

陆见川骑上自行车准备往前骑。经过林雨卉正面的时候，林雨卉大声说："谁让你们骑道具车的，这车要弄坏了，戏怎么拍啊？"

"怎么能坏呢？"

"你马上把车放回去。"林雨卉有些上火了。陆见川急忙掉头猛骑，万万没有想到，车身一歪，把他边上的那盏灯架撞倒了，灯摔在地上，发出一声巨响。

陆见川和车也倒在地上。大家都愣住了。林雨卉大喊一声："陆见川，你干什么？"

陆见川从地上站起来，扶起车："导演，对不起，我不是故意的！"林雨卉怒不可遏地说："你骑着车在机器旁边窜来窜去的，你是疯子还是傻子呀？"

几乎所有的人都围了上来，陆见川有些窝火，话就横着出来了："我又疯又傻，不就是一个灯吗？你至于发那么大火吗？"林雨卉走到陆见川的跟前："你说什么？一个灯？这个灯你赔得起吗？"

陆见川毫不退让："我说，不就是一盏灯吗？你至于发那么大火吗？你别有气往我一个人身上撒！"

林雨卉紧绷着脸："你再说一遍？"陆见川重复道："不就是一盏灯吗？有什么呀，我赔你！"

林雨卉抬手给了陆见川一个耳光！

陆见川呆住了。

摄制组的人都围了上来。江河也跑了过来。

那恼人的电锯声这时候停了。

戚园园拉住林雨卉："你干吗生那么大气呀？"

陆见川激动得脸色苍白。陆见川注视林雨卉良久，推起车朝小街的一端走去。

江河跟着林雨卉走到摄影机旁小声说："你怎么也不能动手打人呀！"林雨卉紧紧咬着嘴唇，不让自己的眼泪掉下来。

张嘉兴跑过来："导演，这次彻底解决了，绝不会再响了。"

林雨卉不说话，坐在那里，用手支着头。张嘉兴奇怪地问："怎么了？出什么事了？"

小街的另外一头，陆见川坐在那里，神色严峻，一言不发。罗丹、梁铮、尹小航、任强都围在他的周围。

任强拍拍陆见川的肩膀："陆见川，说话呀！"陆见川还是沉默不语。罗丹说："陆见川，你说怎么出气，我们给你使劲。"

任强说："怎么能打人呢？这不成了旧戏班子了吗？"宋姗姗在一旁说："你别在这儿煽风点火，要不是你让陆见川骑那个破车，也没有这事儿。"

梁铮摆摆手："宋姗姗，到了这个时候，你就别瞎埋怨了。"又转身对陆见川说："陆见川，你提条件，我去和他们谈判！"

莫愁说："真没有想到，导演那么凶。"

宋姗姗说："导演打人是不对，可是你看她心情多烦呢！烦心的事都赶到一块了，听说那盏灯好几千块钱呢！"

周可欣说："我告诉你们，女导演要是不凶根本就带不了摄制组。"

罗丹说："岂有此理，凶就打人啊？要是林导给你一个大耳刮子，你还不得翻天啊？"

任强说："我说是当今社会风气不对，你看多少电影，女的一生气就给男的一个嘴巴，说这是艺术，男的要给女的一个嘴巴，那就是暴力！太不公平了！林雨卉就是受影响了！"

"你滚蛋——"陆见川骂道。

罗丹推开任强："你不要火上浇油好不好？"任强委屈地说："我这不是给陆哥解心烦吗？"

小街另一头的摄影机旁，陈宇星、张嘉兴、戚园园、江河围在林雨卉面前。

林雨卉眼睛湿湿的："说实在的，我也没有想到我的手怎么出去的。他砸了灯其实我还没有太生气。我就是听了他那句话——不就是一个灯吗？"

大家都不说话。林雨卉又说："大家说得都对，这些天多少不顺心的事呀！我心里有火，现在嘴里还鼓着几个大泡呢！没说的，我打人不对，我向陆见川赔礼道歉！"

戚园园说："张老师，您还不到孩子那边看看他们算计什么呢？"张嘉兴不高兴地说："你不说，我也会过去，我这不是听听导演的意见吗？"

江河说："大家一定要冷静，不要影响工作。剧组就怕出这种事，一弄一天就过去了，这时间多宝贵啊，这时间就是……"说着，他发现话有些不对马上改口："这些孩子越来越不像话了，怎么能在片场开玩笑呢？"

张嘉兴走到男生跟前打招呼："怎么样啊？"

尹小航有些不满地说："什么怎么样？"张嘉兴走到陆见川跟前："陆见川，导演说了，要来给你道歉。"

"不用！"陆见川头也没有抬。

张嘉兴和声细语地说："陆见川，你听我说，怎么说导演打你也是不对，她这两天心里有火，方方面面的事情都不太如意，大家也都累了，有些疲沓。本来资金就紧张，进度再上不去……刚才的事情她很后悔。"

"先冷处理吧，搁置一下，给大家一点时间，把没有拍完的戏拍完吧！"江河说。

大家点点头，那个电锯也没有再响。戏总算拍完了。

中午吃饭的时候，宋姗姗走到一堆男生跟前："哎，陆见川怎么样？心情好点了吗？"

罗丹替陆见川回答："还用问吗？当然不好。"

"让导演和陆见川好好谈谈吧。"宋姗姗说。

"光是谈谈就成了？我们有个行动，你们女生参加不参加？"罗丹说。

宋姗姗奇怪地说："什么行动？"

正在这时，李小贤的爸爸李涛从他们跟前走过。

"一会儿告诉你。"罗丹说。

晚饭的时候，林雨卉走到陆见川的跟前，很和蔼地说："陆见川，实在是对不起，吃完饭请你到我的房间来一下好吗？我们谈谈。我给你道歉！"林雨卉的声音很清楚，饭桌上的人都听到了。

陆见川说："没什么可谈的。"

"对不起。我为打你的事情当着大家向你道歉！"林雨卉的眼睛里有眼泪。此刻她心里也难受得要命。

陆见川说："对不起就行了？你是我什么人啊？你有什么权力打我啊？"

林雨卉的眼泪夺眶而出。"你是我什么人呀"这句话触动了她这些天思考的许多东西。她转身走出餐厅。

张嘉兴眼看着这一幕，心里那个着急呀，但是没有办法，只能慢慢解决。他只能盯着学生们的一举一动，第一要保证安全，千万不要出事，第二看学生们有没有什么行动。于是他悄悄跟着陆见川。

宿舍里，大家在向梁铮交钱。陆见川走过来："我交五十。"

梁铮说："咱们不是规定了吗？最多三十。"

"大家都是为我，我当然得多交点！"陆见川说。罗丹说："不是光为你，也是为了我们大家。"任强把二十块钱递给梁铮。梁铮在纸上记下钱数。尹小航交了十块钱。

张嘉兴走进来："你们这是干什么呢？"

任强急忙走上前，将张嘉兴往门口推："张老师，我们有点私事，您暂时回避一下。"

张嘉兴笑着说："我这一下回避是多长时间啊？"

任强说："最多五分钟！"这时，几个女生从门口拥进来说："把钱交给谁呀？"张嘉兴乘机问道："你们收钱干什么？"罗丹急忙说："我们请导演吃饭。"

张嘉兴一脸疑惑，出了门没有走，还站在门口向里面探望。任强跑出来说："您看您，怎么像个小孩似的，这里又不发吃的。"

张嘉兴摇摇头，穿过走廊来到林雨卉的房间，把刚才遇到的事情向林雨卉"汇报"。

"他们那儿都在交钱，我问他们干什么，他们说请导演吃饭。"张嘉兴说。

林雨卉叹了口气："你不会笨得相信他们吧？"张嘉兴说当然不会。戚园园说："我明白了，他们一定是给陆见川凑路费！"

林雨卉恍然大悟："有可能！张嘉兴，别人我不管，你今天把陆见川给我盯紧了，千万不能让他走，不惜一切代价。"

张嘉兴点点头："我看陆见川还算稳定，你想，他挨了你那么一下，没有怎么闹腾，这样就相当不错了。"林雨卉摇摇头："就是因为他这样的表现，我才担心啊！这样，我是当事人，戚园园、张嘉兴，今天学生的动向你们得多操心，千万不要出事。对了，张老师，你今天就一直跟着陆见川行不行？"

张嘉兴笑笑："咱们也和孩子差不多呀！这不是在捉迷藏吗？"

几分钟以后，戚园园站在宾馆的大门口。

任强、罗丹和尹小航从大门走出去。戚园园从后面追出来："你们干吗去呀？"

罗丹说就在外面转转。戚园园问陆见川在哪里，任强说就在房间里。

陆见川一个人在床上躺着。张嘉兴匆匆从外面走进来，看见陆见川在，心里松了一口气。

他走到陆见川跟前问："陆见川，不舒服呀？"

陆见川回答："没有啊——"

张嘉兴说："陆见川，有什么话跟我说说。"

陆见川说："您让我一个人待会儿，成吗？"

张嘉兴说："好，我也休息一会儿。"

就这样过了一个小时，罗丹他们也回来了。大约十一点的时候，关灯睡觉。一夜无事。

戚园园发来短信："老张放心，女生全部睡下！"

张嘉兴想起了老电影《平原游击队》中那位打更老人敲着锣的声音："平安无事喽——"

不可思议遇见你

雪丁香

第十八章
大罢工事件

一

这一天的开始和往常一样，大家按时起床，按时吃饭。如果仔细注意的话，能发现学生和往日相比有些特别的兴奋。

在饭桌上还有人开玩笑，林雨卉看着这一切，欣慰中又觉得有些不安，为什么她也说不清楚。同学们都吃得很快，陆续走出餐厅的门。张嘉兴和陆见川一起走向面包车。

陆见川走到车前，忽然说："我的包忘带了，我上去拿一下。"

张嘉兴说："快点回来，叫他们也快点下来。"

陆见川答应着，三步并作两步朝楼上跑去。张嘉兴摇摇头："慢点！你们这些孩子成天丢三落四，这脑子用在什么地方了呢？"

十分钟过去了，张嘉兴站在面包车门口朝楼上喊："陆见川，快点下来！"又喊："任强——"

林雨卉走到面包车前往车里看看："怎么都还没下来？"张嘉兴回答："是啊，这些孩子，就这样，火上房都不急，他们得去部队接受训练，好让他们明白什么是纪律。"

林雨卉忽然意识到了什么，她对张嘉兴说："我怎么觉得有点不对，你马上到宿舍去看看。"张嘉兴一愣："你看我这脑袋，我光在这儿傻等了。"

林雨卉和张嘉兴走进宾馆大堂。戚园园也从后面跟上来。走到男生房间门前，张嘉兴敲敲门，没有声音。他急忙掏出钥匙打开门。

屋里空无一人。被子都叠得整整齐齐。张嘉兴心中暗暗叫苦，一面拍手一面说："坏了，坏了，坏了……"

同样的情况也发生在女生房间，里面没有声音，戚园园叫来服务员打开门。房间里也是空无一人。

戚园园问服务员："你看见这房间里的人到哪儿去了？"服务员摇摇头。

摄制组的许多人还没有出发，这时候都从车上下来了。陈宇星说："这是一次有组织有预谋的行动！"戚园园说："还用你总结吗？"

张嘉兴说："别人我不知道，陆见川是我看着进了大堂的。除非宾馆有后门。"服务员说，这个宾馆没有后门。大家松了口气。

"那也要到后面看看。"江河说。大家接着往后面跑，匆匆转过楼房的拐角，来到宾馆的后院。大家茫然四顾。张嘉兴在一个角落喊起来："导演，你们来看。"大家循声跑过去，不看则已，一看大吃一惊——一架木梯立在一段围墙上。

大家都愣住了。戚园园说："这帮家伙，我说昨天怎么都那么老实呢？原来在这里埋伏了一个梯子。"陈宇星大发感慨："宾馆里有两条路，他们选择了人迹罕至的一条。"

戚园园说："都什么时候了，还犯酸！"

"男孩子跑了，这女孩子怎么也跟着跑了呢？"林雨卉摸摸梯子，似乎想看出些蛛丝马迹。

张嘉兴在大家说话的时候，爬上了梯子，现在他站在梯子上回头对大家说："外面是菜地——可也够高的，这些孩子真是胆大呀！"林雨卉不再说话，表情在急剧地变化。大家一起看着她。

"怎么都跑了呢？"多少委屈、多少后悔一起涌到林雨卉心头。她忍不住想哭，又强忍着。

江河轻轻拍拍林雨卉的肩膀："别急，他们不会走远的。"

"我打一下他们的手机试试。"张嘉兴说。

林雨卉焦灼地看着张嘉兴。张嘉兴不停地拨，不停地失望，不停地重拨。

张嘉兴失望地抬起头："三个不接，四个关机。"

"早料到了，他们就是要让我们着急。"戚园园说。

林雨卉对张嘉兴说："张老师，你带一个车从这墙外边出发沿路去找，算时间也不会走得太远。我和王小斌去外景地。大家及时联系。戚园园，你和陈宇星、江河留在家里，有什么情况马上告诉我们。"

江河说："我陪你一起去吧。"林雨卉点点头。张嘉兴说："导演，您也不用太着急，既然他们都在一起，也不会出什么大事。"

大家一起说："就是就是。"

"张嘉兴，你不停地给他们打手机。"林雨卉嘱咐说。说完以后，兵分两路，他们开着车就满世界地去找这些"失踪"的学生演员。那辆中型面包车的窗玻璃上还贴着《丁香》摄制组字样，这次满街跑，许多人以为电影在做广告呢！

他们把用过的外景地都看了一遍。大约一个小时过去了。

留守在宾馆的戚园园和陈宇星坐在宾馆前面的小房子里说话。

陈宇星说："导演他们出去都一个小时了吧？"

"可不是吗！"戚园园说。

"我要是结婚绝对不找当导演的。"陈宇星说。

戚园园大声喊道："你又废什么话呢你——导演打一下怎么了？这孩子还不能管了？你一个大男人这时候不去出主意、想办法，还说这些风凉话。"

陈宇星连忙站起来："戚大奶奶，您误会我的意思了。我是同情导演，多难呀！她要是我老婆，我还不天天担惊受怕的，天天担心她在哪儿又受气了，在哪儿又受委屈了。"

说着话，陈宇星踱到窗边朝外看去，他愣住了："园园，你快过来看，外边怎么了？"

戚园园跑出门，看见宾馆对面的街上，许多人朝宾馆张望。她赶紧跳出房门，站到院子里一看，不由得大吃一惊。她拨通了林雨卉的电话。

面包车上，林雨卉对江河说："你说他们会不会去南山了？"林雨卉说的南山是这里的一个旅游点。就在这时，林雨卉的手机响了。

林雨卉听完了戚园园的报告，放下手机说："马上回宾馆——"

江河掉转车头朝宾馆疾驰而去。

离宾馆还有几百米的地方，林雨卉就从车窗朝前眺望。宾馆大门口，好像是发生了什么事情，围着许多看热闹的人，朝宾馆大楼指指点点。

"不用开进去，就在门口停。"林雨卉说。江河把汽车停在路边。林雨卉下了车。戚园园朝林雨卉跑过来。林雨卉急忙问："怎么回事？"

戚园园手指着宾馆的大楼："你看——"

林雨卉抬头望去，只见宾馆大楼的正中，从顶层垂下一条红色条幅，居然有六层楼那么长。上面用白字写着：丁香有你，我很痛苦！

林雨卉完完全全地傻了。

戚园园指着楼顶说："导演，你看，他们在上边！"

林雨卉放眼望去，楼顶上出现了五个男生的身影。他们站成一排，忽然齐刷刷地举起右手，矗立着不动，大约二十秒钟的时间，然后又齐刷刷地放下，消失了。

　　林雨卉明白，这是特意做给她看的。陈宇星补充说："他们根本就没有离开宾馆，一直在顶层上。"

　　张嘉兴的车到了，他下车也看到这一幕。

　　江河对林雨卉说："林雨卉，你先到房间里休息，我们几个男的上去。"

　　林雨卉摇摇头："我和你们一起上去。"

　　林雨卉、张嘉兴、江河、戚园园、张嘉兴等人站在行进的电梯里。大家没有话。电梯的门开了。张嘉兴指挥着说："从这儿上。"

　　六七个人拾级而上，前面是顶层的门。大家拥到门口，看见所有的学生都坐在眼前顶层的平台上，他们已经知道导演的到来。林雨卉走上前，大家跟了过去。林雨卉说："你们这是干什么呀？"

　　没有人说话，有的人低下头，有的人目光有些躲闪，只有陆见川抬着头看着别处。

　　沉默良久。张嘉兴开口了："条幅也挂了，愤怒也表达了，我们下去吧……"还是没有人说话。几个女生朝男生这边看看，发现男生没有表示，又低下头。

　　林雨卉大声说："你们还要什么？"

　　没有人接茬。

　　林雨卉有些激动："你们不会要求我从这里跳下去吧？你们要是同意，我就跳给你们看。"

　　张嘉兴急忙拉住林雨卉说："导演，别别别，你可千万别……冲动啊。我相信他们是讲道理的。"林雨卉站在男生面前大约五米的样子，她说："陆见川，昨天我打了你，我现在当着全组的面，正式向你赔礼道歉！本来我昨天就找你，但是你没有给我机会。现在，我觉得我能做的都做了。"

张嘉兴走上来："我说说我的意见，你们可能不爱听，我觉得你们做得过分了。陆见川，你打碎了两千多块钱的一盏灯，可是你说什么？你说：'有什么了不起的？不就是一个灯吗？我赔！'你说得多轻巧，多大方。你要是我的儿子，你要是我的弟弟，我也一样打你！昨天在饭桌上，导演已经给你道了歉，你不依不饶，你没有错误吗？你们觉得今天你们很风光吗？"

几个女孩子已经无声地站了起来。几个男生也慢慢站起来。罗丹走到陆见川跟前："走吧——"陆见川别着头："你们走吧。我不走——"

"陆见川，你还要我背你下去吗？"林雨卉说。

陆见川冷笑一声："你说这些话都没有用，我要让你背我下去，你能背吗？你背得动吗？"

林雨卉说："你只要说，你让我背，我就背你下楼。"

"你背吧——"

"哗"的一声，大家议论的声音像开了锅。江河说："陆见川，你太过分了！我真没有想到你是这样一个人。"

林雨卉大声叫道："你们大家都不要管——陆见川，你站起来！我背你！不过说好了，你中间可别下来！"

陆见川站起来："只要你背得动！"林雨卉上前一步转过身就背陆见川。陆见川居然就趴在林雨卉的身上。几个男生一起叫起来："陆见川！你疯了——"

陆见川说："没有你们的事。我做事情有始有终。"

"陆见川，你下来，你会后悔的。"

陆见川冷冷地看了江河一眼。林雨卉疯了一样喊道："你们都不要管行不行？！"

周围安静下来。林雨卉背着陆见川开始行走。大家只好无可奈何地跟着。林雨卉背着陆见川走出平台通向楼道的门，走下楼梯。路过电梯旁，有人急忙去按电梯的按钮。

林雨卉没有停，朝楼梯方向走去。

陆见川忽然低声说："我下来吧！"

林雨卉不说话。继续朝前走，拐弯走下楼梯。大家在后面簇拥着。林雨卉的汗水从脸上渗出，看得出她已经十分吃力。尹小航大叫："陆见川！"

林雨卉气喘吁吁地说："你们都闭嘴！"

陆见川又说："导演，我下来吧！"

林雨卉说："你也闭嘴，你要下来就是一个说话不算数的混蛋！"

五楼的标志。林雨卉的双脚蹒跚起来。

四楼的标志。林雨卉的双脚变得吃力了。

三楼的标志。林雨卉的双脚在颤抖……

"导演，求求你，我下来吧！"林雨卉已经是一步一挪窝儿了。

二楼的标志。为了给林雨卉减轻压力，张嘉兴和江河一边一个托着陆见川。

林雨卉大叫："你们躲开——"

张嘉兴、江河两个人只好走到林雨卉前面，怕林雨卉栽倒。

林雨卉艰难地走完一楼楼梯。一楼的标志出现了。大家看到了大堂。江河大声说："到了，到了——"

林雨卉走下最后一个台阶。陆见川站在地上。林雨卉回过头似乎是用尽最后一点气力说："我说话算数！"

陆见川咬着下嘴唇没有说话。

周可欣对莫愁说："真是不可思议，导演太有毅力了。"

梁铮揶揄地说："依我看，陆见川才最有毅力。"

林雨卉往前走去，走了几步她忽然摔倒了。几个人急忙去扶。林雨卉挣扎着自己爬起来："没关系，我背一个大小伙子都走了好几层楼呢，别说我自己走路了。你们把条幅撤下来。等我的消息。"

二

林雨卉走进房间，关上门，一头趴在床上，"呜呜"地哭泣起来。

江河和张嘉兴开门进来看见林雨卉这个样子有点不知所措。江河对张嘉兴说："你去照顾剧组的事吧，我和导演单独谈谈。"

江河说："林雨卉，林雨卉，你怎么这样啊？"

林雨卉说："我哪样啊？"

"你这样大哭让人看到多不好。刚才你的表现多厉害呀，我佩服极了，可你现在这样要是让学生们看见不是前功尽弃了吗？"

林雨卉站起身来，一下趴在江河的肩膀上："允许他们欺负人，就不许人家哭吗？我真是受够了，我为什么要拍这样一部电影啊？跟一群没有教养的孩子打交道，他们是一群什么东西啊？"

江河拍着林雨卉的肩膀："既然知道他们是孩子，你就应该原谅他们啊！"

林雨卉说："我是说陆见川。"

"陆见川也是孩子啊。"

林雨卉哭得更厉害了："陆见川是我弟弟，他怎么这么浑啊……"

江河吃了一惊："什么？你说陆见川是你弟弟？"

林雨卉点点头："我跟你说的你一定要保密呀！"

"说吧，就像你跟一堵墙说了一样。"

"不是，你不是一堵墙！"

"放心吧，我跟任何人都不会说。"

林雨卉到洗手间洗了一下脸，然后把事情的原委和江河详细地说了一遍。江河听得很仔细。听完了，他慢慢地说："如果他不是你弟弟，你也不会打他，今天你也不会背他？"

"可能是吧，我自己都不知道为什么！"林雨卉说，"我刚听到这个事的时候，我跟我爸急过……可是后来还是原谅他了。"

江河说："你能做到这一点已经很不容易了。"

"你是不是觉得这事有些不可思议啊？"林雨卉说，"你会不会看不起我？"

"怎么会呢？你爸爸又不是你，就是你爸爸有错也不是不能饶恕呀！我觉得他现在对陆见川的态度是负责的。陆见川这孩子本质不错。"

"我和爸爸说好，我可以在剧组关照他，但我绝不会认个弟弟，我如果认他，就等于承认了我爸爸过去那一段不光彩的经历。还有，要是我妈妈知道了这事，她会原谅我爸爸吗？这事也许会把我们家平静的生活搅乱……"

江河沉思了一会儿："你想得挺多，也有道理，刚才我就没有你想得这么多，这的确很难啊……人在面对现实的时候，常常无能为力。你实话告诉我，现在你想认这个弟弟吗？"

林雨卉不说话。

男生宿舍里，张嘉兴大声训斥着陆见川。陆见川一声不吭，但没有了刚才的神气。

张嘉兴说："如果说昨天是导演欠你的，今天就是你欠导演的。如果说昨天导演欠你一分，今天你就欠导演十分，二十分，就是说你欠导演一百分也不为过。你不是个男人，也不是个正直的人。你以为你倔，你勇敢，其实是你狭隘，你心虚！你问问你周围的这些哥们儿。谁认为你今天做得对？你们挂条幅这戏有点过，但是及时收场也算出了气。你见好就收吧！可好，你接着往下唱，让导演背你下楼。你寒碜不寒碜呀？"

大家都不说话。

门开了，江河走了进来。他递给了陆见川一张纸。陆见川接过一看：

> 陆见川，我昨天打了你，我不对。你就当是姐姐看着弟弟说错话打了弟弟一巴掌。今天我背你下楼，就当是弟弟病了，姐姐背弟弟上医院。你不怪我，我也不再怪你，好吗？

陆见川忽然鼻子一酸，泪水忍不住流了下来。

不可思议遇见你

雪丁香

第十九章

洁白的丁香

一

剧组经过"罢工"事件以后，双方表面都没有实质性的胜利，但气氛却融洽了不少。

这一天李小贤和陆见川聊天。李小贤问："剧组结束了，你是接着工作还是去上学啊？"

陆见川说："我还不知道呢。也许去上学吧……哎，要是上学，我就去你上的学校，我们做同学啊！"

李小贤说："当然好啊，可是我已经休学一年多了。这一年除了医院就是家。现在是除了剧组就是医院。不过今天晚上我就打最后一瓶点滴了。"

陆见川说："今天晚上，我去医院陪你打点滴。"

"不用啊，有我爸爸呢。"

"我还是陪你去吧。"

"你是不是怕以后陪不了我了？"

陆见川心里一沉："小贤，咱们不说这个事好不好？"

李小贤说："不碍事的，我已经能够面对这一切了。这一年，我进医院出医院，见到的听到的太多了，我认识了好多病友，有的已经不在这个世界上了，有的还像我一样在期盼着什么……"

陆见川说："你看上去弱弱的，可是心里真刚强。小贤，剧组结束了，就不能天天见到你了……"

李小贤说："我们不是有电话吗，你也可以来找我玩啊，你不找我，我找你，行吗？"

"行，怎么不行？"陆见川说。

李小贤苦笑一下："长这么大，我还是第一次遇到一个男孩子这么关心我。你不会是因为可怜我，才对我好的吧？"

陆见川摇摇头："当然不是。"

"我也认为不是。"说完，李小贤羞涩地笑笑，跑了。

陆见川望着李小贤的背影大声说："晚上你去打针的时候叫我啊。"

那一天晚上，林雨卉约江河到咖啡厅坐坐。江河悄悄走到林雨卉背后，把一束鲜花伸到了林雨卉面前。林雨卉笑着说："啊！真漂亮！"江河说："我看你这些天太辛苦了，送一束花，慰问一下。"

"好，我正想和你聊聊呢。"

"你想聊什么？爱情、友情、亲情？"

林雨卉打断他："我想和你聊聊我和陆见川的事，不知道算什么情。"江河奇怪地看着林雨卉："你说什么我都爱听。"

"你说，接下来怎么办？"

"你是不是说，要不要认这个弟弟？"

林雨卉点点头。

江河想想说："你还要犹豫到什么时候啊？剧组的生活快要结束了，新的生活又要开始了。你很难再有这样的机会和陆见川朝夕相处了。"林雨卉点点头："既然你这么说，我选个时间……多亏有这样一个剧组，让我能认识他了解他。现在我看见陆见川心里常常有一种特殊的感觉，也许是亲情吧！我情不自禁地想伸手拍拍他的肩膀。"

江河沉吟片刻，忽然说："林雨卉，这是件好事。不过我要提醒你，人家想不想认你还是个问题呢！"

林雨卉一愣说："什么？我这么高姿态，这么忍辱负重，他还不认我？"

"你以为呢！"江河冷笑着说。

"要是你碰到这种情况你怎么办，怎么想？"林雨卉说。

"我也想让你拍拍我的肩膀。"

"别淘气好不好，说正事呢。"

江河点点头："要是我，我就想这也算是缘分吧，既然来了，你就应该把它当成是上帝送给你的最好的礼物。"

他们一起走出咖啡厅，那边恰好有个破旧的秋千。林雨卉说："也不知道还能不能玩。"江河试探着坐了上去，荡了两下说："没有问题，你不想试试？"

林雨卉犹豫地摇摇头。江河说："上来，我扶着你。"林雨卉上了秋千。江河双脚一蹬，让秋千荡起来，越荡越高。林雨卉尖叫起来。

事有凑巧，罗丹、梁铮、尹小航、任强、莫愁、周可欣正好走过来，看见江河和林雨卉在荡秋千，急忙躲在墙角。

任强小声说："我想，他们大概是恋爱啦。"

莫愁说："哎哟，你说什么呢？"

周可欣点点头："靠谱，任强，你这家伙，对什么都挺笨，就对这个挺敏感。"

尹小航说："我看导演和江河挺合适的。一个导，一个演，多好啊。"

任强说："让我们为伟大的爱情鼓掌！"他的话音刚一落地，五个人都鼓起掌来。江河与林雨卉吃了一惊，急忙停下秋千，跑到拐角处一看，远远地看见六个背影消失在树林后面。

"今天晚上，我怎么像做梦一样，回到从前了？"林雨卉说。

江河点点头："生活也许就是这样，许多事情转了一圈，又回到了起点。"

林雨卉说："剧组结束后，我们抽个时间，出去玩一次怎么样？就像当年我们去西藏一样。"

江河笑笑："我得把那个剧组的活儿干完呀！"林雨卉说："那是当然，没关系，我等你！"

这一天晚上，陆见川没有跟大家在一起，他到医院里陪着李小贤。说不清为什么，他觉得自己应该关心李小贤。陆见川说："小贤，从前我只是喜欢电影，这段时间受你的影响，我也开始对电影着迷了。"

李小贤回答说："你要是真的爱上了电影，我就把我那些和电影有关的东西全送给你。几百张DVD，几十本书，这个礼物不小吧？"

陆见川说："这是什么话，你不要了？"李小贤笑笑："要是有一天，它们没有主人了多遗憾呀！"陆见川拍拍李小贤坐的沙发："小贤，我不喜欢你这样说话……"李小贤说："对不起，不说这个了。我再给你讲一个电影的故事吧。"陆见川点点头："好啊！"

李小贤说："有一部电影叫《真情世界》，也有人把它翻译成《鳄鱼·波鞋·走天涯》。讲的是一个叫艾瑞的男孩子和一个因为输血染上艾滋病的男孩德斯特的友谊，我看一次哭一次。"

"因为你多愁善感吧？"陆见川说。

李小贤说："不不不，我推荐给男孩子们看，他们哭得比我还厉害。只是我讲起来要比电影本身逊色多了——在一个温馨的小镇里，同住着艾瑞与德斯特，他们是紧邻隔壁的邻居，他们同为单亲母亲带大的男孩，又都是十一岁。但是人们对艾滋病的恐惧，形成一堵高墙，把十一岁的德斯特和母亲孤立起来，每天德斯特在后院与士兵玩具为伍，望着天空出神，向往能自由自在地上学、玩耍，直到有一天，他遇到了艾瑞……我觉得，你就是艾瑞……"

陆见川点点头："如果那个艾瑞能帮助德斯特，我就愿意当艾瑞……"

两行眼泪从李小贤的眼睛里流淌出来。

52. 牢房，夜，内

一个警察走进牢房前的通道。

这个警察有些特殊，他的脸上蒙着黑布。

他飞快地打开关押楚渐离和丁香的牢房门。

蒙面警察：楚老师，我是来救你们的……

楚渐离一惊：你是谁？

蒙面警察：我是尹小杰啊。

警察拉下黑布，隐约地看出是戏班子里的尹小杰（尹小航扮演）。

53. 街道A，夜，外

楚渐离和丁香拉着手在飞跑。（音乐起）

54. 街道B，夜，外

楚渐离和丁香拉着手在飞跑。

55. 街道C，夜，外

楚渐离和丁香拉着手在飞跑。

56. 街道 D，夜，外

57. 原野，夜，外

楚渐离拉着丁香在飞跑。

路边的树木飞快地向后面闪过。

突然，一声清脆的枪声划破凌晨的寂静。

丁香转身看见楚渐离摇晃着倒在地上。

丁香急忙朝楚渐离跑过去。

楚渐离抬起头：快跑——不要回来！

丁香快要跑到楚渐离身边的时候，又是一声枪响。

（升格拍）丁香慢慢倒了下去。

楚渐离痛苦地：丁香，你为什么要回来呀……

丁香苍白的脸上露出一缕微笑：因为有你……

丁香挣扎着朝楚渐离爬了几步，丁香的小手握住了楚渐离的大手。

镜头升起来，两个青年人像在地上安睡了一样。

镜头继续升高，出现了架在升降机上的摄影机和陈宇星，还有不远处的剧组工作人员。

"停——"林雨卉低声喊道。她的眼睛里浸满泪水，周围一片寂静。

围在摄影机旁的人都哭了。

人们沸腾起来。江河和宋姗姗从地上爬起来，走到剧组人员中间，大家拍手相庆。

罗丹和陆见川拥抱。

李小贤和李涛拥抱。

宋姗姗和周可欣拥抱。

林雨卉和张嘉兴握手，她又去拥抱了李小贤，回头看见了江河。

江河正和梁铮、任强、尹小航拥抱在一起，他也看到了林雨卉。

江河向林雨卉走过去。他们两人激动地拥抱在一起。

大家为他们热烈鼓掌。

到此为止，江河的戏拍完了。林雨卉说："到今天，江河的戏都拍完了，他今天就要离开我们到另外一个组报到。我们谢谢江河对我们的帮助。"

临出发的晚上，江河在咖啡厅和几位主创话别，大家看看林雨卉又看看江河，互相使了个眼色。不一会儿，只剩下了林雨卉和江河。

林雨卉喝了一口酒说："还请你给我留下一个锦囊妙计。"

江河笑笑："你是说你和陆见川。"

林雨卉点点头："是啊。也许他不愿意承认这个现实，就像我当初不愿意承认这个现实一样。"

"这就要看缘分了，陆见川毕竟年轻，他还无法理解很多事情。"

"我现在能理解我爸爸的心情，他希望陆见川到摄制组，希望我们姐弟相认，他会非常幸福的，可是……我不知道陆见川是怎么想的。你说我怎么办？"

"水到渠成！"江河给林雨卉递上一张餐巾纸，"好好拍戏吧，凭我的直觉，这部电影不错，说不定你能一举成名呢。"

林雨卉说："你别逗我了，要是没有你，这个片子也不会有现在这种感觉。"

"一样的，因为有你，我才会出现在这部电影里。"

"日子过得真快，你这一走，一分手……也许是半年，也许是一年，也许是几年，对了，我们分手几年了？"

江河故意掰指头计算："两年了吧？"

"错，三年了。"

"对对对，三年。我希望下次我们可别分手这么长时间。我……我会想你的。"江河情不自禁地握住林雨卉的手。

林雨卉微笑着说："那就要看缘分啦，我们有没有这个缘分，只有上帝知道。"

"其实你是知道的，我会努力。"

林雨卉也握紧了江河的手："其实你也是知道的，好啊，我也努力。"

二

经过一个星期的努力，关机的日子终于来到了。

在会议室里，一个条幅挂在正中央：《丁香》关机仪式。

整个房间被布置成茶话会的模样。林雨卉在大家的掌声中走上台。今天她打扮得很漂亮。

林雨卉拿出一张纸，她看了大家一眼说："我写了几句话，这不是诗，也不是散文，更不是小说。这只是我的心里话，也是给大家的临别赠言。"

房间里很安静，林雨卉庄重地朗读起来："丁香花又名百结，还被誉为天国之花。我们戏里的丁香已经和她的爱人走进了天国，而我们心中的丁香却正在含苞欲放。"

大家热烈鼓掌。

"丁香花筒细长如钉，香气四溢，故而得名。丁香尽管姿容柔美，但却毫不娇惯，即使长期不雨，她也能够存活。她虽然喜欢沃土，但植于贫瘠之地，也能茁壮生长。丁香花洁净素雅，并不艳丽夺目，然而她可爱清新。五六月间，在浓郁繁茂的绿叶中，丁香花开得十分热烈。花虽细小，但一团团，一簇簇，清香扑鼻，沁人心脾。丁香的性格是温柔的，丁香也是热烈的。在法国，'丁香花开的时候'就是指气候最好的时候。生日是五月十七日到六月十二日的人的幸运花就是丁香花。丁香花以白色和淡紫色的居多。紫色丁香象征着初恋，而白色丁香则象征着青春无邪……同学们，现在，在我的眼里，在我的心里，你们就是那一棵棵正在含苞欲放的美丽的丁香树。我感谢你们，我祝福你们！我庆幸我认识了你们！"

同学们的心被感动了，两个月的时间里，他们不曾想到，这位严厉的甚至不发脾气不说话的导演居然是这样柔情似水，是这样和蔼可亲。掌声再次响起的时候，那是带着泪水带着激情的。

"我要代表剧组送给大家每人一件礼物。"说着，林雨卉朝戚园园招招手。只见戚园园和张嘉兴还有服装员捧着许多塑料袋子走上台。同学们议论纷纷。

"这个礼物就是大家在拍戏的时候穿过的上世纪四十年代的学生装。"

大家欢呼起来，这是一个大家很想得到却没有想到的珍贵礼物。林雨卉从一个袋子里拿出一套服装说："我要感谢我们的张嘉兴老师和服装员，他们把每一件衣服都写上了名字，所以这每一套都是你们自己穿的，他们把衣服洗好熨好。最可贵的是张老师请求村里会绣花的大妈大婶们在每一件衣服的胸前都手绣了一枝丁香花……"

林雨卉的话还没有说完，会议室里已经是热火朝天了。

林雨卉举起了一件上衣，大家看见那银丝线绣的丁香花花分五瓣，微微泛着光泽，就像要燃烧一样。

不是演员的职员们大喊起来："我们也要……"

陆见川的眼睛湿了，他想起了一年前他们艺校的窗前那一丛丛一团团盛开的丁香花。许多美好的往事一起涌上心头。他忍不住拍了一下罗丹的肩膀，又拍了一下宋姗姗的肩膀。两个人都转头看着他，同样眼里闪着泪花。陆见川知道一切尽在不言中了。

他很想站起来大声说"丁香有你，我更美丽"，但是他没有站起来，他觉得心里有就成了，因为自己不再是小孩子了。

吃过午饭，所有的演员都要离开宾馆乘车回北京，只留下部分职员做收尾工作。张嘉兴留下了，林雨卉也留下了。

上车前大家拥抱了张老师，拥抱了导演。依依不舍地拍照，依依不舍地留言，光上车就用了一个小时。当陆见川和林雨卉拥抱告别的时候，林雨卉几次张口想说点真话或者一语双关的话，但是她实在是不知道怎么说，只好说到北京再联系吧。

陆见川没有太热情，也没有冷淡。男孩大了，可能都是这个表情吧……林雨卉想。几个同学和张嘉兴告别的时候有些忘情，他们居然把他扔了起来，这让林雨卉有点羡慕。

大轿车缓缓地开出了宾馆的大门。林雨卉望着窗玻璃里的同学，忽然觉得还是以前的车好，那种车可以开窗，人们可以把脑袋和手臂都伸出来……

车子渐渐走远了，林雨卉转身朝大堂走去，大堂里空荡荡的，她心里也感到有些没着没落的。

林雨卉忽然听见手机短信的声音，急忙打开一看，短信是陆见川发来的……

江河临走前把一切都告诉了我……哪天你需要一个弟弟了，就给我打电话！盼望中！

见川

林雨卉觉得眼睛湿润了，心中涌起一片温暖。她也要发一条同样的短信，只是改两个字就成。

图书在版编目（CIP）数据

雪丁香 / 张之路，左泓著 . -- 北京 : 作家出版社，
2019. 1

（不可思议遇见你）

ISBN 978-7-5212-0159-8

Ⅰ . ①雪… Ⅱ . ①张… ②左… Ⅲ . ①儿童小说 - 长
篇小说 - 中国 - 当代 Ⅳ . ① I287.45

中国版本图书馆 CIP 数据核字（2018）第 177880 号

不可思议遇见你·雪丁香

作　　者：张之路　左　泓

策　　划：左　眩

责任编辑：邢宝丹　桑　桑

插　　图：池袋西瓜

装帧设计：王　悦

出版发行：作家出版社

社　　址：北京农展馆南里 10 号　　邮　　编：100125

电话传真：86-10-65067186（发行中心及邮购部）

　　　　　86-10-65004079（总编室）

E-mail:zuojia@zuojia.net.cn

http://www.haozuojia.com（作家在线）

印　　刷：中煤（北京）印务有限公司

成品尺寸：148×210

字　　数：290 千

印　　张：12.5

印　　数：001-10000

版　　次：2019 年 1 月第 1 版

印　　次：2019 年 1 月第 1 次印刷

ISBN 978-7-5212-0159-8

定　　价：38.00 元
